Oscar poesia d

Costantino Kavafis

Poesie

a cura di Filippo Maria Pontani

OSCAR MONDADORI

Titolo originale dell'opera: *Ποιήματα*

I edizione Lo Specchio luglio 1961
I edizione Gli Oscar dicembre 1972
I edizione Oscar poesia gennaio 1991

ISBN 88-04-47126-3

Questo volume è stato stampato
presso Mondadori Printing S.p.A.
Stabilimento NSM - Cles (TN)
Stampato in Italia. Printed in Italy

9 10 11 12 13 14 15 16

2003 2004 2005 2006 2007

La prima edizione Oscar poesia del Novecento
è stata pubblicata in concomitanza
con la quinta ristampa
di questo volume

www.mondadori.com/libri

Sommario

1918

1919

Introduzione
di Filippo Maria Pontani

A Giuseppe Ungaretti

« La lenta cristallizzazione della poesia in Kavafis tende ad allontanarlo infinitamente dallo *choc* immediato... Siamo al polo opposto della foga, dello slancio, nel dominio della concentrazione piú egocentrica e della tesaurizzazione piú avara ». Con queste parole, Marguerite Yourcenar volle dare del poeta una caratterizzazione psicologica e biografica.

Costantino Kavafis nacque il 29 aprile 1863 ad Alessandria d'Egitto, nono ed ultimo figlio di genitori greci (Pietro e Cariclea Fotiadi) originari di Istanbul. La sua famiglia, appartenente all'agiata borghesia commerciale, subí un tracollo economico nel 1876 (il padre era morto nel '70) e visse per lo piú all'estero (Liverpool, Istanbul) fino all'ottobre 1885. Dal 1892 il poeta, già noto per una notevole attività pubblicistica e letteraria, fu impiegato ad Alessandria al Ministero dei Lavori Pubblici, servizio Irrigazioni, dove restò, con progressivi avanzamenti di carriera e di stipendio, fino al 1922; svolse anche (dal 1894 al 1902) attività d'agente di cambio. Fece rari viaggi: a Parigi nel 1897; ad Atene nel 1901, nel 1903 (quando Gregorio Xenòpulos ne rivelò il talento poetico in un memorabile articolo) e nel 1905. I suoi familiari furono successivamente falcidiati dalla morte. Dal 1907 visse in patria, in via Lepsius 10, nell'ovattata solitudine d'una casa rischiarita dalle candele e popolata di fantasmi: visioni sublustri emergenti dai molti suoi libri, o da un sangue saturo di fremiti ambigui. Egli stesso accenna all'àmbito quotidiano della propria esistenza, interiorizzata dal sentimento e dall'arte, nella poesia *Nello stesso posto* (1929). Appunti autobiografici ancora mal noti, lettere e testimonianze documentano una precoce omosessualità, talora psicologicamente traumatica. La notorietà internazionale (che data da un saggio di E. M. Forster) e una rissosa, violenta, diuturna polemica alessandrina e ateniese coinvolsero il nome di Kavafis specie dal 1919 alla morte. Questa avvenne il 29 aprile 1933 ad Alessandria, dopo un'operazione alla gola subita dal poeta ad Atene nel giugno 1932.

Non giova seguire il mito o il romanzo degli anni verdi e maturi dell'uomo Kavafis, né addentrarci nella vasta congerie dell'aneddotica per sceverare immagini autentiche o rintuzzare tendenziose denigrazioni. Certo l'uomo ci appare tenacemente fedele al suo personaggio, intento a una sorta di recita assidua, fra motteggi pungenti e invagate alienazioni. Si può solo osservare la suggestione delle penombre di cui egli si cinse, e la postuma sopravvivenza del grande vecchio, una sorta di *numen loci*, nell'aria della metropoli. Avvertita con rispetto da Forster, la sua presenza prestigiosa nell'Alessandria piú segreta emerge ancora, a distanza ormai di decenni, da un fortunato romanzo di Durrell: « sentirmi tutt'attorno la presenza del vecchio soffondersi per la cerchia delle strade buie con l'odore di quei versi che aveva distillato dalle sue esperienze amorose squallide ma fertili; amori [...] ancora viventi in un verso, per la ponderata tenerezza con la quale aveva saputo coglierne l'attimo imminente e fissarne i colori ».

Nella cristallizzazione d'un passato biografico e storico, circoscritto a esemplari momenti e parvenze, è l'alibi e la perennità di Kavafis: il suo è un canto severo e fermo della memoria ed è riscatto d'un mondo che appare gravato da fatali condanne.

Il motivo della condanna è motivo centrale. Il destino si presenta talora come legge inesorabile di caducità e rapina del tempo (e in ciò concorre la senilità del poeta, attivo dai 40 anni ai 70). Ma precocemente la sorte s'incarna in simboliche ipòstasi, attinte a miti notissimi:

> Sono, gli sforzi di noi sventurati,
> sono, gli sforzi nostri, gli sforzi dei Troiani.
> Qualche successo, qualche fiducioso
> impegno: ed ecco, incominciamo
> a prendere coraggio, a nutrire speranze.
>
> Ma qualche cosa spunta sempre, e ci ferma.
> Spunta Achille di fronte a noi sul fossato
> e con le grida enormi ci spaura.

Achille è l'imprevisto che stronca: « l'anima nostra si sconvolge e manca ». Ogni tentativo di fuga è vano: « la nostra fine è certa ». E ogni previsione è impossibile (*Fine*).

Nella poesia *La città* la condanna è drammatizzata con un'austera misura, nella dialettica opposizione di due voci interne:

> Hai detto: « Andrò per altra terra ed altro mare.
> Una città migliore di questa ci sarà.
> ...
> Né terre nuove troverai, né nuovi mari.
> Ti verrà dietro la città...
> ...
> La vita che schiantasti in questa tana
> breve, in tutta la terra l'hai persa, in tutti i mari.

La « tana breve » è una stanza senza finestre, una sepoltura d'uomo vivo cinta da mura alte e grandi (motivi che saranno di Gide). La suggestione dell'avventura induce qualche slancio animoso (Itaca, il sogno che vince realtà, dona il bel viaggio dove « il gir piace »); ma, nella carcere buia, compagna dei « giorni grevi » è la noia (*Monotonia*). La virtú è una maschera di menzogne gettata sul volto per l'ansia della parata, radicata nel cuore umano. Solo una cupa dignità si fa luce nel mondo delle condanne. Quando la stremata vita che resta mira la vita che fugge (un sonoro tiaso fa sensibile, a notte, il dileguare del dio che abbandona Antonio, secondo il racconto plutarcheo), si leva dal cuore un saluto che non è piú di richiamo e non è pianto: « e saluta Alessandria, che tu perdi ». Ma, se la generosità d'una lotta sostenuta contro forze prestanti e con la precisa coscienza della sconfitta è talora esaltata (nei combattenti della Lega achea o nei Trecento delle Termopile che prevedono il tradimento d'Efialte), i « bei gesti » sono piú spesso derisi (cosí goffi gli Spartani assenti, per principio, dall'esercito panellenico d'Alessandro!) e l'eroismo è smantellato per l'irrazionale che include: è il caso delle *Idi di marzo*, con la parènesi della circospezione, rivolta a Cesare (« leggi súbito / il grave scritto che ti reca Artemidoro »).

L'uomo che demolisce la grandezza in nome della cautela è lo stesso uomo che si rinchiude nel guscio, rinunciatario. Storna l'occhio dalla fila di candele spente (gli anni di vita) che via via si dilunga, denuncia la sua condizione di prigioniero nel buio, ma teme il sole: « Forse sarà la luce altra tortura. /

Chi sa che cose nuove mostrerà ». Eppure, per la maturata coscienza d'un rifiuto, d'un *no*, per l'ostinata aderenza al decreto prospettato dal destino, per un ultimo margine di libertà che vale solo a stroncarlo, l'isolato, il vinto, entra nella desolata atmosfera della poesia. Nel titolo in italiano d'una delle prime poesie, *Che fece... il gran rifiuto*, le parole della viltà, esplicite nel verso dantesco, sono soppresse, e *pour cause*: il rifiuto s'impone come scontata necessità.

Ma qual è la ragione delle « mura » d'esilio? Essa è intrinseca al chiuso mondo che palpita nel segreto: un mondo d'amori morbosi e abnormi. La vita della carne, con tutta la sua dinamica irregolare e tenace, è veramente il fulcro della vita e dell'opera del poeta.

La sua sensibilità estetica s'intride, quasi fatalmente, di sensualità anche là dove i toni sembrano piú invagati:

> La beltà cosí fiso mirai
> che la vista n'è colma...

Del corpo bello spiccano i « poetici occhi » grigi come l'opale, azzurri come zaffiro, accesi da vitrei brillii di desiderio o quasi « pésti » da torbide veglie; o le rosate labbra « fatte per la pienezza di scelte voluttà »; o i capelli neri; o « quel grande splendore » del petto, del collo, e il volto affinato da arcani pallori, segni d'una spossatezza di piacere. Altra volta è il corpo intero, scoperto con un'esclamazione di gioia, in un dipinto, una moneta, una statua, nell'ombra serbata da uno specchio antico, o riveduto di là dal tempo negl'incontri repentini, nella sua nudità rivelata o balenante. Gli aggettivi delineano con compiaciuti indugi il corpo efebico: bello, piacevole, stupendo, amabile, delicato, interessante, attraente, simpatico, sodo, armonioso. Si destano memorie di figure mitiche (Giacinto, Endimione, Narciso, Ermete, Apollo), tralucono epifanie divine, si pensa all'ideale del *Carmide*: ma il corpo può essere quello d'un fabbro, d'un rivendugliolo, d'un disperato, d'un barbaro. Il "sesso" del personaggio amato è talora abilmente taciuto e le figure del quadro, avvolte da una patina ambigua, passano sigillate dall'impreciso; ma a volte la confusione dei sensi dagli accenni ambivalenti giunge a un'evidenza esplicita. E dalle fibre riarse da orgasmi maceranti o pacificate da sovrane distensioni pare levarsi una sorta di fierezza. Infranti, un attimo, i ceppi, il buio delle stanze si dirada a notturni fulgori (« andai, dentro la notte illuminata ») e arride un robusto vino d'ebbrezza: la coscienza della temerità dell'amore vietato s'afferma come schernevole antitesi ai « *rumores senum severiorum* » (« quelli che in vesti nere – cianciano di dovere »); e in quei letti « che chiama infami l'etica corrente » si scorge una preziosità di sensazioni, contro le quali la protesta puritana e burbanzosa della società è un biasimare « a vanvera ».

La vita dei sensi, i cui dati immediati sono quasi sempre trasfiguriti dalla prospettiva della memoria, divampa nei contatti piú occasionali: si staglia, sulla soglia d'un caffè, il « corpo d'amore »; dinanzi alla vetrina lucente del tabaccaio, un gioco d'occhi è seguito da una fugace reticenza, poi da una sicurezza d'intesa e dalla gioiosa realtà del possesso. La strada, i negozi, i marciapiedi, e muri e balconi e finestre entrano nel cerchio d'amore e vi restano.

Le descrizioni della natura sono rare e avare, ma dove appaiono rivelano insospettate aperture: « Pomeriggio magato. / La distesa dell'Ionio attorno a noi » (un'atmosfera di tepido incanto e di snervato benessere, in una vastità senza orizzonti); oppure: « Del mare mattutino e del limpido cielo / smaglianti azzurri, e gialla riva: tutto / s'abbella nella grande luce effusa ». Anche le descrizioni d'interni sono alquanto sommarie, benché non manchino indugi crepuscolari su elementi della scena: gli oggetti della stanza nel sole pomeridiano (sedie di paglia, e la specchiera, e il tappeto, persino i vasi gialli sulla *consolle*, e il letto, il letto sopra ogni cosa). Ambienti sozzi, talora:

> Era volgare e squallida la stanza
> nascosta sull'equivoca taverna.
> Dalla finestra si scorgeva il vicolo,
> angusto e lercio. Di là sotto voci
> salivano, frastuono d'operai
> che giocavano a carte: erano allegri.

Altrove è un cantuccio di taverna deserta, nello squallore notturno: « Lo rischiariva appena la lampada a petrolio. / E, stranito di sonno, il cameriere, sulla porta, dormiva ». S'accenna persino a luoghi piú infimi, a case di perdizione, bische, bordelli.

Da questi ambienti, le figure della passione e l'amore stesso traggono, a contrasto, una luce di bellezza trionfale. Un'umile bottega diviene epico sfondo a un'accensione improvvisa:

E s'informava della qualità dei fazzoletti
e del prezzo; con voce soffocata
e quasi spenta per il desiderio.
E cosí, le risposte:
assorte, a voce bassa,
con un consentimento tacito.
Parlavano, parlavano dell'affare – ma uno
era lo scopo: un incontro di mani
là, sopra i fazzoletti; uno sfiorare
dei visi, delle labbra, come a caso:
tatto di membra, un attimo.

Furtivamente, rapidamente. Perché il padrone
non s'avvedesse, immobile in fondo al magazzino.

Di recente è stata avanzata un'osservazione per dir cosí sociologica: « l'operaio, il fabbro, l'impiegato, il commesso, il disoccupato, singoli individui ingranati nella macina di una società, moderna o antica, che li stritola col massiccio peso del lavoro che toglie il respiro » troverebbero nel sesso « il naturale ed unico contrappunto d'evasione e di felicità interamente, e spesso rovinosamente, goduta ». In effetti a una condizione umana di questo genere fanno pensare alcune liriche come *Giorni del 1909, '10 e '11*, bellissima anche per le singolari insistenze delle rime nella seconda parte. Si direbbe che di là da ogni abiezione di vita la bellezza e l'amore rimangano realtà incontaminate e assolute. L'uomo perduto le sente « come beltà durevole, come aroma fragrante » sulle sue carni. E quando la morte scende come un velo sui mercimoni carnali e l'amore dilegua nei funebri d'un mattino domenicale, c'è un'offerta di fiori:

Nella misera cassa ha messo pochi fiori:
candidi fiori e belli, stavano cosí bene
a quei suoi ventidue anni, alla sua beltà.

Una parte cospicua della lirica di Kavafis risale a fonti d'ispirazione storiche. Ma quasi assoluto è il dispregio per una storia contemporanea o anche solo recente. Le allusioni, sia pure velate, a fatti del tempo (per esempio la catastrofe dell'Asia Minore del '22), che taluno ha cercato di scoprire non senza acume, sono escluse da dichiarazioni esplicite dello stesso poeta; e tutto il grosso volume di Tsirkas, che ha inteso affondare le radici di questa poesia nella cronaca, indicando fatti e persone come probabili occasioni d'un canto carico di simboli, apparirà un volume sostanzialmente sbagliato, ove si superi lo stupore per tanta ingegnosità d'ipotesi e di musive combinazioni. In effetti, Kavafis fruga in secoli remoti traendo illuminazioni da una cultura libresca, orientata verso alcuni periodi, cicli dinastici, ambienti, figure. È un nuovo scampo nella memoria: non già (come ha visto benissimo Sherrard) un'evasione dal presente, bensí un'evocazione d'attimi imbalsamati o nascosti nelle pieghe delle narrazioni accademiche, nei quali s'incarna un presente extratemporale. Non a caso Seferis ha stabilito, su questa base, uno spericolato "parallelo" fra Kavafis e Eliot. La scelta delle "occasioni" in un àmbito limitato, ma di peculiare interesse (lo notò anche Montale) rompe con ogni umanismo classicistico. Il poeta sembra pago della rappresentazione di conflitti esistenziali, e se talora l'episodio narrato o drammatizzato può celare un giudizio, lontana da ogni vieta retorica è sempre la risonanza esemplare della vicenda, persino su un esplicito piano etico-didascalico.

L'ascetismo orientale (giudeo-cristiano) e anche i riti chiesastici pongono le loro istanze contro l'edonismo pagano. Il dissidio fra le due voci diviene, a un punto, frattura. Si veda soprattutto il poemetto *Miris*, idealmente ambientato nel 340 d. C., che è fra le piú ricche espressioni di quest'arte. Se là, nell'evocazione della religiosa catarsi di Miris, si può forse avvertire una predilezione del poeta, altrove è invece affermata, con un palpito di nostalgia, la religione del bello. Non già goffe e distorte reviviscenze come quelle tentate da Giuliano l'Apostata, al quale sono dedicate ben sei poesie. L'imperatore che erige gl'idoli d'antichi dèi a presidio d'austerità morali è inviso, quanto ai cristiani, ai gentili. La grecità gli oppone un *ne quid nimis* e una vita dissoluta e libera. E con gli Antiocheni che preferiscono il Chi e il Kappa (Cristo e Costanzo) agli squallidi fantocci del falso paganesimo, esultando poi per la fine dell'Apostata o per la beffa che lo fa "schiattare", è il cuore sferzante di Kavafis.

La tradizione ellenica che risuona in questa poesia sembra escludere anche lo splendore dei marmi fidiaci o la temperie illuministica dell'età periclea. La lunga età che dilata e universalizza lo spirito greco e può chiamarsi in ampio senso ellenistica, con le sue confluenze d'uomini e di costumi, le sue squisitezze e pedanterie, le sue raffinatezze e morbosità, accentra l'interesse di Kavafis, che la rappresenta con sapiente penetrazione. La visione della nuova grecità nata dai trionfi d'Alessandro è grandiosa: popoli e popoli, partecipi delle istituzioni greche e della lingua comune, sospinta al limitare del mondo, esultano in una nuova coscienza di sé. Centro e insegna di quel « mondo ellenico nuovo e grande », la città di Alessandria. Il poeta – secondo la rievocazione di Ungaretti – « a volte, nella conversazione lasciava cadere un suo motto pungente, e la nostra Alessandria assonnata allora in un lampo risplendeva lungo i suoi millenni come non vidi mai piú nulla risplendere ». In effetti, Alessandria è una terra promessa, un paradiso perduto e ritrovato, « maestra, panellenico vertice » – come dice uno dei re Làgidi di Kavafis –, dimora dell'edonismo e dell'arte. La sregolata vita che vi si mena si giustifica con se stessa: dalla tomba, il giovinetto consunto dagli « abusi » esclama: « Se tu sei d'Alessandria, tu capirai, viandante: / la nostra foga sai, la voluttà bruciante ». E "alessandrino" è titolo di fierezza, rivela una vita.

Di fronte a Roma, l'ellenismo vacilla. Una sapienza organizzativa e politica, congiunta al passo delle legioni, diviene strumento d'un destino inesorabile, mentre il fatalismo, i livori e le subdole ripicche minano i regni (assai indicativa, e suggestiva anche per il gioco delle rime, è *La battaglia di Magnesia*). Ma sul litorale italico un giovine avvezzo alle dispersioni dei sensi s'accora alla vista delle spoglie corinzie, e un altro giovine carezza con slancio l'impossibile sogno d'una vittoria macedone alla vigilia di Pidna, e Demetrio Sotere vuole smentire l'accusa di « *levitas* » e non crede all'esclusività del privilegio romano di « *regere imperio populos* »: quando la realtà vince il sogno, resta viva nella delusa malinconia una « parvenza di paese bello, immagine / di porti greci e di città ». Cosí, in tempi calamitosi, un Acheo d'Alessandria sente il bisogno d'esaltare gli ultimi folli e inetti difensori della libertà greca a Leucòpetra (« Genera tali eroi la nostra stirpe / di voi diranno. E splendida sarà la vostra lode »). D'altra parte, l'eredità ellenica circola ovunque per secoli; *ellenizzare* è il vanto dei monarchi orientali, *Filelleno* il loro maggiore titolo d'onore, e l'epiteto *ellenico* designa un vertice umano per i duri monarchi ebrei, per i giovani perduti d'Antiochia, per i filologi di Bèrito, per i seguaci d'Erode Attico. Ultima incarnazione dell'ellenismo, l'età bizantina, con una nuova antitesi di sfarzo e miseria, con gl'intrighi di parte e di palazzo, le attività e curiosità letterarie e, accanto alle solenni cerimonie chiesastiche, la piú sfrenata lussuria (anche l'età bizantina e i suoi personaggi sono spunto d'una decina di liriche).

Le figure, in molti casi fittizie, sono scelte con una cura pedantesca, ma assai suggestiva, dell'onomastica, oltre che delle date e dei luoghi. Altre volte sono storiche anch'esse. Fra le tante, basti ricordare Cesarione e Nerone, due efebi che le predilezioni sentimentali del poeta vagheggiano con estatico rapimento. Ma non è un caso che insorga, anche nell'àmbito della storia, la mordente ironia di Kavafis per l'equivoco e il compromesso. La sferza della derisione non si esercita solo contro Giuliano, ma, per esempio, contro un oscuro e anonimo personaggio siriano, campione di fatuità (*Ci avessero pensato*).

Nella solitudine alessandrina di Kavafis, nella prigione popolata dai fantasmi della passione, spunta un catartico farmaco d'ogni turbolenza, una verità del mutevole: la poesia, che « colma / tutta la vita inavvertitamente ». In essa è l'arcano senso d'ogni moto dell'anima e del sangue sin dal tempo di giovinezza: « Nella mia giovinezza scioperata / si formavano intenti di poesia, / si profilava l'àmbito dell'arte ». Fugaci parvenze, a notte o nell'avvampo del meriggio, le visioni e le esperienze dell'erotismo vagheggiate o vissute si piegano al verso, che n'è custodia durevole. L'artefice si esorta: « Di conservarle sfòrzati, poeta, / anche se poche sono che s'arrestano, / le tue visioni erotiche. / Semicelate inducile nei versi ». Oppure: « Anima, e ora come puoi lavora ». È un vero e proprio *Leitmotiv*: tutto è finalizzato all'espressione, il cui fiore sboccia talora a grande distanza dall'occasione:

> O fruire di carni
> fra semiaperte vesti...
> Il tuo fantasma
> ventisei anni ha valicato. E giunge
> ora, per rimanere, in questi versi.

Versi "gagliardi" e difficili. E piena autocoscienza, nel poeta, d'un impegno creativo in cui s'invalora per sempre la sua esistenza.

La forma non è in Kavafis meno singolare di quanto il contenuto sia audace. L'impasto morfologico, sintattico, lessicale, dove desueti arcaismi si fondono a iperdemotismi, è stato ed è ancora oggetto di diàtribe. Come Solomòs, come Kalvos, anche Kavafis è apparso minato dalla tardiva conquista del mezzo espressivo (parlò fino all'adolescenza l'inglese) e s'è fatta la curiosa osservazione che dei quattro maggiori poeti neogreci (il quarto è Palamàs), i primi tre non sapevano il greco! Non è qui luogo d'entrare nella questione. Per Kavafis, è stato redatto di recente, in Italia, un lessico minuzioso; ma un vaglio acuto della lingua non è stato mai fatto sull'unico banco di prova legittimo, che è quello della necessità estetica delle forme e dei modi. Quel vaglio mostrerebbe l'influsso del contenuto sull'espressione: voci che fuori d'ogni contesto appaiono assurde brillerebbero allora come fiori improvvisi, emersi da campane di vetro, disseccati forse dall'ombra ma pronti a nuove fragranze. E solo là dove s'avvertisse la frattura delle voci kavafiane non già con un prototipo di lingua unitaria, che non esiste (e in Grecia, com'è noto, meno che altrove), ma con la visione singola del poeta, solo allora converrebbe condannare e negare, per difetto della poesia. Né interessa, se non in sede biografica, il domandarsi se questa forma sia frutto immediato e spontaneo o sia maturata fra lambiccate e diuturne ricerche: poiché non conta la via, ma la mèta.

Analoghe osservazioni converrà fare sulla metrica e sullo stile. La scarsa importanza dell'elemento "canto", la nudità del periodo, la sprezzatura delle cadenze hanno tanto piú sconcertato quanto meno consonavano con la linea maestra della tradizione neogreca, d'ampie volute melodiche e ritmiche, di rime echeggianti, di forme concluse. S'è parlato di "prosa", s'è definito questo stile piú drammatico che lirico. Ma l'osservazione di Paolo Nirvanas, che l'espressione kavafiana non ammette mutamenti e sostituzioni, vale il riconoscimento d'una necessità estetica di questo stile e d'un costante raggiungimento dell'arte. Il piú noto critico di Kavafis, Timos Malanos, tentò di comporre un'antologia di versi « armoniosissimi » (ne indicò una trentina, ma sono certo di piú), nella presunzione d'additare una direzione di canto smarrita poi in deviazioni prosastiche. È un grave errore, nella misura in cui riduce le espressioni del poeta a un unico modulo e implica la negazione, assurda, della piú gran parte della sua opera.

Difficile e del pari rischiosa è l'indicazione di linee maestre e di gruppi: poesie narrative e mimiche, epigrammi, liriche evocative.

Il gruppo narrativo è certo cospicuo, e l'àmbito dell'ispirazione va dalla leggenda mitologica alla situazione storica (vera o immaginaria), dalla parafrasi d'un testo all'arida cronaca. S'apre qui – tra parentesi – tutta una laboriosa ricerca di "fonti", alla quale io stesso ho dato un contributo di qualche conto. Ora, anche la "storia versificata" è talvolta interessante almeno per lo stacco o l'inquadratura, per la vivezza dell'ambientazione, per lo spicco drammatico di voci diverse. Nuocciono spesso lo squallore prosastico o la parènesi posticcia, la lungaggine o la frequenza delle riprese. Ma questi apparenti limiti negativi finiscono con l'entrare in funzione espressiva in un caso come *Aspettando i barbari*, una delle sue poesie in tutto il mondo piú note, sulla quale non indugiamo. Se non per notare come il giudizio del poeta traspaia dalle stesse movenze (un esasperante assillo di domande e una puntuale identità di risposte): un'amara satira senza riso per la vuota pochezza umana affiora dai "toni", senza allotrie sottolineature critiche o didascaliche.

Nelle molte liriche epigrammatiche, il poeta rinvergina un tipico "genere" ellenistico, cosí duttile a esprimere sensazioni minute, a racchiudere sentimenti vivi in urne cristalline, donde si rifrange, come per facce di gemma, una preziosa luminosità. Si direbbe che Kavafis è l'ultimo alessandrino della *Palatina*. E non si può scordare facilmente l'impressione di composta tristezza che promana dai suoi marmetti incisi e dagli accenni alla sorte rapinosa degli efebi, studenti, diaconi, letterati, poeti, gente perduta, fissati in un volto strano, fra riso e pianto, tremore e rigidezza. I modi epigrammatici appaiono anche in frammenti di lettere, motti, allegorie, paragoni. E d'altra parte l'alessandrinismo kavafiano è sensibile anche fuori dell'epigramma, per esempio nella descrizione d'opere d'arte figurativa con l'arte della parola, che è un vezzo assai noto di quella stagione poetica.

È chiaro che il fiore della poesia s'accende dove le anonime esposizioni sono pervase dalla soggettività del poeta, e soprattutto dove la passione, nelle trasfigurazioni della memoria, non perde ma purifica il suo calore, e la cristallizzazione della parola non raggela l'aura sentimentale: il verso stesso, allora, senza concedersi a spiegato canto, s'equilibra in dolci tessuti melodici, germogliando in effusioni estatiche, in segreti esclamativi, in allusioni animate. Possiamo indicare qualche titolo, come *Voci, Torna, Grigio, Rammenta, corpo, La tavola accanto, Sotto la casa, Sulla nave, Giorni del 1903*. A volte si tratta d'illuminazioni che sembrano avviarsi a stento e culminare nella scoperta gioiosa (*Lontano*). Altra volta la lirica ha un suo solido impianto costruttivo, affluendo le memorie nella cornice dell'ambiente e del tempo, fra animosi stupori e pensosi ripiegamenti (*Dopo le nove*). Le memorie voluttuose sono accarezzate con indugi languidi quando un pretesto irrilevante o banale risprigiona le emozioni serbate dal cuore e dai sensi. Ecco, per esempio, *Di sera*:

> Certo, durare non poteva a lungo.
> L'esperienza degli anni è maestra. Ma brusco,
> troppo brusco l'arresto della Sorte.
> Era la bella vita cosí corta!
> Eppure, come forti gli aromi, e prodigioso
> il letto ove giacemmo, e a qual piacere
> cedemmo i nostri corpi.
>
> Un'eco di giornate di piacere
> un'eco di giornate m'ha raggiunto,
> la favilla d'un rogo che ci riarse giovani.
> Ho ripreso una lettera tra mano.
> Ho letto, ancora, ancora. Sin che morí la luce.
> Ed uscii sul balcone, malinconicamente,
> per mutare pensieri,
> mirando un po' della città diletta, un poco
> di moto della strada e dei negozi.

Nell'ultima strofe, i pensieri sembrano cedere allo scialbo divagare d'una contemplazione di cose care, del moto illusivo della città. La tristezza resiste, fermamente atteggiata nella castità quasi dimessa del segno.

Potremmo cadere nell'analisi operando una scelta: è facile avvedersi dell'inadeguatezza dell'una e dell'altra. L'indicazione d'alcune liriche d'alta suggestività e l'auscultazione del loro timbro sono certo legittime, ma rischiano di limitare il poeta, che è anche nelle secche narrative e nei balenanti epigrammi, nelle pedanterie erudite e nei taglienti sarcasmi, nei lezi delle canzonette e delle rime strane e nelle ampie cadenze, nelle incisività icastiche e drammatiche come nelle sottili risorse foniche.

La vita e l'arte di Kavafis sono consegnate al *monumentum* esiguo ed esauriente di 154 poesie, alle quali sarebbe arbitrario aggiungere le poesie "inedite" o segrete e le poesie "rifiutate", benché fra le prime si trovino gemme autentiche. L'immagine del poeta è in tutte e in ciascuna e non può emergere da una lettura antologica. Con molta acutezza Giorgio Seferis affermò l'esigenza di considerare l'opera di Kavafis come un unico e unitario « *work in progress* » suggellato dalla morte.

Quest'opera fa di Kavafis uno dei maggiori poeti del primo trentennio di questo secolo. Egli fu ed è un isolato per l'inconfondibile autenticità della sua fisionomia, che sovrasta fino quasi a vanificarli i possibili richiami agl'*ismi* dell'epoca. Interprete d'un solipsismo che trova certo riscontri nelle crisi spirituali coeve (nacque quattro anni prima di Pirandello), collocabile nel grande solco del decadentismo (ma nessuno è piú lontano da D'Annunzio, nato come lui nel '63), autore d'una poesia nutrita d'innumeri linfe culturali, Kavafis attinse la solitudine del genio, irriferibile a moduli diversi dal proprio. Egli conquistò questa sua assolutezza per una scabra, scontrosa, umbratile e macerante fedeltà alle sue "voci" segrete. E si direbbe che anche gli aspetti del maledetto, i torbidi d'una tempra sessuale e passionale a cui la comune coscienza repugna trovino in questa fedeltà un sorprendente riscatto: anche al di là della catarsi sempre attinta dell'arte, è qui un'esemplare emozionante moralità.

Filippo Maria Pontani

[illegible] e le poesie "inedite" a seguire e le pagine [illegible] fra le righe [illegible] qualche autore [illegible] l'immagine del poeta [illegible] resta [illegible] compiuta [illegible] da una lettura [illegible]. Con molta [illegible] l'esigenza di considerare l'opera di Kavafis come un unico [illegible] « work in progress » suggellato dalla morte.

Questo fa di Kavafis uno dei maggiori poeti del primo Novecento [illegible] di questo secolo egli fu [illegible] della sua [illegible], che [illegible] quasi [illegible] di riposo [illegible] un sollievo che [illegible] certo [illegible] quanto mai prima di [illegible] solo [illegible] da D'Annunzio [illegible] d'una poesia [illegible] Kavafis [illegible] del [illegible] diversi dal proprio [illegible] questi [illegible] e [illegible] della [illegible]. Il sembra che anche gli [illegible] d'una [illegible] e [illegible] questo [illegible], è questo un esempio [illegible].

Filippo Maria Pontani

Nota bibliografica

EDIZIONI

L'intero panorama delle edizioni curate da Kavafis è stato offerto da G. P. SAVVIDIS, in un grosso e articolato volume che fa il punto definitivo sulla situazione (Οἱ Καβαφικὲς ἐκδόσεις *1891-1932*, Atene 1966). Nel 1891-1904 il poeta pubblicò 6 poesie presso la tipografia Lagudakis di Alessandria; quindi la tipografia Kasimati-Ionà di Alessandria stampò due opuscoli, uno di 14 poesie nel 1904-05, l'altro di 21 (le 14 precedenti piú altre 7) nel 1910: queste 21 poesie, con l'aggiunta di *Mura*, furono comprese piú tardi nel cosiddetto « Quaderno Sengòpulos » manoscritto dal poeta a istanza dell'amico, e poi erede, Alekos Sengòpulos, fra il 1927 e il 1933, e intitolato Ποιήματα *1896-1910* (v. ora la riproduzione fototipica Κ. Π. Καβάφη, Αὐτόγραφα ποιήματα *1896-1910*, a cura di G. P. SAVVIDIS, Atene 1968). Dal 1912 al '32 il poeta curò il progressivo ampliamento della raccolta, mediante la stampa di nuove liriche in fogli volanti. Due anni dopo la morte di Kavafis uscí l'*editio princeps* di tutte le poesie riconosciute, con l'aggiunta d'un inedito postumo: Κ. Π. Καβάφη, Τὰ ποιήματα, Alessandria 1935. Tre edizioni successive, tutt'altro che irreprensibili, del *corpus* kavafiano di 154 poesie furono pubblicate ad Atene (ed. Íkaros) fra il 1947 e il 1958. Nel 1961 uscí in Italia (ed. Mondadori) un'edizione delle *Poesie* con traduzione a fronte a cura di F. M. PONTANI: il testo adottato fu quello della 4ª ed. ateniese, migliorata da opportune correzioni. Nel 1963 uscí finalmente ad Atene (ed. Íkaros) la prima ed. criticamente curata (ma senza apparato): Κ. Π. Καβάφη, Ποιήματα, a cura di G. P. SAVVIDIS, 2 voll. (il I rist. nel 1965), in cui è seguito il criterio d'affinità d'argomento per la produzione fino al 1919, e l'ordine cronologico per quella del 1919-33. Il testo dato dal Savvidis è stato riprodotto nell'ed. di lusso (con disegni di N. Chatzikiriakos-Ghikas) uscita ad Atene (Íkaros) nel 1966. G. P. Savvidis, venuto in possesso di tutto il materiale dell'« Archivio Kavafis », ha di recente pubblicato 75 poesie inedite, delle quali 62 affatto ignote (Κ. Π. Καβάφη, Ἀνέκδοτα ποιήματα, *1882-1923*, Atene, Íkaros, 1968). Delle prose di Kavafis, solo in parte pubblicate dall'autore e in parte ancora ignote, sono state curate raccolte antologiche da G. PAPUTSAKIS (Καβάφης, Πεζά, Atene 1963) e da M. PERIDIS (Κ. Π. Καβάφη, Ἀνέκδοτα πεζὰ κείμενα, Atene 1963).

CRITICA GRECA

La preziosa Βιβλιογραφία Κ. Π. Καβάφη di G. K. KATSÍMBALIS (Atene 1943, e complementi 1944) mostra l'enorme numero di scritti pubblicati su K. dopo la scoperta del poeta dovuta a G. XENÒPULOS (in Παναθήναια, 30 nov. 1903, ripubbl. in Νέα Ἑστία, 15 lu. 1933). Per gli ultimi decenni, occorre vedere le indicazioni fornite da P. MULLÀS, in Ἐποχές, mag. 1964, pp. 62-4, e da I. M. CHATZIFOTIS, Ὁ Καβάφης μετὰ θάνατον, Atene 1970. Per la biografia si ha una Γενεαλογία dello stesso K. (cf. Νέα Ἑστία, 15 mag. 1948, pp. 622-29). Ma la piú minuta ricostruzione è quella di S. TSIRKAS, Κ. Π. Καβάφης. Σχεδίασμα χρονογραφίας τοῦ βίου του, Atene 1963 (estr. da Ἐπιθεώρηση Τέχνης). Per l'ambiente, G. CHATZINIS, Ἡ Ἀλεξάντρεια τοῦ Καβάφη, Atene 1962[2]. Per l'attività extrapoetica di K., M. CHALVATZAKIS, Ὁ Καβάφης στὴν ὑπαλληλική του ζωή, Atene 1967. Una biografia romanzata è quella di M. PERANTHIS, Ὁ ἁμαρτωλός, Atene 1953. Testimonianze dirette nei voll. di G. LECHONITIS, Καβαφικὰ αὐτοσχόλια, Alessandria 1942; G. PIERIDIS, Ὁ Καβάφης. Συνομιλίες, χαρακτηρισμοί, ἀνέκδοτα, Atene, ed. Orion, s.a.; e, da ultimo, A. CATRARO, Ὁ φίλος μου ὁ Καβάφης, Atene 1970. Discutibili, ma ancora fondamentali per la ricostruzione della personalità del poeta, gli studi di T. MALANOS, Ὁ ποιητὴς Κ. Π. Καβάφης, Atene 1933; Περὶ Καβάφη (συμπληρωματικὰ σχόλια), ivi 1935; Μυθολογία τῆς Καβαφικῆς πολιτείας, Alessandria 1943, ripubblicati, insieme con Ἀπ' τὰ Καβαφικά μου τετράδια, nell'ed. « definitiva » Ὁ Καβάφης, Atene, ed. Difros, 1957 (da cui citiamo, salvo indicazione diversa), seguíto da Καβάφης 2, Atene 1963. Dello stesso Malanos si ricorda anche Καβάφης - Ἔλιοτ, Alessandria 1953 (provocato da uno scritto di G. Seferis). Opere critiche complessive sono quelle di I. M. PANAGHIOTÒPULOS, Κ. Π. Καβάφης (IV vol. di Τὰ πρόσωπα καί τὰ κείμενα), Atene 1946, che discute ampiamente la bibliografia precedente; e di M. PERIDIS, Ὁ βίος καὶ τὸ ἔργο τοῦ Κ. Καβάφη, Atene 1948, utile per notizie nuove o rare, ma non privo di superficialità e d'inesattezze di rilievo. Una visione parziale offre lo studio di E. P. PAPANUTSOS, Ὁ διδακτικὸς Καβάφης, apparso in rivista e poi nel vol. Παλαμᾶς, Καβάφης, Σικελιανός, Atene 1949 (da cui citiamo). Un saggio estetico pieno di acute osservazioni, ma spesso viziato nelle premesse, è Ἡ ποίηση τοῦ Καβάφη di G. MICHALETOS, Atene 1952 (da cui citiamo, salvo indicazione diversa), seguito dal polemico Καβαφικὰ θέματα· ἀντίλογος, Atene 1955. Un'indagine delle varie "chiavi" (specie politico-sociali) della poesia di K. anteriore al 1911 è il voluminoso libro di S. TSIRKAS, Ὁ Καβάφης καὶ ἡ ἐποχή του, Atene 1958, dove l'asserita aderenza al metodo pragmatico è smentita da fantasiose, per quanto abili, interpretazioni dei fatti. In netta polemica con Tsirkas il vol., ispirato da Malanos, di M. GHIALURAKIS, Ὁ Καβάφης τοῦ κεφαλαίου Τ, συνομιλίες μὲ τὸν Τ. Μαλάνο, Alessandria 1959. Molto notevoli gli Σχόλια στὸν Καβάφη di I. A. SAREGHIANNIS (Atene, Íkaros, 1964); appassionato e finissimo, anche se disuguale, il saggio di M. DALMATI, Κ. Π. Καβάφης, Atene 1964. Si cita inoltre G. THÈMELIS, Ἡ ποίηση τοῦ Καβάφη. Διαστάσεις καὶ ὅρια, Salonicco 1970. Non si può fare a meno di consultare gli scritti kavafiani di G. SEFERIS: un saggio di commento; il parallelo Κ. Π. Καβάφης - Τ. Σ. Ἔλιοτ (entrambi in Δοκιμές, Atene 1962²), da integrare con le molte osservazioni contenute nel *Diario* tuttora inedito in Grecia (in trad. ital., v. *Poesie e prose*, Milano, Club degli Editori, 1970). Buoni materiali in fascicoli commemorativi di riviste (p. es. Ὁ Κύκλος, 1933; Νέα Ἑστία, 1933; 1953; 1963). Alcune liriche di K. sono state musicate dal compositore greco PONIRIDIS; di particolare interesse il gruppo di Ἡδονικά musicati nel 1927 da D. MITRÒPULOS.

TRADUZIONI E CRITICA IN ALTRE LINGUE

Fra le traduzioni francesi, oltre a saggi di PETRIDIS, LEVESQUE, e altri, si ricordano: *Constantin Cavafis. Poèmes*, a cura di T. GRIVA (con uno studio di E. JALOUX), Losanna 1947; e soprattutto il vol. di M. YOURCENAR, *Présentation critique de Constantin Cavafy, 1863-1933, suivie d'une traduction intégrale* [en prose] *de ses poèmes par* M. YOURCENAR *et* C. DIMARÀS, Parigi, ed. Gallimard, 1958 (che include saggi di versione già ed. in *Mesures*, 1939; *Fontaine*,

1945; *Preuves*, 1953; *La Table ronde*, 1954). Inoltre *C. P. Cavafy. Poèmes*, a cura di G. PAPUTSAKIS, Parigi, ed. « Les belles lettres », 1958 (buona trad. in versi, con note che sfruttano appunti inediti del poeta). Di agevole lettura il volumetto di G. CATTAUI, *Constantin Cavafy*, Parigi, Seghers, 1964.

Fra le traduzioni inglesi, oltre ad alcune liriche trad. da VALASSÒPULOS e incluse nel vol. *Pharos and Pharillon* di E. M. FORSTER, Londra 1926, alla trad. di Περιμένοντας τοὺς βαρβάρους dovuta a W. H. AUDEN (dal franc. della YOURCENAR), a saggi di versione di PH. SHERRARD, in *New Directions* (New York), 1953, e a molte tradd. in antologie, si ricorda la trad. completa di J. MAVROGORDATO, *The poems of C. Cavafy*, introd. REX WARNER, Londra 1952², fedele all'originale anche nelle rime, e quella di R. DALVEN, *The complete poems of Cavafy*, New York 1961, che comprende anche 33 poesie rifiutate. Da ultimo E. KEELEY e G. SAVVIDIS hanno tradotto 21 poesie « inedite » col tit. *Passions and ancient Days*, New York 1971 (Londra 1972). Si vedano inoltre R. LIDDELL, in *Horizon*, sett. 1948; C. M. BOWRA, *Constantin Cavafy and the Greek Past*, in *The Creative Experiment*, 1949. Buone pagine su K. ha scritto PH. SHERRARD, *The Marble Threshing Floor. Studies in Modern Greek Poetry*, Londra 1956, pp. 83-123. K., « il vecchio poeta » di Alessandria, è spesso presente a L. DURRELL nel suo *Quartetto d'Alessandria*.

In tedesco ho notizia di traduzioni parziali di K. DIETRICH, H. VON DEN STEINEN e W. GORDON.

In spagnolo, *C. Cavafis, Veinticinco poemas*, trad. E. VIDAL e J. A. VALLENTE, Malaga 1964; e *14 poemas de C. Kavafis*, trad. M. CASTILLO DIDIER, in *Boletin de la Universitad de Chile*, n. 69-70, 1966.

TRADUZIONI E CRITICA IN ITALIA

Le prime traduzioni italiane di K. (5 liriche) furono pubblicate nel 1919 nella rivista Γράμματα di Alessandria (V, 40, p. 61 sgg.) da A. CATRARO: sono... ridicole (per es. *La città*: « Anima mia / perché soffrir / perché morir / cosí?... Un altro lido, / no, non sognar, / non sospirar / mai piú »). Dello stesso, si registra un art. sul *Popolo romano*, 1 giu. 1921. Nel 1932 si ebbero le prime versioni in Italia: 3 liriche, trad. da G. SARANDARIS, in *Cronache* (Bergamo), I, n. 11-12 (debbo la segnalazione alla cortesia del compianto Gaetano Arcangeli). Nel 1934 G. ZORAS diede un cenno di K. in *Europa Orientale*, pp. 498-501, includendovi una trad. della lirica *Itaca*, dovuta a G. FIORITO. Vennero poi gli studi dedicati al poeta da F. M. PONTANI, che, dopo un art. in Νέα Ἑστία, XX, 1936, p. 1338 sgg., pubblicò: *Saggio sulla poesia di Costantino Cavafis*, in *Rivista di cultura greco-italiana*, 1940, nn. 8-9; *Fonti della poesia di Cavafis*, ivi, n. 10, prima ricerca del genere, rifusa nelle note al presente volume; *Metrica di Cavafis*, in *Atti Accademia Palermo*, 1946. Allo stesso si devono varie traduzioni in *Poeti d'oggi*, *Poesia*, *Fiera letteraria*, *Rivista di critica*, etc., ripubblicate, con varianti e aggiunte, in *Costantino Cavafis. Poesie scelte (con un ricordo di G. Ungaretti)*, Milano, All'insegna del Pesce d'oro, 1956. (Tre liriche anche in *Poesia straniera del Novecento*, Milano, Garzanti, 1958). Nel 1961 il Pontani pubblicò, con testo a fronte, tutte le *Poesie* nello « Specchio » di Mondadori (la trad. e le note sono riprodotte nel presente volume), e nel 1966 *Due prose su Shakespeare*, Milano, All'insegna del Pesce d'oro. *Undici inediti erotici* di K. sono stati da ultimo pubblicati dal Pontani nell'*Almanacco dello Specchio*, n. 1, Milano, Mondadori, 1972 (v. pure il saggio *Motivi classici e bizantini negli inediti di K.*, in *Atti Istituto Veneto*, 1969-70). Inoltre, 28 liriche ha tradotto B. LAVAGNINI nel *Trittico neogreco*, Atene 1954; 20 liriche figurano in P. STOMEO, *Dionisio Solomòs. Costantino Kavafis*, Matino (Lecce), ed. « La Nuova Ellade », 1955; e 20 in *Poesia greca del Novecento* a cura di M. VITTI, Parma 1957, 2ª ed. 1966. Traduzioni pubblicate prima in riviste sono state poi raccolte da M. DALMATI e N. RISI nel vol. *Cinquantacinque poesie*, Torino, Einaudi, 1968.

Manca in Italia un'opera critica complessiva su K., al quale hanno tuttavia rivolto un vivo interesse alcune personalità di grande rilievo, quali G. UNGARETTI (nella nota cit.), E. MONTALE (v. ora *Fuori di casa*, Milano 1969, p. 307 segg., dov'è ripreso un precedente tentativo di trad. di *Aspettando i barbari*), A. MORAVIA (in *Corriere della sera*, 5 lu. 1959). Impossibile registrare gli articoli sollecitati dalle cit. tradd. Pontani e Dalmati-Risi: si segnala solo G. MUSA, in *Quartiere*, n.s., 11. Irrilevante il saggetto (con sciatte tradd.) di V. BELMONTE, *Costantino Kavafis*, Corigliano Calabro 1971.

L'Italia ha fornito di recente agli studiosi di K. un prezioso strumento di lavoro col *Lessico di Kavafis*, a cura di G. LORANDO, L. MARCHESELLI, A. GENTILINI, Padova, Liviana, 1970.

Poesie

ΕΠΙΘΥΜΙΕΣ

Σὰν σώματα ὡραῖα νεκρῶν ποὺ δὲν ἐγέρασαν
καὶ τἄκλεισαν, μὲ δάκρυα, σὲ μαυσωλεῖο λαμπρό,
μὲ ρόδα στὸ κεφάλι καὶ στὰ πόδια γιασεμιὰ –
ἔτσ' ἡ ἐπιθυμίες μοιάζουν ποὺ ἐπέρασαν
χωρὶς νὰ ἐκπληρωθοῦν· χωρὶς ν' ἀξιωθεῖ καμιὰ
τῆς ἡδονῆς μιὰ νύχτα, ἢ ἕνα πρωΐ της φεγγερό.

ΦΩΝΕΣ

Ἰδανικὲς φωνὲς κι ἀγαπημένες
ἐκείνων ποὺ πεθάναν, ἢ ἐκείνων ποὺ εἶναι
γιὰ μᾶς χαμένοι σὰν τοὺς πεθαμένους.

Κάποτε μὲς στὰ ὄνειρά μας ὁμιλοῦνε·
κάποτε μὲς στὴν σκέψι τὲς ἀκούει τὸ μυαλό.

Καὶ μὲ τὸν ἦχο των γιὰ μιὰ στιγμὴ ἐπιστρέφουν
ἦχοι ἀπὸ τὴν πρώτη ποίησι τῆς ζωῆς μας –
σὰ μουσική, τὴν νύχτα, μακρυνή, ποὺ σβύνει.

BRAME

Corpi belli di morti, che vecchiezza non colse:
li chiusero, con lacrime, in mausolei preziosi,
con gelsomini ai piedi e al capo rose.
Tali sono le brame che trascorsero
inadempiute, senza voluttuose
notti, senza mattini luminosi.

VOCI

Voci ideali e care
di quelli che morirono, di quelli
che per noi sono persi come i morti.

Talora esse ci parlano nei sogni,
e le sente talora tra i pensieri la mente.

Col loro suono, un attimo ritornano
suoni su dalla prima poesia della vita –
come musica, a notte, che lontanando muore.

ΔΕΗΣΙΣ

Ἡ θάλασσα στὰ βάθη της πῆρ' ἕναν ναύτη. –
Ἡ μάνα του, ἀνήξερη, πιαίνει κι ἀνάφτει

στὴν Παναγία μπροστὰ ἕνα ὑψηλὸ κερὶ
γιὰ νὰ ἐπιστρέψει γρήγορα καὶ νἆν' καλοὶ καιροὶ –

καὶ ὅλο πρὸς τὸν ἄνεμο στήνει τ' αὐτί.
Ἀλλὰ ἐνῶ προσεύχεται καὶ δέεται αὐτή,

ἡ εἰκὼν ἀκούει, σοβαρὴ καὶ λυπημένη,
ξεύροντας πῶς δὲν θἄλθει πιὰ ὁ υἱὸς ποὺ περιμένει.

ΤΟ ΠΡΩΤΟ ΣΚΑΛΙ

Εἰς τὸν Θεόκριτο παραπονιοῦνταν
μιὰ μέρα ὁ νέος ποιητὴς Εὐμένης·
«Τώρα δυὸ χρόνια πέρασαν ποὺ γράφω
κ' ἕνα εἰδύλλιο ἔκαμα μονάχα.
Τὸ μόνον ἄρτιόν μου ἔργον εἶναι.
Ἀλλοίμονον, εἶν' ὑψηλή, τὸ βλέπω,
πολὺ ὑψηλὴ τῆς Ποιήσεως ἡ σκάλα·
κι ἀπ' τὸ σκαλὶ τὸ πρῶτο ἐδῶ ποὺ εἶμαι
ποτὲ δὲν θ' ἀναιβῶ ὁ δυστυχισμένος».
Εἶπ' ὁ Θεόκριτος· «Αὐτὰ τὰ λόγια
ἀνάρμοστα καὶ βλασφημίες εἶναι.
Κι ἂν εἶσαι στὸ σκαλὶ τὸ πρῶτο, πρέπει
νἆσαι ὑπερήφανος κ' εὐτυχισμένος.
Ἐδῶ ποὺ ἔφθασες, λίγο δὲν εἶναι·
τόσο ποὺ ἔκαμες, μεγάλη δόξα.
Κι αὐτὸ ἀκόμη τὸ σκαλὶ τὸ πρῶτο

PREGHIERA

I gorghi hanno inghiottito un marinaro.
La mamma accende un cero lungo, ignara,

dinanzi alla Madonna: perché torni
presto, perché ritornino bei giorni.

Tende sempre l'orecchio al vento. Molte
le preghiere, le suppliche. L'ascolta

l'icone, seria e triste: lei lo sa
che il figlio atteso non ritornerà.

IL PRIMO SCALINO

Èumene, giovanissimo poeta,
si lamentava un giorno con Teocrito:
« Due anni sono già da quando scrivo,
e non ho fatto che un idillio solo:
è l'unico lavoro mio compiuto.
Povero me, lo vedo bene, è alta,
molto alta la scala di Poesia.
Sono soltanto sul primo scalino:
povero me, che non andrò piú su ».
Gli rispose Teocrito: « Stonate
sono, e blasfeme queste tue parole.
Sei sul primo gradino della scala?
Fiero devi sentirtene, e felice.
Essere giunto qua non è da poco;
quanto hai fatto non è piccola gloria.
Anche il primo gradino della scala

πολὺ ἀπὸ τὸν κοινὸ τὸν κόσμο ἀπέχει.
Εἰς τὸ σκαλὶ γιὰ νὰ πατήσεις τοῦτο
πρέπει μὲ τὸ δικαίωμά σου νἆσαι
πολίτης εἰς τῶν ἰδεῶν τὴν πόλι.
Καὶ δύσκολο στὴν πόλι ἐκείνην εἶναι
καὶ σπάνιο νὰ σὲ πολιτογραφήσουν.
Στὴν ἀγορά της βρίσκεις Νομοθέτας
ποὺ δὲν γελᾶ κανένας τυχοδιώκτης.
Ἐδῶ ποὺ ἔφθασες, λίγο δὲν εἶναι·
τόσο ποὺ ἔκαμες, μεγάλη δόξα».

ΕΝΑΣ ΓΕΡΟΣ

Στοῦ καφενείου τοῦ βοεροῦ τὸ μέσα μέρος
σκυμένος στὸ τραπέζι κάθετ' ἕνας γέρος·
μὲ μιὰν ἐφημερίδα ἐμπρός του, χωρὶς συντροφιά.

Καὶ μὲς στῶν ἄθλιων γηρατειῶν τὴν καταφρόνεια
σκέπτεται πόσο λίγο χάρηκε τὰ χρόνια
ποὺ εἶχε καὶ δύναμι, καὶ λόγο, κ' ἐμορφιά.

Ξέρει ποὺ γέρασε πολύ· τὸ νοιώθει, τὸ κυττάζει.
Κ' ἐν τούτοις ὁ καιρὸς ποὺ ἦταν νέος μοιάζει
σὰν χθές. Τί διάστημα μικρό, τί διάστημα μικρό.

Καὶ συλλογιέται ἡ Φρόνησις πῶς τὸν ἐγέλα·
καὶ πῶς τὴν ἐμπιστεύονταν πάντα – τί τρέλλα! –
τὴν ψεύτρα ποὺ ἔλεγε· «Αὔριο. Ἔχεις πολὺν καιρό».

Θυμᾶται ὁρμὲς ποὺ βάσταγε· καὶ πόση
χαρὰ θυσίαζε. Τὴν ἄμυαλή του γνῶσι
κάθ' εὐκαιρία χαμένη τώρα τὴν ἐμπαίζει.

è tanto lungi dal volgo profano.
Se vuoi posarvi il piede, entrare devi
nella Città sublime delle Idee
col tuo diritto di cittadinanza.
Ed è cosa difficile e assai rara
che t'iscrivano là fra i cittadini.
E dei legislatori del suo foro
nessun avventuriero si fa scherno.
Essere giunto qua non è da poco;
quanto hai fatto non è piccola gloria».

UN VECCHIO

Interno di caffè. Frastuono. A un tavolino
siede appartato un vecchio. È tutto chino,
con un giornale avanti a sé, nessuna compagnia.

E pensa, nella triste vecchiezza avvilita,
a quanto poco egli godé la vita
quando aveva bellezza, facondia, e vigoria.

Sa ch'è invecchiato molto: lo sente, lo vede.
Ma il tempo ch'era giovane lo crede
quasi ieri. Che spazio breve, che spazio breve.

Riflette. A come la Saggezza l'ha beffato.
Se n'era in tutto (che pazzia!) fidato:
« Domani. Hai tanto tempo » – la bugiarda diceva.

Gioie sacrificate... ogni slancio represso...
Ricorda. Ogni occasione persa, adesso
suona come uno scherno al suo senno demente.

...Μὰ ἀπ' τὸ πολὺ νὰ σκέπτεται καὶ νὰ θυμᾶται
ὁ γέρος ἐζαλίσθηκε. Κι ἀποκοιμᾶται
στοῦ καφενείου ἀκουμπισμένος τὸ τραπέζι.

ΚΕΡΙΑ

Τοῦ μέλλοντος ἡ μέρες στέκοντ' ἐμπροστά μας
σὰ μιὰ σειρὰ κεράκια ἀναμένα –
χρυσά, ζεστά, καὶ ζωηρὰ κεράκια.

Ἡ περασμένες μέρες πίσω μένουν,
μιὰ θλιβερὴ γραμμὴ κεριῶν σβυσμένων·
τὰ πιὸ κοντὰ βγάζουν καπνὸν ἀκόμη,
κρύα κεριά, λυωμένα, καὶ κυρτά.

Δὲν θέλω νὰ τὰ βλέπω· μὲ λυπεῖ ἡ μορφή των,
καὶ μὲ λυπεῖ τὸ πρῶτο φῶς των νὰ θυμοῦμαι.
Ἐμπρὸς κυττάζω τ' ἀναμένα μου κεριά.

Δὲν θέλω νὰ γυρίσω, νὰ μὴ διῶ καὶ φρίξω
τί γρήγορα ποὺ ἡ σκοτεινὴ γραμμὴ μακραίνει,
τί γρήγορα ποὺ τὰ σβυστὰ κεριὰ πληθαίνουν.

ΘΕΡΜΟΠΥΛΕΣ

Τιμὴ σ' ἐκείνους ὅπου στὴν ζωή των
ὥρισαν καὶ φυλάγουν Θερμοπύλες.
Ποτὲ ἀπὸ τὸ χρέος μὴ κινοῦντες·
δίκαιοι κ' ἴσιοι σ' ὅλες των τὲς πράξεις,
ἀλλὰ μὲ λύπη κιόλας κ' εὐσπλαχνία·

Fra tante riflessioni, in tutta quella pioggia
di memorie, è stordito il vecchio. Appoggia
il capo al tavolino del caffè... s'addormenta.

CANDELE

Stanno i giorni futuri innanzi a noi
come una fila di candele accese –
dorate, calde, e vivide.

Restano indietro i giorni del passato,
penosa riga di candele spente:
le piú vicine dànno fumo ancora,
fredde, disfatte, e storte.

Non le voglio vedere: m'accora il loro aspetto,
la memoria m'accora del loro antico lume.
E guardo avanti le candele accese.

Non mi voglio voltare, ch'io non scorga, in un brivido,
come s'allunga presto la tenebrosa riga,
come crescono presto le mie candele spente.

TERMOPILE

Onore a quanti nella loro vita
decisero difese di Termopile.
Mai dal loro dovere essi recedono;
in ogni azione equilibrati e giusti,
con dolore, peraltro, e compassione;

γενναῖοι ὁσάκις εἶναι πλούσιοι, κι ὅταν
εἶναι πτωχοί, πάλ' εἰς μικρὸν γενναῖοι,
πάλι συντρέχοντες ὅσο μποροῦνε·
πάντοτε τὴν ἀλήθεια ὁμιλοῦντες,
πλὴν χωρὶς μῖσος γιὰ τοὺς ψευδομένους.

Καὶ περισσότερη τιμὴ τοὺς πρέπει
ὅταν προβλέπουν (καὶ πολλοὶ προβλέπουν)
πὼς ὁ 'Εφιάλτης θὰ φανεῖ στὸ τέλος,
κ' οἱ Μῆδοι ἐπὶ τέλους θὰ διαβοῦνε.

CHE FECE... IL GRAN RIFIUTO

Σὲ μερικοὺς ἀνθρώπους ἔρχεται μιὰ μέρα
ποὺ πρέπει τὸ μεγάλο Ναὶ ἢ τὸ μεγάλο τὸ Ὄχι
νὰ ποῦνε. Φανερώνεται ἀμέσως ὅποιος τὄχει
ἕτοιμο μέσα του τὸ Ναί, καὶ λέγοντάς το πέρα

πηγαίνει στὴν τιμὴ καὶ στὴν πεποίθησί του.
Ὁ ἀρνηθεὶς δὲν μετανοιώνει. Ἂν ρωτιοῦνταν πάλι,
ὄχι θὰ ξαναέλεγε. Κι ὅμως τὸν καταβάλλει
ἐκεῖνο τ' ὄχι – τὸ σωστὸ – εἰς ὅλην τὴν ζωή του.

Η ΨΥΧΕΣ ΤΩΝ ΓΕΡΟΝΤΩΝ

Μὲς στὰ παληὰ τὰ σώματά των τὰ φθαρμένα
κάθονται τῶν γερόντων ἡ ψυχές.
Τί θλιβερὲς ποὺ εἶναι ἡ πτωχὲς
καὶ πῶς βαρυοῦνται τὴν ζωὴ τὴν ἄθλια ποὺ τραβοῦνε.
Πῶς τρέμουν μὴν τὴν χάσουνε καὶ πῶς τὴν ἀγαποῦνε

se ricchi, generosi; anche nel poco
generosi, se poveri; solerti
a soccorrere gli altri piú che possono,
capaci solo della verità,
senza neppure odiare i mentitori.

E di piú grande onore sono degni
se prevedono (e molti lo prevedono)
che spunterà da ultimo un Efialte
e i Persiani, alla fine, passeranno.

CHE FECE... IL GRAN RIFIUTO

Arriva per taluni un giorno, un'ora
in cui devono dire il grande Sí
o il grande No. Subito appare chi
ha pronto il Sí: lo dice, e sale ancora

nella propria certezza e nella stima.
Chi negò non si pente. Ancora No,
se richiesto, direbbe. Eppure il No,
il giusto No, per sempre lo rovina.

LE ANIME DEI VECCHI

In vieti corpi logorati hanno dimora
le anime dei vecchi. Che penose
anime, poverine! e che gravose
esistenze trascinano, che vita di dolore!
Eppure, come tremano di perderla, e che amore

ἡ σαστισμένες κι ἀντιφατικὲς
ψυχές, ποὺ κάθονται – κωμικοτραγικὲς –
μὲς στὰ παληά των τὰ πετσιὰ τ' ἀφανισμένα.

ΔΙΑΚΟΠΗ

Τὸ ἔργον τῶν θεῶν διακόπτομεν ἐμεῖς,
τὰ βιαστικὰ κι ἄπειρα ὄντα τῆς στιγμῆς.
Στῆς 'Ελευσῖνος καὶ στῆς Φθίας τὰ παλάτια
ἡ Δήμητρα κ' ἡ Θέτις ἀρχινοῦν ἔργα καλὰ
μὲς σὲ μεγάλες φλόγες καὶ βαθὺν καπνόν. 'Αλλὰ
πάντοτε ὁρμᾶ ἡ Μετάνειρα ἀπὸ τὰ δωμάτια
τοῦ βασιλέως, ξέπλεγη καὶ τρομαγμένη,
καὶ πάντοτε ὁ Πηλεὺς φοβᾶται κ' ἐπεμβαίνει.

ΤΑ ΠΑΡΑΘΥΡΑ

Σ' αὐτὲς τὲς σκοτεινὲς κάμαρες, ποὺ περνῶ
μέρες βαρυές, ἐπάνω κάτω τριγυρνῶ
γιὰ νἄβρω τὰ παράθυρα. – "Οταν ἀνοίξει
ἕνα παράθυρο θἆναι παρηγορία. –
Μὰ τὰ παράθυρα δὲν βρίσκονται, ἢ δὲν μπορῶ
νὰ τἄβρω. Καὶ καλλίτερα ἴσως νὰ μὴν τὰ βρῶ.
"Ισως τὸ φῶς θἆναι μιὰ νέα τυραννία.
Ποιὸς ξέρει τί καινούρια πράγματα θὰ δείξει.

le portano, le anime dubbiose,
contraddittorie, che in viete e corrose
carcasse, tragicomiche, hanno dimora!

INTERRUZIONE

L'opera degli dei l'interrompiamo noi,
creature dell'attimo smaniose e ignare, noi.
In mezzo ad alte fiamme e cupe fumate,
nelle regge d'Eleusi e di Ftia
Demetra e Teti opere grandi avviano.
Ma dalle regie stanze, sconvolta, scarmigliate
le chiome, Metanira balza sempre, e sgomento
sempre s'avanza Pèleo, col suo stolto intervento.

LE FINESTRE

In queste tenebrose camere, dove vivo
giorni grevi, di qua di là m'aggiro
per trovare finestre (sarà
scampo se una finestra s'apre). Ma
finestre non si trovano, o non so
trovarle. Meglio non trovarle, forse.
Forse sarà la luce altra tortura.
Chi sa che cose nuove mostrerà.

ΤΡΩΕΣ

Εἶν' ἡ προσπάθειές μας, τῶν συφοριασμένων·
εἶν' ἡ προσπάθειές μας σὰν τῶν Τρώων.
Κομμάτι κατορθώνουμε· κομμάτι
παίρνουμ' ἐπάνω μας· κι ἀρχίζουμε
νἄχουμε θάρρος καὶ καλὲς ἐλπίδες.

Μὰ πάντα κάτι βγαίνει καὶ μᾶς σταματᾶ.
Ὁ Ἀχιλλεὺς στὴν τάφρον ἐμπροστά μας
βγαίνει καὶ μὲ φωνὲς μεγάλες μᾶς τρομάζει. –

Εἶν' ἡ προσπάθειές μας σὰν τῶν Τρώων.
Θαρροῦμε πὼς μὲ ἀπόφασι καὶ τόλμη
θ' ἀλλάξουμε τῆς τύχης τὴν καταφορά,
κ' ἔξω στεκόμεθα ν' ἀγωνισθοῦμε.

Ἀλλ' ὅταν ἡ μεγάλη κρίσις ἔλθει,
ἡ τόλμη κ' ἡ ἀπόφασίς μας χάνονται·
ταράττεται ἡ ψυχή μας, παραλύει·
κι ὁλόγυρα ἀπ' τὰ τείχη τρέχουμε
ζητῶντας νὰ γλυτώσουμε μὲ τὴν φυγή.

Ὅμως ἡ πτῶσις μας εἶναι βεβαία. Ἐπάνω,
στὰ τείχη, ἄρχισεν ἤδη ὁ θρῆνος.
Τῶν ἡμερῶν μας ἀναμνήσεις κλαῖν κ' αἰσθήματα.
Πικρὰ γιὰ μᾶς ὁ Πρίαμος κ' ἡ Ἑκάβη κλαῖνε.

ΤΑ ΒΗΜΑΤΑ

Σ' ἐβένινο κρεββάτι, στολισμένο
μὲ κοραλλένιους ἀετούς, βαθυὰ κοιμᾶται
ὁ Νέρων – ἀσυνείδητος, ἥσυχος, κ' εὐτυχής·

TROIANI

Sono, gli sforzi di noi sventurati,
sono, gli sforzi nostri, gli sforzi dei Troiani.
Qualche successo, qualche fiducioso
impegno; ed ecco, incominciamo
a prendere coraggio, a nutrire speranze.

Ma qualche cosa spunta sempre, e ci ferma.
Spunta Achille di fronte a noi sul fossato
e con le grida enormi ci spaura.

Sono, gli sforzi nostri, gli sforzi dei Troiani.
Crediamo che la nostra decisione e l'ardire
muteranno una sorte di rovina.
E stiamo fuori, in campo, per lottare.

Poi, come giunge l'attimo supremo,
ardire e decisione se ne vanno:
l'anima nostra si sconvolge, e manca;
e tutt'intorno alle mura corriamo,
cercando nella fuga scampo.

La nostra fine è certa. Intonano, lassú,
sulle mura, il corrotto.
Dei nostri giorni piangono memorie, sentimenti.
Pianto amaro di Priamo e d'Ecuba su noi.

I PASSI

Sopra il suo letto d'ebano, adornato
d'aquile coralline, dorme fondo
Nerone – inconscio, placido, e felice,

ἀκμαῖος μὲς στὴν εὐρωστία τῆς σαρκός,
καὶ τῆς νεότητος τ' ὡραῖο σφρῖγος.

'Αλλὰ στὴν αἴθουσα τὴν ἀλαβάστρινη ποὺ κλείνει
τῶν 'Αηνοβάρβων τὸ ἀρχαῖο λαράριο
τί ἀνήσυχοι ποὺ εἶν' οἱ Λάρητές του.
Τρέμουν οἱ σπιτικοὶ μικροὶ θεοὶ
καὶ προσπαθοῦν τ' ἀσήμαντά των σώματα νὰ κρύψουν.
Γιατὶ ἄκουσαν μιὰ ἀπαίσια βοή,
θανάσιμη βοὴ τὴν σκάλα ν' ἀνεβαίνει·
βήματα σιδερένια ποὺ τραντάζουν τὰ σκαλιά.
Καὶ λιγοθυμισμένοι τώρα οἱ ἄθλιοι Λάρητες
μέσα στὸ βάθος τοῦ λαράριου χώνονται,
ὁ ἕνας τὸν ἄλλονα σκουντᾶ καὶ σκουντουφλᾶ,
ὁ ἕνας μικρὸς θεὸς πάνω στὸν ἄλλον πέφτει
γιατὶ κατάλαβαν τί εἶδος βοὴ εἶναι τούτη,
τἄνοιωσαν πιὰ τὰ βήματα τῶν 'Εριννύων.

ΜΟΝΟΤΟΝΙΑ

Τὴν μιὰ μονότονην ἡμέραν ἄλλη
μονότονη, ἀπαράλλακτη ἀκολουθεῖ. Θὰ γίνουν
τὰ ἴδια πράγματα, θὰ ξαναγίνουν πάλι –
ἡ ὅμοιες στιγμὲς μᾶς βρίσκουνε καὶ μᾶς ἀφίνουν.

Μῆνας περνᾶ καὶ φέρνει ἄλλον μῆνα.
Αὐτὰ ποὺ ἔρχονται κανεὶς εὔκολα τὰ εἰκάζει·
εἶναι τὰ χθεσινὰ τὰ βαρετὰ ἐκεῖνα.
Καὶ καταντᾶ τὸ αὔριο πιὰ σὰν αὔριο νὰ μὴ μοιάζει.

florido di carnale sanità,
di rigogliosa giovinezza bello.

Ma nella stanza alabastrina, ov'è racchiuso
degli Enobarbi l'avito larario,
come inquieti s'affannano i suoi Lari!
Gli dei piccini tremano,
nell'ansia di nascondere i loro corpi esigui:
hanno udito una voce sinistra,
voce di morte che ascende la scala;
e gli scalini crollano sotto ferrigni passi.
Ora i Lari meschini, scoraggiti
si sommergono a fondo del larario,
e l'uno l'altro spinge e risospinge,
un minuscolo dio su l'altro cade:
hanno compreso quale voce sia,
han conosciuto i passi delle Erinni.

MONOTONIA

Segue a un giorno monotono un nuovo
giorno, monotono, immutabile. Accadranno
le stesse cose, accadranno di nuovo.
Tutti i momenti uguali vengono, se ne vanno.

Un mese passa e un altro mese accompagna.
Ciò che viene s'immagina senza calcoli strani:
è l'ieri, con la nota noia stagna.
E il domani non sembra piú domani.

ΤΕΙΧΗ

Χωρὶς περίσκεψιν, χωρὶς λύπην, χωρὶς αἰδὼ
μεγάλα κ' ὑψηλὰ τριγύρω μου ἔκτισαν τείχη.

Καὶ κάθομαι καὶ ἀπελπίζομαι τώρα ἐδῶ.
Ἄλλο δὲν σκέπτομαι: τὸν νοῦν μου τρώγει αὐτὴ ἡ τύχη·

διότι πράγματα πολλὰ ἔξω νὰ κάμω εἶχον.
Ἆ ὅταν ἔκτιζαν τὰ τείχη πῶς νὰ μὴν προσέξω.

Ἀλλὰ δὲν ἄκουσα ποτὲ κρότον κτιστῶν ἢ ἦχον.
Ἀνεπαισθήτως μ' ἔκλεισαν ἀπὸ τὸν κόσμον ἔξω.

ΠΕΡΙΜΕΝΟΝΤΑΣ ΤΟΥΣ ΒΑΡΒΑΡΟΥΣ

Τί περιμένουμε στὴν ἀγορὰ συναθροισμένοι;

Εἶναι οἱ βάρβαροι νὰ φθάσουν σήμερα.

Γιατί μέσα στὴν Σύγκλητο μιὰ τέτοια ἀπραξία;
Τί κάθοντ' οἱ Συγκλητικοὶ καὶ δὲν νομοθετοῦνε;

Γιατὶ οἱ βάρβαροι θὰ φθάσουν σήμερα.
Τί νόμους πιὰ θὰ κάμουν οἱ Συγκλητικοί;
Οἱ βάρβαροι σὰν ἔλθουν θὰ νομοθετήσουν.

Γιατί ὁ αὐτοκράτωρ μας τόσο πρωῒ σηκώθη,
καὶ κάθεται στῆς πόλεως τὴν πιὸ μεγάλη πύλη
στὸν θρόνο ἐπάνω, ἐπίσημος, φορῶντας τὴν κορώνα;

Γιατὶ οἱ βάρβαροι θὰ φθάσουν σήμερα.
Κι ὁ αὐτοκράτωρ περιμένει νὰ δεχθεῖ

MURA

Senza riguardo, senza pudore né pietà,
m'han fabbricato intorno erte, solide mura.

E ora mi dispero, inerte, qua.
Altro non penso: tutto mi rode questa dura

sorte. Avevo da fare tante cose là fuori.
Ma quando fabbricavano come fui cosí assente!

Non ho sentito mai né voci né rumori.
M'hanno escluso dal mondo inavvertitamente.

ASPETTANDO I BARBARI

Che aspettiamo, raccolti nella piazza?

Oggi arrivano i barbari.

Perché mai tanta inerzia nel Senato?
E perché i senatori siedono e non fan leggi?

Oggi arrivano i barbari.
Che leggi devon fare i senatori?
Quando verranno le faranno i barbari.

Perché l'imperatore s'è levato
cosí per tempo e sta, solenne, in trono,
alla porta maggiore, incoronato?

Oggi arrivano i barbari.
L'imperatore aspetta di ricevere

τὸν ἀρχηγό τους. Μάλιστα ἑτοίμασε
γιὰ νὰ τὸν δώσει μιὰ περγαμηνή. Ἐκεῖ
τὸν ἔγραψε τίτλους πολλοὺς κι ὀνόματα.

Γιατί οἱ δυό μας ὕπατοι κ' οἱ πραίτορες ἐβγῆκαν
σήμερα μὲ τὲς κόκκινες, τὲς κεντημένες τόγες·
γιατί βραχιόλια φόρεσαν μὲ τόσους ἀμεθύστους,
καὶ δαχτυλίδια μὲ λαμπρὰ γυαλιστερὰ σμαράγδια·
γιατί νὰ πιάσουν σήμερα πολύτιμα μπαστούνια
μ' ἀσήμια καὶ μαλάματα ἔκτακτα σκαλιγμένα;

Γιατὶ οἱ βάρβαροι θὰ φθάσουν σήμερα·
καὶ τέτοια πράγματα θαμπώνουν τοὺς βαρβάρους.

Γιατί κ' οἱ ἄξιοι ρήτορες δὲν ἔρχονται σὰν πάντα
νὰ βγάλουνε τοὺς λόγους τους, νὰ ποῦνε τὰ δικά τους;

Γιατὶ οἱ βάρβαροι θὰ φθάσουν σήμερα·
κι αὐτοὶ βαριοῦντ' εὐφράδειες καὶ δημηγορίες.

Γιατί ν' ἀρχίσει μονομιᾶς αὐτὴ ἡ ἀνησυχία
κ' ἡ σύγχυσις. (Τὰ πρόσωπα τί σοβαρὰ ποὺ ἐγίναν).
Γιατί ἀδειάζουν γρήγορα οἱ δρόμοι κ' ἡ πλατέες,
κι ὅλοι γυρνοῦν στὰ σπίτια τους πολὺ συλλογισμένοι;

Γιατὶ ἐνύχτωσε κ' οἱ βάρβαροι δὲν ἦλθαν.
Καὶ μερικοὶ ἔφθασαν ἀπ' τὰ σύνορα,
καὶ εἶπανε πὼς βάρβαροι πιὰ δὲν ὑπάρχουν.

Καὶ τώρα τί θὰ γένουμε χωρὶς βαρβάρους.
Οἱ ἄνθρωποι αὐτοὶ ἦσαν μιὰ κάποια λύσις.

il loro capo. E anzi ha già disposto
l'offerta d'una pergamena. E là
gli ha scritto molti titoli ed epiteti.

Perché i nostri due consoli e i pretori
sono usciti stamani in toga rossa?
Perché i bracciali con tante ametiste,
gli anelli con gli splendidi smeraldi luccicanti?
Perché brandire le preziose mazze
coi bei ceselli tutti d'oro e argento?

Oggi arrivano i barbari,
e questa roba fa impressione ai barbari.

Perché i valenti oratori non vengono
a snocciolare i loro discorsi, come sempre?

Oggi arrivano i barbari:
sdegnano la retorica e le arringhe.

Perché d'un tratto questo smarrimento
ansioso? (I volti come si son fatti serî!)
Perché rapidamente e strade e piazze
si svuotano, e ritornano tutti a casa perplessi?

S'è fatta notte, e i barbari non sono piú venuti.
Taluni sono giunti dai confini,
han detto che di barbari non ce ne sono piú.

E adesso, senza barbari, cosa sarà di noi?
Era una soluzione, quella gente.

ΑΠΙΣΤΙΑ

Σὰν πάντρευαν τὴν Θέτιδα μὲ τὸν Πηλέα
σηκώθηκε ὁ 'Απόλλων στὸ λαμπρὸ τραπέζι
τοῦ γάμου, καὶ μακάρισε τοὺς νεονύμφους
γιὰ τὸν βλαστὸ ποὺ θἄβγαινε ἀπ' τὴν ἕνωσί των.
Εἶπε· Ποτὲ αὐτὸν ἀρρώστια δὲν θἀγγίξει
καὶ θἄχει μακρυνὴ ζωή. – Αὐτὰ σὰν εἶπε,
ἡ Θέτις χάρηκε πολύ, γιατὶ τὰ λόγια
τοῦ 'Απόλλωνος ποὺ γνώριζε ἀπὸ προφητεῖες
τὴν φάνηκαν ἐγγύησις γιὰ τὸ παιδί της.
Κι ὅταν μεγάλωνεν ὁ 'Αχιλλεύς, καὶ ἦταν
τῆς Θεσσαλίας ἔπαινος ἡ ἐμορφιά του,
ἡ Θέτις τοῦ θεοῦ τὰ λόγια ἐνθυμοῦνταν.
'Αλλὰ μιὰ μέρα ἦλθαν γέροι μὲ εἰδήσεις,
κ' εἶπαν τὸν σκοτωμὸ τοῦ 'Αχιλλέως στὴν Τροία
Κ' ἡ Θέτις ξέσχιζε τὰ πορφυρά της ροῦχα,
κ' ἔβγαζεν ἀπὸ πάνω της καὶ ξεπετοῦσε
στὸ χῶμα τὰ βραχιόλια καὶ τὰ δαχτυλίδια.
Καὶ μὲς στὸν ὀδυρμό της τὰ παληὰ θυμήθη·
καὶ ρώτησε τί ἔκαμνε ὁ σοφὸς 'Απόλλων,
ποῦ γύριζεν ὁ ποιητὴς ποὺ στὰ τραπέζια
ἔξοχα ὁμιλεῖ, ποῦ γύριζε ὁ προφήτης
ὅταν τὸν υἱό της σκότωναν στὰ πρῶτα νειάτα.
Κ' οἱ γέροι τὴν ἀπήντησαν πὼς ὁ 'Απόλλων
αὐτὸς ὁ ἴδιος ἐκατέβηκε στὴν Τροία,
καὶ μὲ τοὺς Τρῶας σκότωσε τὸν 'Αχιλλέα.

Η ΚΗΔΕΙΑ ΤΟΥ ΣΑΡΠΗΔΟΝΟΣ

Βαρυὰν ὀδύνην ἔχει ὁ Ζεύς. Τὸν Σαρπηδόνα
ἐσκότωσεν ὁ Πάτροκλος· καὶ τώρα ὁρμοῦν

SLEALTÀ

Quando si celebrarono le nozze
di Teti e Pèleo, alla sontuosa mensa
si levò Apollo, ed esaltò gli sposi
per il virgulto che sarebbe nato
da quell'unione. Disse: « Non sarà
sfiorato mai da morbi. Avrà una vita
lunga ». S'allegrò Teti: le parole
d'Apollo, ch'era esperto in profezie,
le sonarono come garanzia per il figlio.
E come Achille si faceva grande, ed era
la sua bellezza gloria di Tessaglia,
Teti serbava in cuore le parole del dio.
Ma un giorno certi vecchi recarono notizie.
Dissero: « Achille è stato ucciso a Troia ».
Teti faceva scempio delle vesti di porpora,
si strappava le armille, gli anelli
e li scagliava al suolo. E, fra i lamenti,
le sovvenne il passato. E domandò
cosa faceva Apollo, il dio sapiente,
e dov'era il poeta, che ai conviti diceva
tante belle parole, e dov'era il profeta
mentre nel fiore dell'età le uccidevano il figlio.
I vecchi le risposero che Apollo
era disceso di persona a Troia,
e aveva ucciso, coi Troiani, Achille.

IL FUNERALE DI SARPEDONE

Addolorato è Zeus, Patroclo ha ucciso
Sarpèdone; e il figlio di Menetio con gli Achei

ὁ Μενοιτιάδης κ' οἱ 'Αχαιοὶ τὸ σῶμα
ν' ἁρπάξουνε καὶ νὰ τὸ ἐξευτελίσουν.

'Αλλὰ ὁ Ζεὺς διόλου δὲν στέργει αὐτά.
Τὸ ἀγαπημένο του παιδὶ – ποὺ τὸ ἄφισε
καὶ χάθηκεν· ὁ Νόμος ἦταν ἔτσι –
τουλάχιστον θὰ τὸ τιμήσει πεθαμένο.
Καὶ στέλνει, ἰδού, τὸν Φοῖβο κάτω στὴν πεδιάδα
ἑρμηνευμένο πῶς τὸ σῶμα νὰ νοιασθεῖ.

Τοῦ ἥρωος τὸν νεκρὸ μ' εὐλάβεια καὶ μὲ λύπη
σηκώνει ὁ Φοῖβος καὶ τὸν πάει στὸν ποταμό.
Τὸν πλένει ἀπὸ τὲς σκόνες κι ἀπ' τὰ αἵματα·
κλείει τὲς φοβερὲς πληγές, μὴ ἀφίνοντας
κανένα ἴχνος νὰ φανεῖ· τῆς ἀμβροσίας
τ' ἀρώματα χύνει ἐπάνω του· καὶ μὲ λαμπρὰ
'Ολύμπια φορέματα τὸν ντύνει.
Τὸ δέρμα του ἀσπρίζει· καὶ μὲ μαργαριταρένιο
χτένι χτενίζει τὰ κατάμαυρα μαλλιά.
Τὰ ὡραῖα μέλη σχηματίζει καὶ πλαγιάζει.

Τώρα σὰν νέος μοιάζει βασιλεὺς ἁρματηλάτης –
στὰ εἰκοσιπέντε χρόνια του, στὰ εἰκοσιέξη –
ἀναπαυόμενος μετὰ ποὺ ἐκέρδισε,
μ' ἅρμα ὁλόχρυσο καὶ ταχυτάτους ἵππους,
σὲ ξακουστὸν ἀγῶνα τὸ βραβεῖον.

Ἔτσι σὰν ποὺ τελείωσεν ὁ Φοῖβος
τὴν ἐντολή του, κάλεσε τοὺς δυὸ ἀδελφοὺς
τὸν Ὕπνο καὶ τὸν Θάνατο, προστάζοντάς τους
νὰ πᾶν τὸ σῶμα στὴν Λυκία, τὸν πλούσιο τόπο.

Καὶ κατὰ ἐκεῖ τὸν πλούσιο τόπο, τὴν Λυκία
τοῦτοι ὁδοιπόρησαν οἱ δυὸ ἀδελφοὶ

già s'avventa a carpire
il corpo, a farne strazio.

Questo non piace a Zeus.
Al suo fanciullo amato – l'ha lasciato
perire: era la Legge –
in morte almeno vuol rendere onore.
E manda Febo laggiú nella piana
e lo ragguaglia sul pietoso ufficio.

Ecco: il cadavere dell'eroe, riguardoso
e dolente, solleva Febo. Al fiume lo reca.
E gli terge la polvere e il sangue,
chiude le sue tremende piaghe, sí che non resti
vestigio parvente; gli aromi
d'ambrosia versa su di lui; l'abbiglia
con vesti Olimpie, fulgide.
La sua pelle biancheggia; con un pettine
di perla il dio gli pettina i capelli nerissimi.
Le belle membra assetta, adagia.

Ora somiglia un re giovine, auriga
– sugli anni venticinque o ventisei –
che si riposa dopo la vittoria,
col carro d'oro e i fulminei cavalli,
in qualche gara celebre.

Febo compí il mandato.
Poi chiamò i due fratelli, Sonno e Morte,
e ingiunse loro di recare il corpo
nella Licia, felice paese.

E a quel felice paese, la Licia,
i due fratelli fecero viaggio,

῞Υπνος καὶ Θάνατος, κι ὅταν πιὰ ἔφθασαν

στὴν πόρτα τοῦ βασιλικοῦ σπιτιοῦ
παρέδοσαν τὸ δοξασμένο σῶμα,
καὶ γύρισαν στὲς ἄλλες τους φροντίδες καὶ δουλειές.

Κι ὡς τὄλαβαν αὐτοῦ, στὸ σπίτι, ἀρχίνησε
μὲ συνοδεῖες, καὶ τιμές, καὶ θρήνους,
καὶ μ' ἄφθονες σπονδὲς ἀπὸ ἱεροὺς κρατῆρας,
καὶ μ' ὅλα τὰ πρεπὰ ἡ θλιβερὴ ταφή·
κ' ἔπειτα ἔμπειροι ἀπ' τὴν πολιτείαν ἐργάται,
καὶ φημισμένοι δουλευταὶ τῆς πέτρας
ἦλθανε κ' ἔκαμαν τὸ μνῆμα καὶ τὴν στήλη.

Η ΣΥΝΟΔΕΙΑ ΤΟΥ ΔΙΟΝΥΣΟΥ

῾Ο Δάμων ὁ τεχνίτης (ἄλλον πιὸ ἱκανὸ
στὴν Πελοπόννησο δὲν ἔχει) εἰς παριανὸ
μάρμαρο ἐπεξεργάζεται τὴν συνοδεία
τοῦ Διονύσου. ῾Ο θεὸς μὲ θεσπεσία
δόξαν ἐμπρός, μὲ δύναμι στὸ βάδισμά του.
῾Ο ῎Ακρατος πίσω. Στὸ πλάγι τοῦ ᾿Ακράτου
ἡ Μέθη χύνει στοὺς Σατύρους τὸ κρασὶ
ἀπὸ ἀμφορέα ποὺ τὸν στέφουνε κισσοί.
Κοντά των ὁ ῾Ηδύοινος ὁ μαλθακός,
τὰ μάτια του μισοκλειστά, ὑπνωτικός.
Καὶ παρακάτω ἔρχοντ' οἱ τραγουδισταὶ
Μόλπος κ' ῾Ηδυμελής, κι ὁ Κῶμος ποὺ ποτὲ
νὰ σβύσει δὲν ἀφίνει τῆς πορείας τὴν σεπτὴ
λαμπάδα ποὺ βαστᾶ· καί, σεμνοτάτη, ἡ Τελετή. –
Αὐτὰ ὁ Δάμων κάμνει. Καὶ κοντὰ σ' αὐτὰ
ὁ λογισμός του κάθε τόσο μελετᾶ

Sonno e Morte. Arrivarono

alla gran porta della reggia,
consegnarono il corpo glorioso,
e tornarono ad altre loro faccende e cure.

E là, come l'accolsero in casa, cominciarono,
con processioni, onori, trenodie,
e con libami innumeri di pii crateri, e tutto
quanto s'addice, i funebri penosi.
Indi sapienti artefici chiamati di città
e rinomati marmorari giunsero
a fabbricare il tumulo e la stele.

IL CORTEO DI DIONISO

L'artefice Damone (un altro non ce n'è
piú bravo nel Peloponneso) fa il corteo
di Dioniso nel marmo pario. Il dio procede
avanti con sovrana gloria, e nell'incedere
una gran forza. Intemperanza è dietro. A latere
d'Intemperanza, Ebbrezza mesce vino ai Satiri
da una grande anfora che l'edera inghirlanda.
Accanto a loro sta Vindolce, dalla blanda
mollezza, gli occhi semichiusi, sonnacchioso.
E Melodia segue in disparte, e Armonioso
(sono i cantori); insieme anche Baldoria viene,
né mai fa estinguere la fiaccola che tiene
nelle sue mani; poi, piissimo, Mistero.
Tutto ciò fa Damone. Ed ecco, il suo pensiero,
in mezzo a tutte queste cose belle, va
di tanto in tanto a quello che riceverà

τὴν ἀμοιβή του ἀπὸ τῶν Συρακουσῶν
τὸν βασιλέα, τρία τάλαντα, πολὺ ποσόν.
Μὲ τ' ἄλλα του τὰ χρήματα κι αὐτὰ μαζὺ
σὰν μποῦν, ὡς εὔπορος σπουδαῖα πιὰ θὰ ζεῖ,
καὶ θὰ μπορεῖ νὰ πολιτεύεται – χαρά! –
κι αὐτὸς μὲς στὴν βουλή, κι αὐτὸς στὴν ἀγορά.

ΤΑ ΑΛΟΓΑ ΤΟΥ ΑΧΙΛΛΕΩΣ

Τὸν Πάτροκλο σὰν εἶδαν σκοτωμένο,
ποὺ ἦταν τόσο ἀνδρεῖος, καὶ δυνατός, καὶ νέος,
ἄρχισαν τ' ἄλογα νὰ κλαῖνε τοῦ 'Αχιλλέως·
ἡ φύσις των ἡ ἀθάνατη ἀγανακτοῦσε
γιὰ τοῦ θανάτου αὐτὸ τὸ ἔργον ποὺ θωροῦσε.
Τίναζαν τὰ κεφάλια των καὶ τὲς μακρυὲς χαῖτες κουνοῦσαν,
τὴν γῆ χτυποῦσαν μὲ τὰ πόδια, καὶ θρηνοῦσαν
τὸν Πάτροκλο ποὺ ἐνοιώθανε ἄψυχο – ἀφανισμένο –
μιὰ σάρκα τώρα ποταπὴ – τὸ πνεῦμα του χαμένο –
ἀνυπεράσπιστο – χωρὶς πνοὴ –
εἰς τὸ μεγάλο Τίποτε ἐπιστραμένο ἀπ' τὴν ζωή.

Τὰ δάκρυα εἶδε ὁ Ζεὺς τῶν ἀθανάτων
ἀλόγων καὶ λυπήθη. «Στοῦ Πηλέως τὸν γάμο»
εἶπε «δὲν ἔπρεπ' ἔτσι ἄσκεπτα νὰ κάμω·
καλύτερα νὰ μὴν σᾶς δίναμε ἄλογά μου
δυστυχισμένα! Τί γυρεύατ' ἐκεῖ χάμου
στὴν ἄθλια ἀνθρωπότητα ποὖναι τὸ παίγνιον τῆς μοίρας.
Σεῖς ποὺ οὐδὲ ὁ θάνατος φυλάγει, οὐδὲ τὸ γῆρας
πρόσκαιρες συμφορὲς σᾶς τυραννοῦν. Στὰ βάσανά των
σᾶς ἔμπλεξαν οἱ ἄνθρωποι». – Ὅμως τὰ δάκρυά των
γιὰ τοῦ θανάτου τὴν παντοτεινὴ
τὴν συμφορὰν ἐχύνανε τὰ δυὸ τὰ ζῶα τὰ εὐγενῆ.

per compenso dal re di Siracusa: tre
talenti, una cospicua somma, avrà per sé.
La metterà con tutta l'altra sua ricchezza,
e allora vivere potrà nell'agiatezza,
far politica anch'egli – che felicità! –
dire la sua nell'assemblea, nell'agorà.

I CAVALLI D'ACHILLE

Come videro Patroclo ammazzato
– era giovine, e forte, e coraggioso tanto –
i cavalli d'Achille levarono pianto:
il loro spirito immortale s'adirava
per quell'impresa della morte che miravano.
E scrollavano il capo, e le lunghe criniere si movevano.
Battendo il suolo con gli zoccoli, piangevano
Patroclo: lo sentivano estinto, senza vita,
povera carne vana – l'anima sua, sparita –
senza difesa piú, senza piú fiato,
dall'esistere, dentro il gran Nulla tornato.

S'avvide Zeus del pianto delle bestie
immortali, e si dolse. E disse: « Fui leggero,
alle nozze di Pèleo: meglio era davvero
non far dono di voi, miei poveri cavalli!
Che avevate a che fare in quelle tristi valli
terrestri, fra mortali infelici, trastullo della sorte?
Voi, cui non guata la vecchiezza né la morte,
accorano precarie sventure; e voi nel giro
dei loro amari crucci gli uomini irretirono ».
Ma le bestie di nobile natura
piangevano di morte la perenne sventura.

ΟΥΤΟΣ ΕΚΕΙΝΟΣ

Ἄγνωστος – ξένος μὲς στὴν Ἀντιόχεια – Ἐδεσσηνὸς
γράφει πολλά. Καὶ τέλος πάντων, νά, ὁ λίνος
ὁ τελευταῖος ἔγινε. Μὲ αὐτὸν ὀγδόντα τρία

ποιήματα ἐν ὅλῳ. Πλὴν τὸν ποιητὴ
κούρασε τόσο γράψιμο, τόση στιχοποιΐα,
καὶ τόση ἔντασις σ' ἑλληνικὴ φρασιολογία,
καὶ τώρα τὸν βαραίνει πιὰ τὸ κάθε τί. –

Μιὰ σκέψις ὅμως παρευθὺς ἀπὸ τὴν ἀθυμία
τὸν βγάζει – τὸ ἐξαίσιον Οὗτος Ἐκεῖνος,
ποὺ ἄλλοτε στὸν ὕπνο του ἄκουσε ὁ Λουκιανός.

Ο ΒΑΣΙΛΕΥΣ ΔΗΜΗΤΡΙΟΣ

Σὰν τὸν παραίτησαν οἱ Μακεδόνες
κι ἀπέδειξαν πὼς προτιμοῦν τὸν Πύρρο
ὁ βασιλεὺς Δημήτριος (μεγάλην
εἶχε ψυχὴ) καθόλου – ἔτσι εἶπαν –
δὲν φέρθηκε σὰν βασιλεύς. Ἐπῆγε
κ' ἔβγαλε τὰ χρυσὰ φορέματά του,
καὶ τὰ ποδήματά του πέταξε
τὰ ὁλοπόρφυρα. Μὲ ροῦχ' ἁπλὰ
ντύθηκε γρήγορα καὶ ξέφυγε.
Κάμνοντας ὅμοια σὰν ἠθοποιὸς
ποὺ ὅταν ἡ παράστασις τελειώσει,
ἀλλάζει φορεσιὰ κι ἀπέρχεται.

QUESTI È COLUI...

Ignoto – in Antiochia giunto di fuori mano,
da Edessa. Scrive molto. L'ultimo suo canto,
ecco, è finito. Sono ottantatré poesie,

con questa, in tutto. Ma il poeta s'è sfinito
d'avere scritto tanto, di tanta sticurgia,
e di tanta tensione nella fraseologia
greca. Tutto è per lui come un peso infinito.

Dispera. D'improvviso, un'idea tuttavia
lo salva: « Questi è Colui... »: formula d'incanto
che nel suo sogno, in altri tempi, sentí Luciano.

IL RE DEMETRIO

Quando l'abbandonarono i Macedoni
mostrando chiaro d'anteporgli Pirro,
il re Demetrio (era uomo di grande
animo) non si comportò da re -
cosí almeno si disse. Andò a spogliarsi
dei suoi pomposi paramenti d'oro,
gettò le calzature porporine.
D'umili panni, frettolosamente,
si rivestí, fuggí. Come un attore,
non appena finito lo spettacolo,
si cangia di vestito e se ne va.

Η ΠΟΛΙΣ

Εἶπες «Θὰ πάγω σ' ἄλλη γῆ, θὰ πάγω σ' ἄλλη θάλασσα.
Μιὰ πόλις ἄλλη θὰ βρεθεῖ καλλίτερη ἀπὸ αὐτή.
Κάθε προσπάθεια μου μιὰ καταδίκη εἶναι γραφτή·
κ' εἶν' ἡ καρδιά μου – σὰν νεκρὸς – θαμένη.
Ὁ νοῦς μου ὡς πότε μὲς στὸν μαρασμὸν αὐτὸν θὰ μένει.
Ὅπου τὸ μάτι μου γυρίσω, ὅπου κι ἂν δῶ
ἐρείπια μαῦρα τῆς ζωῆς μου βλέπω ἐδῶ,
ποὺ τόσα χρόνια πέρασα καὶ ρήμαξα καὶ χάλασα».

Καινούριους τόπους δὲν θὰ βρεῖς, δὲν θἄβρεις ἄλλες θάλασσες.
Ἡ πόλις θὰ σὲ ἀκολουθεῖ. Στοὺς δρόμους θὰ γυρνᾶς
τοὺς ἴδιους. Καὶ στὲς γειτονιὲς τὲς ἴδιες θὰ γερνᾶς·
καὶ μὲς στὰ ἴδια σπίτια αὐτὰ θ' ἀσπρίζεις.
Πάντα στὴν πόλι αὐτὴ θὰ φθάνεις. Γιὰ τὰ ἀλλοῦ – μὴ ἐλπίζεις –
δὲν ἔχει πλοῖο γιὰ σέ, δὲν ἔχει ὁδό.
Ἔτσι ποὺ τὴ ζωή σου ρήμαξες ἐδῶ
στὴν κώχη τούτη τὴν μικρή, σ' ὅλην τὴν γῆ τὴν χάλασες.

Η ΣΑΤΡΑΠΕΙΑ

Τί συμφορά, ἐνῶ εἶσαι καμωμένος
γιὰ τὰ ὡραῖα καὶ μεγάλα ἔργα
ἡ ἄδικη αὐτή σου ἡ τύχη πάντα
ἐνθάρρυνσι κ' ἐπιτυχία νὰ σὲ ἀρνεῖται·
νὰ σ' ἐμποδίζουν εὐτελεῖς συνήθειες,
καὶ μικροπρέπειες, κι ἀδιαφορίες.
Καὶ τί φρικτὴ ἡ μέρα ποὺ ἐνδίδεις
(ἡ μέρα ποὺ ἀφέθηκες κ' ἐνδίδεις),
καὶ φεύγεις ὁδοιπόρος γιὰ τὰ Σοῦσα,
καὶ πιαίνεις στὸν μονάρχην 'Αρταξέρξη
ποὺ εὐνοϊκὰ σὲ βάζει στὴν αὐλή του

LA CITTÀ

Hai detto: « Andrò per altra terra ed altro mare.
Una città migliore di questa ci sarà.
Tutti gli sforzi sono condanna scritta. E qua
giace sepolto, come un morto, il cuore.
E fino a quando, in questo desolato languore?
Dove mi volgo, dove l'occhio giro,
macerie nere della vita miro,
ch'io non seppi, per anni, che perdere e schiantare ».

Né terre nuove troverai, né nuovi mari.
Ti verrà dietro la città. Per le vie girerai:
le stesse. E negli stessi quartieri invecchierai,
ti farai bianco nelle stesse mura.
Perenne approdo, questa città. Per la ventura
nave non c'è né via – speranza vana!
La vita che schiantasti in questa tana
breve, in tutta la terra l'hai persa, in tutti i mari.

LA SATRAPIA

Che peccato! Sei fatto per le belle
e grandi cose, e questa sorte grama
ti nega sempre coraggio e successo.
Ostacoli: le vili consuetudini,
le indifferenze, le meschinità.
E che giorno terribile, se cedi
(il giorno che ti lasci andare e cedi)
e ti fai pellegrino verso Susa,
e giungi ad Artaserse, al grande re,
che benigno t'ammette alla sua corte

καὶ σὲ προσφέρει σατραπεῖες καὶ τέτοια.
Καὶ σὺ τὰ δέχεσαι μὲ ἀπελπισία
αὐτὰ τὰ πράγματα ποὺ δὲν τὰ θέλεις.
Ἄλλα ζητεῖ ἡ ψυχή σου, γι' ἄλλα κλαίει·
τὸν ἔπαινο τοῦ δήμου καὶ τῶν Σοφιστῶν,
τὰ δύσκολα καὶ τ' ἀνεκτίμητα Εὖγε·
τὴν 'Αγορά, τὸ Θέατρο, καὶ τοὺς Στεφάνους.
Αὐτὰ ποῦ θὰ στὰ δώσει ὁ 'Αρταξέρξης,
αὐτὰ ποῦ θὰ τὰ βρεῖς στὴ σατραπεία·
καὶ τί ζωὴ χωρὶς αὐτὰ θὰ κάμεις.

ΜΑΡΤΙΑΙ ΕΙΔΟΙ

Τὰ μεγαλεῖα νὰ φοβᾶσαι, ὦ ψυχή.
Καὶ τὲς φιλοδοξίες σου νὰ ὑπερνικήσεις
ἂν δὲν μπορεῖς, μὲ δισταγμὸ καὶ προφυλάξεις
νὰ τὲς ἀκολουθεῖς. Κι ὅσο ἐμπροστὰ προβαίνεις,
τόσο ἐξεταστική, προσεκτικὴ νὰ εἶσαι.

Κι ὅταν θὰ φθάσεις στὴν ἀκμή σου, Καῖσαρ, πιά·
ἔτσι περιωνύμου ἀνθρώπου σχῆμα ὅταν λάβεις,
τότε κυρίως πρόσεξε σὰ βγεῖς στὸν δρόμον ἔξω,
ἐξουσιαστὴς περίβλεπτος μὲ συνοδεία,
ἂν τύχει καὶ πλησιάσει ἀπὸ τὸν ὄχλο
κανένας 'Αρτεμίδωρος, ποὺ φέρνει γράμμα,
καὶ λέγει βιαστικὰ «Διάβασε ἀμέσως τοῦτα,
εἶναι μεγάλα πράγματα ποὺ σ' ἐνδιαφέρουν»,
μὴ λείψεις νὰ σταθεῖς· μὴ λείψεις ν' ἀναβάλεις
κάθε ὁμιλίαν ἢ δουλειά· μὴ λείψεις τοὺς διαφόρους
ποὺ χαιρετοῦν καὶ προσκυνοῦν νὰ τοὺς παραμερίσεις

e t'offre satrapie, cariche, onori
Tu, tu le accetti con disperazione,
queste cose che l'anima respinge.
Altro l'anima cerca, e d'altro piange:
quelle lodi del popolo e dei Saggi,
i *Bravo!* inestimabili, difficili,
e l'Agorà, il Teatro, le corone!
E come potrà dartele Artaserse,
come trovarle nella satrapia,
queste cose? Ma senza queste cose,
che vita – dimmi – sarà mai la tua?

IDI DI MARZO

Le grandezze paventa,
anima. Le ambizioni, se vincerle non puoi,
secondale, ma sempre cautelosa, esitante.
Quanto piú in alto sali,
tanto piú scruta, e bada.

E quando all'acme sarai giunto, ormai,
Cesare, quando prenderai figura
d'uomo cosí famoso, allora bada,
quando cospicuo incedi per via col tuo corteggio:
se mai, di tra la massa, ti s'accosti
un qualche Artemidoro, con uno scritto in mano,
e dica in fretta: «Lèggi questo súbito,
è cosa d'importanza, e ti riguarda»,
allora non mancare di fermarti, non mancare
di differire colloqui e lavori,
di rimuovere i tanti che al saluto

(τοὺς βλέπεις πιὸ ἀργά)· ἂς περιμένει ἀκόμη
κ' ἡ Σύγκλητος αὐτή, κ' εὐθὺς νὰ τὰ γνωρίσεις
τὰ σοβαρὰ γραφόμενα τοῦ 'Αρτεμιδώρου.

ΑΠΟΛΕΙΠΕΙΝ Ο ΘΕΟΣ ΑΝΤΩΝΙΟΝ

Σὰν ἔξαφνα ὥρα μεσάνυχτ' ἀκουσθεῖ
ἀόρατος θίασος νὰ περνᾶ
μὲ μουσικὲς ἐξαίσιες, μὲ φωνὲς –
τὴν τύχη σου ποὺ ἐνδίδει πιά, τὰ ἔργα σου
ποὺ ἀπέτυχαν, τὰ σχέδια τῆς ζωῆς σου
ποὺ βγῆκαν ὅλα πλάνες μὴ ἀνωφέλετα θρηνήσεις.
Σὰν ἕτοιμος ἀπὸ καιρό, σὰ θαρραλέος,
ἀποχαιρέτα την, τὴν 'Αλεξάνδρεια ποὺ φεύγει.
Πρὸ πάντων νὰ μὴ γελασθεῖς, μὴν πεῖς πὼς ἦταν
ἕνα ὄνειρο, πὼς ἀπατήθηκεν ἡ ἀκοή σου·
μάταιες ἐλπίδες τέτοιες μὴν καταδεχθεῖς.
Σὰν ἕτοιμος ἀπὸ καιρό, σὰ θαρραλέος,
σὰν ποὺ ταιριάζει σε ποὺ ἀξιώθηκες μιὰ τέτοια πόλι,
πλησίασε σταθερὰ πρὸς τὸ παράθυρο,
κι ἄκουσε μὲ συγκίνησιν, ἀλλ' ὄχι
μὲ τῶν δειλῶν τὰ παρακάλια καὶ παράπονα,
ὡς τελευταία ἀπόλαυσι τοὺς ἤχους,
τὰ ἐξαίσια ὄργανα τοῦ μυστικοῦ θιάσου,
κι ἀποχαιρέτα την, τὴν 'Αλεξάνδρεια ποὺ χάνεις.

si prostrano (piú tardi li vedrai).
Anche il Senato aspetti. E lèggi súbito
il grave scritto che ti reca Artemidoro.

IL DIO ABBANDONA ANTONIO

Come s'udrà, d'un tratto, a mezza notte,
invisibile tíaso passare
tra musiche mirabili, canoro,
la tua fortuna che trabocca ormai,
le opere fallite, i tuoi disegni
delusi tutti, non piangere in vano.
Come pronto da tempo, come un prode,
salutala, Alessandria che dilegua.
Non t'illudere piú, non dire: « è stato
un sogno », oppure « s'ingannò l'udito »:
non piegare a cosí vuote speranze.
Come pronto da tempo, come un prode,
come s'addice a te, cui fu donato
d'una città sí grande il privilegio,
va risoluto accanto alla finestra:
con emozione ascolta e senza preci,
senza le querimonie degl'imbelli,
quasi a fruire di suprema gioia, i suoni,
gli strumenti mirabili di quell'arcano tíaso,
e saluta Alessandria, che tu perdi.

ΤΕΛΕΙΩΜΕΝΑ

Μέσα στὸν φόβο καὶ στὲς ὑποψίες,
μὲ ταραγμένο νοῦ καὶ τρομαγμένα μάτια,
λυώνουμε καὶ σχεδιάζουμε τὸ πῶς νὰ κάμουμε
γιὰ ν' ἀποφύγουμε τὸν βέβαιο
τὸν κίνδυνο ποὺ ἔτσι φρικτὰ μᾶς ἀπειλεῖ.
Κι ὅμως λανθάνουμε, δὲν εἶν' αὐτὸς στὸν δρόμο·
ψεύτικα ἦσαν τὰ μηνύματα
(ἢ δὲν τ' ἀκούσαμε, ἢ δὲν τὰ νοιώσαμε καλά).
Ἄλλη καταστροφή, ποὺ δὲν τὴν φανταζόμεθαν,
ἐξαφνική, ραγδαία πέφτει ἐπάνω μας,
κι ἀνέτοιμους – ποῦ πιὰ καιρὸς – μᾶς συνεπαίρνει.

ΙΩΝΙΚΟΝ

Γιατὶ τὰ σπάσαμε τ' ἀγάλματά των,
γιατὶ τοὺς διώξαμεν ἀπ' τοὺς ναούς των,
διόλου δὲν πέθαναν γι' αὐτὸ οἱ θεοί.
Ὦ γῆ τῆς Ἰωνίας, σένα ἀγαποῦν ἀκόμη,
σένα ἡ ψυχές των ἐνθυμοῦνται ἀκόμη.
Σὰν ξημερώνει ἐπάνω σου πρωῒ αὐγουστιάτικο
τὴν ἀτμοσφαῖρα σου περνᾶ σφρῖγος ἀπ' τὴν ζωή των·
καὶ κάποτ' αἰθερία ἐφηβικὴ μορφή,
ἀόριστη, μὲ διάβα γρήγορο,
ἐπάνω ἀπὸ τοὺς λόφους σου περνᾶ.

FINE

Tra paura e sospetti,
con la mente sconvolta e gli occhi esterrefatti,
ci logoriamo a vagheggiare scampi
al rischio certo
che ci minaccia tanto atrocemente.
Errore! Sulla nostra via non c'è.
Erano menzognere le notizie
(non udite? fraintese?). Altra rovina,
che non s'immaginava,
su noi fulminea scroscia,
e sprovveduti – non c'è piú tempo! – ci prostra.

IONICA

Se, frantumati i loro simulacri,
noi li scacciammo via dai loro templi,
non sono morti per ciò gli dei.
O terra della Ionia, ancora t'amano,
l'anima loro ti ricorda ancora.
Come aggiorna su te l'alba d'agosto,
nell'aria varca della loro vita un èmpito,
e un'eteria parvenza d'efebo,
indefinita, con passo celere,
varca talora sulle tue colline.

ΤΥΑΝΕΥΣ ΓΛΥΠΤΗΣ

Καθὼς ποὺ θὰ τὸ ἀκούσατε, δὲν εἶμ' ἀρχάριος.
Κάμποση πέτρα ἀπὸ τὰ χέρια μου περνᾶ.
Καὶ στὴν πατρίδα μου, τὰ Τύανα, καλὰ
μὲ ξέρουνε· κ' ἐδῶ ἀγάλματα πολλὰ
μὲ παραγγείλανε συγκλητικοί.

Καὶ νὰ σᾶς δείξω
ἀμέσως μερικά. Παρατηρῆστ' αὐτὴν τὴν Ρέα·
σεβάσμια, γεμάτη καρτερία, παναρχαία.
Παρατηρῆστε τὸν Πομπήϊον. Ὁ Μάριος,
ὁ Αἰμίλιος Παῦλος, ὁ Ἀφρικανὸς Σκιπίων.
Ὁμοιώματα, ὅσο ποὺ μπόρεσα, πιστά.
Ὁ Πάτροκλος (ὀλίγο θὰ τὸν ξαναγγίξω).
Πλησίον στοῦ μαρμάρου τοῦ κιτρινωποῦ
ἐκεῖνα τὰ κομάτια, εἶν' ὁ Καισαρίων.

Καὶ τώρα καταγίνομαι ἀπὸ καιρὸ ἀρκετὸ
νὰ κάμω ἕναν Ποσειδῶνα. Μελετῶ
κυρίως γιὰ τ' ἄλογά του, πῶς νὰ πλάσσω αὐτά.
Πρέπει ἐλαφρὰ ἔτσι νὰ γίνουν ποὺ
τὰ σώματα, τὰ πόδια των νὰ δείχνουν φανερὰ
ποὺ δὲν πατοῦν τὴν γῆ, μόν' τρέχουν στὰ νερά.

Μὰ νά τὸ ἔργον μου τὸ πιὸ ἀγαπητὸ
ποὺ δούλεψα συγκινημένα καὶ τὸ πιὸ προσεκτικά·
αὐτόν, μιὰ μέρα τοῦ καλοκαιριοῦ θερμὴ
ποὺ ὁ νοῦς μου ἀνέβαινε στὰ ἰδανικά,
αὐτὸν ἐδῶ ὀνειρεύομουν τὸν νέον Ἑρμῆ.

SCULTORE DI TIANA

Come avrete sentito, non sono un principiante:
molta pietra mi passa fra le mani.
E bene mi conoscono a Tiana,
la mia patria; ma anche senatori romani
m'hanno commesso statue.

Ecco, guardate,
ve ne mostro qualcuna. Una Rea, molto augusta,
piena di grande fermezza, vetusta.
Osservate Pompeo. Poco piú avanti
è Mario. Emilio Paolo. L'Africano, Scipione.
Somiglianza – nei miei limiti umani –
perfetta. Ed ecco Patroclo (badate,
va ritoccato). E accanto a quei frammenti
di marmo giallo, Cesarione.

Ora attendo da tempo ad altro tema:
un Posidone. Il mio grosso problema
sono i cavalli: sto facendo i piani:
cosí leggeri occorre che diventino,
che corpi e zampe siano come estrani
alla terra, e sull'acqua trascorrano lontano.

Ma ecco l'opera che piú mi preme,
lavorata con piú cura e piú anima.
Era un giorno d'estate, caldo (a prova
la mia mente saliva nei mondi iperurani)
quando lo vagheggiai, l'Ermete giovane.

ΤΑ ΕΠΙΚΙΝΔΥΝΑ

Εἶπε ὁ Μυρτίας (Σύρος σπουδαστὴς
στὴν 'Αλεξάνδρεια· ἐπὶ βασιλείας
αὐγούστου Κώνσταντος καὶ αὐγούστου Κωνσταντίου
ἐν μέρει ἐθνικός, κ' ἐν μέρει χριστιανίζων)·
«Δυναμωμένος μὲ θεωρία καὶ μελέτη,
ἐγὼ τὰ πάθη μου δὲν θὰ φοβοῦμαι σὰ δειλός.
Τὸ σῶμα μου στὲς ἡδονὲς θὰ δώσω,
στὲς ἀπολαύσεις τὲς ὀνειρεμένες,
στὲς τολμηρότερες ἐρωτικὲς ἐπιθυμίες,
στὲς λάγνες τοῦ αἵματός μου ὁρμές, χωρὶς
κανέναν φόβο, γιατὶ ὅταν θέλω –
καὶ θἄχω θέλησι, δυναμωμένος
ὡς θἆμαι μὲ θεωρία καὶ μελέτη –
στὲς κρίσιμες στιγμὲς θὰ ξαναβρίσκω
τὸ πνεῦμα μου, σὰν πρίν, ἀσκητικό».

Η ΔΟΞΑ ΤΩΝ ΠΤΟΛΕΜΑΙΩΝ

Εἶμ' ὁ Λαγίδης, βασιλεύς. Ὁ κάτοχος τελείως
(μὲ τὴν ἰσχύ μου καὶ τὸν πλοῦτο μου) τῆς ἡδονῆς.
῞Η Μακεδών, ἢ βάρβαρος δὲν βρίσκεται κανεὶς
ἴσος μου, ἢ νὰ μὲ πλησιάζει κάν. Εἶναι γελοῖος
ὁ Σελευκίδης μὲ τὴν ἀγοραία του τρυφή.
῏Αν ὅμως σεῖς ἄλλα ζητεῖτε, ἰδοὺ κι αὐτὰ σαφῆ.
Ἡ πόλις ἡ διδάσκαλος, ἡ πανελλήνια κορυφή,
εἰς κάθε λόγο, εἰς κάθε τέχνη ἡ πιὸ σοφή.

RISCHI

Mirtia disse (studente siriano
ad Alessandria; regno di Costante
Augusto e di Costanzo Augusto;
un po' pagano e un po' cristianeggiante):
« Forte di studi e di speculazioni,
le mie passioni non le temerò
da vile. Il corpo lo darò al piacere,
ai godimenti vagheggiati in sogno,
alle piú ardite brame erotiche, ai lascivi
impeti del mio sangue,
senza paura: solo ch'io lo voglia
(e lo vorrò, cosí fortificato
dalle speculazioni e dagli studi)
ritroverò, nei miei momenti critici,
il mio spirito ascetico di prima ».

LA GLORIA DEI TOLEMEI

Sono un Làgide, re. La mia forza e ricchezza
mi fa maestro e donno del piacere, Non c'è
nessuno, fra i Macedoni e i barbari, che a me
s'agguagli o che soltanto s'appressi a tanta altezza.
È grottesco il Selèucide, con le sue voluttà
volgari. Altro chiedete? Ecco la verità:
maestra, panellenico vertice, la Città,
la piú sapiente in ogni arte, in ogni attività.

ΙΘΑΚΗ

Σὰ βγεῖς στὸν πηγαιμὸ γιὰ τὴν Ἰθάκη,
νὰ εὔχεσαι νἆναι μακρὺς ὁ δρόμος,
γεμάτος περιπέτειες, γεμάτος γνώσεις.
Τοὺς Λαιστρυγόνας καὶ τοὺς Κύκλωπας,
τὸν θυμωμένο Ποσειδῶνα μὴ φοβᾶσαι,
τέτοια στὸν δρόμο σου ποτέ σου δὲν θὰ βρεῖς.
ἂν μέν' ἡ σκέψις σου ὑψηλή, ἂν ἐκλεκτὴ
συγκίνησις τὸ πνεῦμα καὶ τὸ σῶμα σου ἀγγίζει.
Τοὺς Λαιστρυγόνας καὶ τοὺς Κύκλωπας,
τὸν ἄγριο Ποσειδῶνα δὲν θὰ συναντήσεις,
ἂν δὲν τοὺς κουβανεῖς μὲς στὴν ψυχή σου,
ἂν ἡ ψυχή σου δὲν τοὺς στήνει ἐμπρός σου.

Νὰ εὔχεσαι νἆναι μακρὺς ὁ δρόμος.
Πολλὰ τὰ καλοκαιρινὰ πρωϊὰ νὰ εἶναι
ποὺ μὲ τί εὐχαρίστησι, μὲ τί χαρὰ
θὰ μπαίνεις σὲ λιμένας πρωτοειδωμένους·
νὰ σταματήσεις σ' ἐμπορεῖα Φοινικικά,
καὶ τὲς καλὲς πραγμάτειες ν' ἀποκτήσεις,
σεντέφια καὶ κοράλλια, κεχριμπάρια κ' ἔβενους,
καὶ ἡδονικὰ μυρωδικὰ κάθε λογῆς,
ὅσο μπορεῖς πιὸ ἄφθονα ἡδονικὰ μυρωδικά·
σὲ πόλεις Αἰγυπτιακὲς πολλὲς νὰ πᾶς,
νὰ μάθεις καὶ νὰ μάθεις ἀπ' τοὺς σπουδασμένους.

Πάντα στὸ νοῦ σου νἄχεις τὴν Ἰθάκη.
Τὸ φθάσιμον ἐκεῖ εἶν' ὁ προορισμός σου.
Ἀλλὰ μὴ βιάζεις τὸ ταξεῖδι διόλου.
Καλλίτερα χρόνια πολλὰ νὰ διαρκέσει·
καὶ γέρος πιὰ ν' ἀράξεις στὸ νησί,
πλούσιος μὲ ὅσα κέρδισες στὸν δρόμο,
μὴ προσδοκῶντας πλούτη νὰ σὲ δώσει ἡ Ἰθάκη.

ITACA

Se per Itaca volgi il tuo viaggio,
fa voti che ti sia lunga la via,
e colma di vicende e conoscenze.
Non temere i Lestrígoni e i Ciclopi
o Posidone incollerito: mai
troverai tali mostri sulla via,
se resta il tuo pensiero alto, e squisita
è l'emozione che ti tocca il cuore
e il corpo. Né Lestrígoni o Ciclopi
né Posidone asprigno incontrerai,
se non li rechi dentro, nel tuo cuore,
se non li drizza il cuore innanzi a te.

Fa voti che ti sia lunga la via.
E siano tanti i mattini d'estate
che ti vedano entrare (e con che gioia
allegra!) in porti sconosciuti prima.
Fa scalo negli empori dei Fenici
per acquistare bella mercanzia,
madrepore e coralli, ebani e ambre,
voluttuosi aromi d'ogni sorta,
quanti piú puoi voluttuosi aromi.
Rècati in molte città dell'Egitto,
a imparare imparare dai sapienti.

Itaca tieni sempre nella mente.
La tua sorte ti segna quell'approdo.
Ma non precipitare il tuo viaggio.
Meglio che duri molti anni, che vecchio
tu finalmente attracchi all'isoletta,
ricco di quanto guadagnasti in via,
senza aspettare che ti dia ricchezze.

‘Η ’Ιθάκη σ’ ἔδωσε τ’ ὡραῖο ταξεῖδι.
Χωρὶς αὐτὴν δὲν θἄβγαινες στὸν δρόμο.
Ἄλλα δὲν ἔχει νὰ σὲ δώσει πιά.

Κι ἂν πτωχικὴ τὴν βρεῖς, ἡ ’Ιθάκη δὲν σὲ γέλασε.
Ἔτσι σοφὸς ποὺ ἔγινες, μὲ τόση πεῖρα,
ἤδη θὰ τὸ κατάλαβες ἡ ’Ιθάκες τί σημαίνουν.

ΗΡΩΔΗΣ ΑΤΤΙΚΟΣ

Ἆ τοῦ ‘Ηρώδη τοῦ ’Αττικοῦ τί δόξα εἶν’ αὐτή.

‘Ο ’Αλέξανδρος τῆς Σελευκείας, ἀπ’ τοὺς καλούς μας σοφιστάς,
φθάνοντας στὰς ’Αθήνας νὰ ὁμιλήσει,
βρίσκει τὴν πόλιν ἄδεια ἐπειδὴ ὁ ‘Ηρώδης
ἦταν στὴν ἐξοχή. Κ’ ἡ νεολαία
ὅλη τὸν ἀκολούθησεν ἐκεῖ νὰ τὸν ἀκούει.
‘Ο σοφιστὴς ’Αλέξανδρος λοιπὸν
γράφει πρὸς τὸν ‘Ηρώδη ἐπιστολή,
καὶ τὸν παρακαλεῖ τοὺς Ἕλληνας νὰ στείλει.
Ὁ δὲ λεπτὸς ‘Ηρώδης ἀπαντᾶ εὐθύς·
«Ἔρχομαι μὲ τοὺς Ἕλληνας μαζὺ κ’ ἐγώ». –

Πόσα παιδιὰ στὴν ’Αλεξάνδρεια τώρα,
στὴν ’Αντιόχεια, ἢ στὴν Βηρυτὸ
(οἱ ρήτορές του οἱ αὐριανοὶ ποὺ ἑτοιμάζει ὁ ἑλληνισμός),
ὅταν μαζεύονται στὰ ἐκλεκτὰ τραπέζια
ποὺ πότε ἡ ὁμιλία εἶναι γιὰ τὰ ὡραῖα σοφιστικά,
καὶ πότε γιὰ τὰ ἐρωτικά των τὰ ἐξαίσια,
ἔξαφν’ ἀφηρημένα σιωποῦν.
Ἄγγιχτα τὰ ποτήρια ἀφίνουνε κοντά των,
καὶ συλλογίζονται τὴν τύχη τοῦ ‘Ηρώδη –

Itaca t'ha donato il bel viaggio.
Senza di lei non ti mettevi in via.
Nulla ha da darti piú.

E se la trovi povera, Itaca non t'ha illuso.
Reduce cosí saggio, cosí esperto,
avrai capito che vuol dire un'Itaca.

ERODE ATTICO

O gloria d'Erode Attico, immensa!

Alessandro di Seleucía, sofista tra i migliori,
giunge ad Atene per parlare, e trova
deserta la città: sta in villa Erode,
e tutti quanti i giovani
l'hanno seguito là, per ascoltarlo.
Allora scrive il sofista Alessandro
una lettera a Erode, lo scongiura
di rimandare i Greci.
E quel sottile Erode subito gli risponde:
« Vengo coi Greci, vengo anch'io con loro »

Quanti ragazzi, adesso, ad Alessandria,
ad Antiochia, a Bèrito
(retori di domani che l'ellenismo forgia),
in quei simposi eletti
dove tanto si parla di sofistica
o d'esperienze erotiche squisite,
d'un tratto, assorti, tacciono.
Stanno intatte le coppe accanto a loro·
pensano a quella fortuna d'Erode

ποιὸς ἄλλος σοφιστὴς τ' ἀξιώθηκεν αὐτά; –
κατὰ ποὺ θέλει καὶ κατὰ ποὺ κάμνει
οἱ Ἕλληνες (οἱ Ἕλληνες!) νὰ τὸν ἀκολουθοῦν,
μήτε νὰ κρίνουν ἢ νὰ συζητοῦν,
μήτε νὰ ἐκλέγουν πιά, ν' ἀκολουθοῦνε μόνο.

ΦΙΛΕΛΛΗΝ

Τὴν χάραξι φρόντισε τεχνικὰ νὰ γίνει.
Ἔκφρασις σοβαρὴ καὶ μεγαλοπρεπής.
Τὸ διάδημα καλλίτερα μᾶλλον στενό·
ἐκεῖνα τὰ φαρδυὰ τῶν Πάρθων δὲν μὲ ἀρέσουν.
Ἡ ἐπιγραφή, ὡς σύνηθες, ἑλληνικά·
ὄχ' ὑπερβολική, ὄχι πομπώδης –
μὴν τὰ παρεξηγήσει ὁ ἀνθύπατος
ποὺ ὅλο σκαλίζει καὶ μηνᾶ στὴν Ρώμη –
ἀλλ' ὅμως βέβαια τιμητική.
Κάτι πολὺ ἐκλεκτὸ ἀπ' τὸ ἄλλο μέρος·
κανένας δισκοβόλος ἔφηβος ὡραῖος.
Πρὸ πάντων σὲ συστήνω νὰ κυττάξεις
(Σιθάσπη, πρὸς θεοῦ, νὰ μὴ λησμονηθεῖ)
μετὰ τὸ Βασιλεὺς καὶ τὸ Σωτήρ,
νὰ χαραχθεῖ μὲ γράμματα κομψά, Φιλέλλην.
Καὶ τώρα μὴ μὲ ἀρχίζεις εὐφυολογίες,
τὰ «Ποῦ οἱ Ἕλληνες;» καὶ «Ποῦ τὰ Ἑλληνικὰ
πίσω ἀπ' τὸν Ζάγρο ἐδῶ, ἀπὸ τὰ Φράατα πέρα».
Τόσοι καὶ τόσοι βαρβαρότεροί μας ἄλλοι
ἀφοῦ τὸ γράφουν, θὰ τὸ γράψουμε κ' ἐμεῖς.
Καὶ τέλος μὴ ξεχνᾶς ποὺ ἐνίοτε
μᾶς ἔρχοντ' ἀπὸ τὴν Συρία σοφισταί,
καὶ στιχοπλόκοι, κι ἄλλοι ματαιόσπουδοι.
Ὥστε ἀνελλήνιστοι δὲν εἴμεθα, θαρρῶ.

(quale sofista mai s'ebbe altrettanto?):
a misura di quanto vuole e fa,
i Greci (i Greci!) ecco lo seguono,
senza piú giudicare né discutere,
senza scegliere: seguono soltanto.

FILELLENO

L'incisione sia fatta, bada, a regola d'arte.
Un'espressione dignitosa e seria.
Meglio un po' stretta la corona:
quelle larghe, dei Parti, non mi piacciono.
E l'iscrizione in greco, come al solito:
non troppo esagerata né pomposa
– che non abbia a fraintendere il proconsole
che sempre scruta e riferisce a Roma –
però, molto onorifica.
Qualcosa di squisito anche sull'altra faccia:
per esempio un discobolo, un giovinetto bello
Ma piú d'ogni altra cosa raccomando
(per Dio, Sitaspe, che non sia scordato!)
che dopo le parole RE e SOTERE
con caratteri scelti s'incida FILELLENO.
Non cominciare, adesso, con le spiritosaggini
(« Dove sono gli Elleni? » o « Cosa c'entra
la lingua ellenica di là dallo Zagro e Fraata? »).
Tanti e tanti lo scrivono, piú barbari
di noi: dunque anche noi lo scriveremo.
E, dopo tutto, non dimenticare
che talora ci arrivano dalla Siria sofisti,
e versaioli, e altri perdigiorno.
Senza cultura ellenica non siamo, credo. No?

ΑΛΕΞΑΝΔΡΙΝΟΙ ΒΑΣΙΛΕΙΣ

Μαζεύθηκαν οἱ 'Αλεξανδρινοὶ
νὰ δοῦν τῆς Κλεοπάτρας τὰ παιδιά,
τὸν Καισαρίωνα καὶ τὰ μικρά του ἀδέρφια,
'Αλέξανδρο καὶ Πτολεμαῖο, ποὺ πρώτη
φορὰ τὰ βγάζαν ἔξω στὸ Γυμνάσιο,
ἐκεῖ νὰ τὰ κηρύξουν βασιλεῖς,
μὲς στὴ λαμπρὴ παράταξι τῶν στρατιωτῶν.

'Ο 'Αλέξανδρος – τὸν εἶπαν βασιλέα
τῆς 'Αρμενίας, τῆς Μηδίας, καὶ τῶν Πάρθων.
'Ο Πτολεμαῖος – τὸν εἶπαν βασιλέα
τῆς Κιλικίας, τῆς Συρίας, καὶ τῆς Φοινίκης.
'Ο Καισαρίων στέκονταν πιὸ ἐμπροστά,
ντυμένος σὲ μετάξι τριανταφυλλί,
στὸ στῆθος του ἀνθοδέσμη ἀπὸ ὑακίνθους,
ἡ ζώνη του διπλὴ σειρὰ σαπφείρων κι ἀμεθύστων,
δεμένα τὰ ποδήματά του μ' ἄσπρες
κορδέλλες κεντημένες μὲ ροδόχροα μαργαριτάρια.
Αὐτὸν τὸν εἶπαν πιότερο ἀπὸ τοὺς μικρούς,
αὐτὸν τὸν εἶπαν Βασιλέα τῶν Βασιλέων.

Οἱ 'Αλεξανδρινοὶ ἔνοιωθαν βέβαια
ποὺ ἦσαν λόγια αὐτὰ καὶ θεατρικά.

'Αλλὰ ἡ μέρα ἤτανε ζεστὴ καὶ ποιητική,
ὁ οὐρανὸς ἕνα γαλάζιο ἀνοιχτό,
τὸ 'Αλεξανδρινὸ Γυμνάσιον ἕνα
θριαμβικὸ κατόρθωμα τῆς τέχνης,
τῶν αὐλικῶν ἡ πολυτέλεια ἔκτακτη,
ὁ Καισαρίων ὅλο χάρις κ' ἐμορφιὰ
(τῆς Κλεοπάτρας υἱός, αἷμα τῶν Λαγιδῶν)·
κ' οἱ 'Αλεξανδρινοὶ ἔτρεχαν πιὰ στὴν ἑορτή,

RE ALESSANDRINI

Gli Alessandrini corsero in gran folla
a vedere i tre figli di Cleopatra,
Cesarione e i fratelli piú piccoli, Alessandro
e Tolemeo: era quella la prima
volta che li mostravano in pubblico, al Ginnasio,
per proclamarli re
in mezzo a una lucente parata della truppa.

Alessandro lo dissero re
d'Armenia, di Media, dei Parti.
Tolemeo lo dissero re
di Cilicia, di Siria, di Fenicia.
Cesarione piú avanti stava, ritto,
in un ammanto di seta rosata
e al petto una ghirlanda di giacinti,
la cintura una fascia duplice di zaffiri
e ametiste, legati i calzari da candidi
nastri, a ricami di perline rosa.
A lui piú alto titolo diedero che ai piccini:
Re dei Re lo chiamarono.

Gli Alessandrini capivano, certo,
ch'eran tutte parole e buffonate.

Ma la giornata era calda, poetica,
il cielo era un azzurro chiarissimo, il Ginnasio
d'Alessandria un miracolo
trionfale dell'arte,
dei cortigiani squisito lo sfarzo,
e Cesarione tutto grazia, tutto beltà
(figlio di Cleopatra, sangue làgide).
Cosí gli Alessandrini correvano alla festa:

κ' ἐνθουσιάζονταν, κ' ἐπευφημοῦσαν
ἑλληνικά, κ' αἰγυπτιακά, καὶ ποιοὶ ἑβραίικα,
γοητευμένοι μὲ τ' ὡραῖο θέαμα –
μ' ὅλο ποὺ βέβαια ἤξευραν τί ἄξιζαν αὐτά,
τί κούφια λόγια ἦσανε αὐτὲς ἡ βασιλεῖες.

ΣΤΗΝ ΕΚΚΛΗΣΙΑ

Τὴν ἐκκλησίαν ἀγαπῶ – τὰ ἑξαπτέρυγά της,
τ' ἀσήμια τῶν σκευῶν, τὰ κηροπήγιά της,
τὰ φῶτα, τὲς εἰκόνες της, τὸν ἄμβωνά της.

'Εκεῖ σὰν μπῶ, μὲς σ' ἐκκλησία τῶν Γραικῶν,
μὲ τῶν θυμιαμάτων της τὲς εὐωδίες,
μὲ τὲς λειτουργικὲς φωνὲς καὶ συμφωνίες,
τὲς μεγαλοπρεπεῖς τῶν ἱερέων παρουσίες
καὶ κάθε των κινήσεως τὸν σοβαρὸ ρυθμὸ –
λαμπρότατοι μὲς στῶν ἀμφίων τὸν στολισμὸ –
ὁ νοῦς μου πιαίνει σὲ τιμὲς μεγάλες τῆς φυλῆς μας,
στὸν ἔνδοξό μας Βυζαντινισμό.

ΕΠΕΣΤΡΕΦΕ

'Επέστρεφε συχνὰ καὶ παῖρνε με,
ἀγαπημένη αἴσθησις ἐπέστρεφε καὶ παῖρνε με –
ὅταν ξυπνᾶ τοῦ σώματος ἡ μνήμη,
κ' ἐπιθυμία παληὰ ξαναπερνᾶ στὸ αἷμα·
ὅταν τὰ χείλη καὶ τὸ δέρμα ἐνθυμοῦνται,

ecco, s'entusiasmavano, acclamavano
in greco, in egiziano, anche in ebraico,
affascinati dal bello spettacolo.
E sí che lo sapevano bene, quanto valeva
quella roba, e che vuote parole erano i regni.

IN CHIESA

Amo la chiesa con i suoi labari, con i suoi
amboni e le sue luci, e le immagini, e i suoi
candelabri, e l'argento dei vassoi.

Com'entro là, nella chiesa dei Greci,
con gl'incensi fragranti, con le sue liturgie
risonanti di voci e d'armonie,
con le parvenze dignitose e pie
dei preti, il ritmo greve di gesti e movimenti,
il fulgore dei lunghi paramenti,
corre la mente all'èra bizantina, alle splendide
glorie di nostra gente.

TORNA

Torna sovente e prendimi,
palpito amato, allora torna e prendimi,
che si ridesta viva la memoria
del corpo, e antiche brame trascorrono nel sangue,
allora che le labbra ricordano, e le carni,

κ' αἰσθάνονται τὰ χέρια σὰν ν' ἀγγίζουν πάλι.

'Επέστρεφε συχνὰ καὶ παῖρνε με τὴν νύχτα,
ὅταν τὰ χείλη καὶ τὸ δέρμα ἐνθυμοῦνται...

ΟΣΟ ΜΠΟΡΕΙΣ

Κι ἂν δὲν μπορεῖς νὰ κάμεις τὴν ζωή σου ὅπως τὴν θέλεις,
τοῦτο προσπάθησε τουλάχιστον
ὅσο μπορεῖς: μὴν τὴν ἐξευτελίζεις
μὲς στὴν πολλὴ συνάφεια τοῦ κόσμου,
μὲς στὲς πολλὲς κινήσεις κι ὁμιλίες.

Μὴν τὴν ἐξευτελίζεις πιαίνοντάς την,
γυρίζοντας συχνὰ κ' ἐκθέτοντάς την
στῶν σχέσεων καὶ τῶν συναναστροφῶν
τὴν καθημερινὴν ἀνοησία,
ὡς ποὺ νὰ γίνει σὰ μιὰ ξένη φορτική.

ΠΟΛΥ ΣΠΑΝΙΩΣ

Εἶν' ἕνας γέροντας. 'Εξηντλημένος καὶ κυρτός,
σακατεμένος ἀπ' τὰ χρόνια, κι ἀπὸ καταχρήσεις,
σιγὰ βαδίζοντας διαβαίνει τὸ σοκάκι.
Κι ὅμως σὰν μπεῖ στὸ σπίτι του νὰ κρύψει
τὰ χάλια καὶ τὰ γηρατειά του, μελετᾶ
τὸ μερτικὸ ποὺ ἔχει ἀκόμη αὐτὸς στὰ νειάτα.

῎Εφηβοι τώρα τοὺς δικούς του στίχους λένε.
Στὰ μάτια των τὰ ζωηρὰ περνοῦν ἡ ὀπτασίες του.

e nelle mani un senso tattile si raccende.

Torna sovente e prendimi, la notte,
allora che le labbra ricordano, e le carni...

QUANTO PIÚ PUOI

Farla non puoi, la vita,
come vorresti? Almeno questo tenta
quanto piú puoi: non la svilire troppo
nell'assiduo contatto della gente,
nell'assiduo gestire e nelle ciance.

Non la svilire a furia di recarla
cosí sovente in giro, e con l'esporla
alla dissennatezza quotidiana
di commerci e rapporti,
sin che divenga una straniera uggiosa.

RARITÀ

Un vecchio. Ormai spossato e curvo,
deformato dagli anni e dagli abusi,
lentamente cammina per la via.
Pure, com'entra in casa, per celarvi
il suo sfacelo e la vecchiezza, medita
la sua presa superstite fra i giovani.

Adolescenti dicono i suoi versi.
Trascorrono in quegli occhi vivi le sue visioni.

Τὸ ὑγιές, ἡδονικὸ μυαλό των,
ἡ εὔγραμμη, σφιχτοδεμένη σάρκα των,
μὲ τὴν δική του ἔκφανσι τοῦ ὡραίου συγκινοῦνται.

ΕΠΗΓΑ

Δὲν ἐδεσμεύθηκα. Τελείως ἀφέθηκα κ' ἐπῆγα.
Στὲς ἀπολαύσεις, ποὺ μισὸ πραγματικές,
μισὸ γυρνάμενες μὲς στὸ μυαλό μου ἦσαν,
ἐπῆγα μὲς στὴ φωτισμένη νύχτα.
Κ' ἤπια ἀπὸ δυνατὰ κρασιά, καθὼς
ποὺ πίνουν οἱ ἀνδρεῖοι τῆς ἡδονῆς.

ΤΟΥ ΜΑΓΑΖΙΟΥ

Τὰ ντύλιξε προσεκτικά, μὲ τάξι
σὲ πράσινο πολύτιμο μετάξι.

Ἀπὸ ρουμπίνια ρόδα, ἀπὸ μαργαριτάρια κρίνοι,
ἀπὸ ἀμεθύστους μενεξέδες. Ὡς αὐτὸς τὰ κρίνει,

τὰ θέλησε, τὰ βλέπει ὡραῖα· ὄχι ὅπως στὴν φύσι
τὰ εἶδεν ἢ τὰ σπούδασε. Μὲς στὸ ταμεῖον θὰ τ' ἀφίσει,

δεῖγμα τῆς τολμηρῆς δουλειᾶς του καὶ ἱκανῆς.
Στὸ μαγαζὶ σὰν μπεῖ ἀγοραστὴς κανεὶς

βγάζει ἀπ' τὲς θῆκες ἄλλα καὶ πουλεῖ – περίφημα στολίδια –
βραχιόλια, ἁλυσίδες, περιδέραια καὶ δαχτυλίδια.

È sua l'epifania della bellezza
di che le sane, voluttuose menti,
le sode, armoniose carni fremono.

ANDAI

Non conobbi legami. Allo sbaraglio, andai.
A godimenti ora reali e ora
turbinanti nell'anima,
andai, dentro la notte illuminata.
M'abbeverai dei piú gagliardi vini,
quali bevono i prodi del piacere

NEGOZIO

Ha ravvolto con ordine ogni cosa
entro una seta verde, preziosa.

Fa di rubini rose, e d'ametiste viole,
di perle gigli. Queste cose, cosí le vuole

e le giudica belle, né già quali in natura
le rimirò. Le chiude nel forziere con cura,

prova d'un audacissimo lavoro, d'arte accorta.
E quando un compratore s'affaccia alla sua porta,

estrae da teche, e vende, altri oggetti (gioielli
stupendi): catenine, collane, armille, anelli.

ΛΥΣΙΟΥ ΓΡΑΜΜΑΤΙΚΟΥ ΤΑΦΟΣ

Πλησιέστατα, δεξιὰ ποὺ μπαίνεις, στὴν βιβλιοθήκη
τῆς Βηρυτοῦ θάψαμε τὸν σοφὸ Λυσία,
γραμματικόν. Ὁ χῶρος κάλλιστα προσήκει.
Τὸν θέσαμε κοντὰ σ' αὐτά του ποὺ θυμᾶται
ἴσως κ' ἐκεῖ – σχόλια, κείμενα, τεχνολογία,
γραφές, εἰς τεύχη ἑλληνισμῶν πολλὴ ἑρμηνεία.
Κ' ἐπίσης ἔτσι ἀπὸ μᾶς θὰ βλέπεται καὶ θὰ τιμᾶται
ὁ τάφος του, ὅταν ποὺ περνοῦμε στὰ βιβλία.

ΜΑΚΡΥΑ

Θἄθελα αὐτὴν τὴν μνήμη νὰ τὴν πῶ...
Μὰ ἔτσι ἐσβύσθη πιά... σὰν τίποτε δὲν ἀπομένει –
γιατὶ μακρυά, στὰ πρῶτα ἐφηβικά μου χρόνια κεῖται.

Δέρμα σὰν καμωμένο ἀπὸ ἰασεμί ...
Ἐκείνη τοῦ Αὐγούστου – Αὔγουστος ἦταν; – ἡ βραδυά...
Μόλις θυμοῦμαι πιὰ τὰ μάτια· ἦσαν, θαρρῶ, μαβιά...
Ἆ ναί, μαβιά· ἕνα σαπφείρινο μαβί.

ΕΥΡΙΩΝΟΣ ΤΑΦΟΣ

Εἰς τὸ περίτεχνον αὐτὸ μνημεῖον,
ὁλόκληρον ἐκ λίθου συηνίτου,
ποὺ τὸ σκεπάζουν τόσοι μενεξέδες, τόσοι κρίνοι,
εἶναι θαμένος ὁ ὡραῖος Εὐρίων.
Παιδὶ ἀλεξανδρινό, εἴκοσι πέντε χρόνων.
Ἀπ' τὸν πατέρα του, γενιὰ παληὰ τῶν Μακεδόνων

TOMBA DI LISIA FILOLOGO

Vicino, a destra di chi entra, nella biblioteca
di Bèrito, il dottissimo Lisia abbiamo sepolto.
Filologo, egli giace fra cose di cui reca,
forse, memoria anche laggiú – lezioni, testi, un cumulo
di scolî, e glosse elleniche in ampi tomi. Molto
questo luogo s'addice a un uomo tanto colto.
E noi, volgendo ai libri, scorgeremo il suo tumulo
e renderemo onore a lui che ci fu tolto.

LONTANO

Dire vorrei questo ricordo... Ma
s'è cosí spento... quasi nulla resta:
lontano, ai primi anni d'adolescenza, posa.

Pelle di gelsomino...
E la sera d'agosto (agosto fu?)...
Ormai ricordo appena gli occhi: azzurri, forse...
Oh, azzurri, sí! come zaffiro azzurri.

TOMBA D'EURIONE

In questo monumento (una preziosa
opera, tutta marmo sienita)
di viole e di gigli ricoperto,
Eurione, il giovine bello, riposa.
Alessandrino, venticinque anni. Veniva, il padre,
da un'antica prosapia macedone, la madre

ἀπὸ ἀλαβάρχας τῆς μητέρας του˙ ἡ σειρά.
Ἔκαμε μαθητὴς τοῦ Ἀριστοκλείτου στὴν φιλοσοφία,
τοῦ Πάρου στὰ ρητορικά. Στὰς Θήβας τὰ ἱερὰ
γράμματα σπούδασε. Τοῦ Ἀρσινοΐτου
νομοῦ συνέγραψε ἱστορίαν. Αὐτὸ τουλάχιστον θὰ μείνει.
Χάσαμεν ὅμως τὸ πιὸ τίμιο – τὴν μορφή του,
ποὺ ἤτανε μιὰ ἀπολλώνια ὀπτασία.

ΠΟΛΥΕΛΑΙΟΣ

Σὲ κάμαρη ἄδεια καὶ μικρή, τέσσαρες τοῖχοι μόνοι,
καὶ σκεπασμένοι μὲ ὁλοπράσινα πανιά,
καίει ἕνας πολυέλαιος ὡραῖος καὶ κορώνει˙
καὶ μὲς στὴ φλόγα του τὴν καθεμιὰ πυρώνει
μιὰ λάγνη πάθησις, μιὰ λάγνη ὁρμή.

Μὲς στὴν μικρὴ τὴν κάμαρη, ποὺ λάμπει ἀναμένη
ἀπὸ τοῦ πολυελαίου τὴν δυνατὴ φωτιά,
διόλου συνειθισμένο φῶς δὲν εἶν' αὐτὸ ποὺ βγαίνει.
Γι' ἄτολμα σώματα δὲν εἶναι καμωμένη
αὐτῆς τῆς ζέστης ἡ ἡδονή.

Ο ΘΕΟΔΟΤΟΣ

Ἂν εἶσαι ἀπ' τοὺς ἀληθινὰ ἐκλεκτούς,
τὴν ἐπικράτησί σου κύτταζε πῶς ἀποκτᾶς.
Ὅσο κι ἂν δοξασθεῖς, τὰ κατορθώματά σου
στὴν Ἰταλία καὶ στὴν Θεσσαλία
ὅσο κι ἂν διαλαλοῦν ἡ πολιτεῖες,
ὅσα ψηφίσματα τιμητικὰ

da una famiglia d'alabarchi. Ebbe cultura:
discepolo d'Aristoclíto in filosofia,
e di Paro in retorica, studiò Sacra Scrittura
a Tebe. Scrisse un'opera sul nomo Arsinoita.
Questa di lui ci resterà di certo.
Ma la cosa piú rara è sparita:
la sua bellezza, un'apollinea epifania.

CANDELABRO

Una camera piccola e vuota. Ivi s'accampa,
fra quattro mura nude, con un verde parato,
un candelabro splendido: divampa,
e brucia, dentro ciascuna sua vampa,
una lascivia, un impeto di lascivo calore.

Nella piccola camera che il candelabro allieta
del suo gagliardo, vivido lume riverberato,
quella fiamma è del tutto inconsueta:
non è per una carne vile e vieta
la forte voluttà di quell'ardore.

TEODOTO

Se tu sei veramente fra gli eletti,
bada a come t'acquisti il tuo potere.
Per quanto grande sia la tua gloria, per quanto
cantino i tuoi successi
in Italia e in Tessaglia le città,
e per quanti onorifici decreti

κι ἂν σ' ἔβγαλαν στὴ Ρώμη οἱ θαυμασταί σου,
μήτε ἡ χαρά σου, μήτε ὁ θρίαμβος θὰ μείνουν,
μήτε ἀνώτερος – τί ἀνώτερος; – ἄνθρωπος θὰ αἰσθανθεῖς,
ὅταν, στὴν 'Αλεξάνδρεια, ὁ Θεόδοτος σὲ φέφει,
ἐπάνω σὲ σινὶ αἱματωμένο,
τοῦ ἀθλίου Πομπηΐου τὸ κεφάλι.
Καὶ μὴ· ἐπαναπαύεσαι ποὺ στὴν ζωή σου
περιωρισμένη, τακτοποιημένη, καὶ πεζή,
τέτοια θεαματικὰ καὶ φοβερὰ δὲν ἔχει.
Ἴσως αὐτὴν τὴν ὥρα εἰς κανενὸς γειτόνου σου
τὸ νοικοκυρεμένο σπίτι μπαίνει –
ἀόρατος, ἄϋλος – ὁ Θεόδοτος,
φέρνοντας τέτοιο ἕνα φρικτὸ κεφάλι.

ΣΟΦΟΙ ΔΕ ΠΡΟΣΙΟΝΤΩΝ

Οἱ ἄνθρωποι γνωρίζουν τὰ γινόμενα.
Τὰ μέλλοντα γνωρίζουν οἱ θεοί,
πλήρεις καὶ μόνοι κάτοχοι πάντων τῶν φώτων.
'Εκ τῶν μελλόντων οἱ σοφοὶ τὰ προσερχόμενα
ἀντιλαμβάνονται. 'Η ἀκοὴ

αὐτῶν κάποτε ἐν ὥραις σοβαρῶν σπουδῶν
ταράττεται. 'Η μυστικὴ βοὴ
τοὺς ἔρχεται τῶν πλησιαζόντων γεγονότων.
Καὶ τὴν προσέχουν εὐλαβεῖς. 'Ενῶ εἰς τὴν ὁδὸν
ἔξω, οὐδὲν ἀκούουν οἱ λαοί.

t'abbiano mai sancito i tuoi seguaci a Roma,
né la tua gioia durerà, né il tuo trionfo,
né un superuomo piú ti sentirai (che superuomo?)
il giorno che Teodoto ti rechi
ad Alessandria, sulla teglia insanguinata,
del misero Pompeo la mozza testa.
E tu non ti cullare nel pensiero
che una vita prosaica, circoscritta, ordinata,
ignori eventi simili, spettacolari e orrendi.
Forse a quest'ora, nella ben curata
dimora d'un tuo simile,
incorporeo, invisibile, Teodoto
entra, recando una paurosa testa.

I SAPIENTI CIÒ CHE S'AVVICINA

Gli uomini sanno le cose presenti.
Gli dei conoscono quelle future,
assoluti padroni d'ogni luce.
Ma, del futuro, avvertono i sapienti
ciò che s'appressa. Tra le gravi cure

degli studi, l'udito ecco si turba
d'un tratto. A loro giungono le oscure
voci dei fatti che il domani adduce.
Le ascoltano devoti. Fuori, per via, la turba
non sente nulla, con le orecchie dure.

ΘΑΛΑΣΣΑ ΤΟΥ ΠΡΩΪΟΥ

Ἐδῶ ἂς σταθῶ. Κι ἂς δῶ κ' ἐγὼ τὴν φύσι λίγο.
Θάλασσας τοῦ πρωϊοῦ κι ἀνέφελου οὐρανοῦ
λαμπρὰ μαβιά, καὶ κίτρινη ὄχθη· ὅλα
ὡραῖα καὶ μεγάλα φωτισμένα.

Ἐδῶ ἂς σταθῶ. Κι ἂς γελασθῶ πὼς βλέπω αὐτὰ
(τὰ εἶδ' ἀλήθεια μιὰ στιγμὴ σὰν πρωτοστάθηκα)·
κι ὄχι κ' ἐδῶ τὲς φαντασίες μου,
τὲς ἀναμνήσεις μου, τὰ ἰνδάλματα τῆς ἡδονῆς.

ΣΤΟΥ ΚΑΦΕΝΕΙΟΥ ΤΗΝ ΕΙΣΟΔΟ

Τὴν προσοχή μου κάτι ποὺ εἶπαν πλάγι μου
διεύθυνε στοῦ καφενείου τὴν εἴσοδο.
Κ' εἶδα τ' ὡραῖο σῶμα ποὺ ἔμοιαζε
σὰν ἀπ' τὴν ἄκρα πεῖρα του νὰ τὤκαμεν ὁ Ἔρως –
πλάττοντας τὰ συμμετρικά του μέλη μὲ χαρά·
ὑψώνοντας γλυπτὸ τὸ ἀνάστημα·
πλάττοντας μὲ συγκίνησι τὸ πρόσωπο
κι ἀφίνοντας ἀπ' τῶν χεριῶν του τὸ ἄγγιγμα
ἕνα αἴσθημα στὸ μέτωπο, στὰ μάτια, καὶ στὰ χείλη.

ΟΡΟΦΕΡΝΗΣ

Αὐτὸς ποὺ εἰς τὸ τετράδραχμον ἐπάνω
μοιάζει σὰν νὰ χαμογελᾶ τὸ πρόσωπό του
τὸ ἔμορφο, λεπτό του πρόσωπο,
αὐτὸς εἶν' ὁ Ὀροφέρνης Ἀριαράθου.

MARE MATTUTINO

Fermarmi qui! Mirare anch'io questa natura un poco.
Del mare mattutino e del limpido cielo
smaglianti azzurri, e gialla riva: tutto
s'abbella nella grande luce effusa.

Fermarmi qui. Illuso di mirare
ciò che vidi davvero l'attimo che ristetti,
e non le mie fantasime, anche qui,
le memorie, le forme del piacere.

SULLA SOGLIA DEL CAFFÈ

Accanto, dissero qualcosa: attento
mi rivolsi alla soglia del caffè.
E vidi, allora, lo stupendo corpo,
dove di sé faceva maggior prova Amore:
vi plasmava gioioso acconce membra,
innalzava, scolpita, la persona,
con emozione vi plasmava il viso,
del suo tatto lasciando come un arcano senso
sulla fronte, sugli occhi, sulla bocca.

OROFERNE

Questi, che qui sul tetradrammo ha il volto
– come sembra – schiarito dal sorriso,
il volto bello e fine,
questi è Oroferne figlio d'Ariarato.

Παιδὶ τὸν ἔδιωξαν ἀπ' τὴν Καππαδοκία,
ἀπ' τὸ μεγάλο πατρικὸ παλάτι,
καὶ τὸν ἐστείλανε νὰ μεγαλώσει
στὴν 'Ιωνία, καὶ νὰ ξεχασθεῖ στοὺς ξένους.

Ἆ ἐξαίσιες τῆς 'Ιωνίας νύχτες
ποὺ ἄφοβα, κ' ἑλληνικὰ ὅλως διόλου
ἐγνώρισε πλήρη τὴν ἡδονή.

Μὲς στὴν καρδιά του, πάντοτε 'Ασιανός·
ἀλλὰ στοὺς τρόπους του καὶ στὴν λαλιά του Ἕλλην,
με περουζέδες στολισμένος, ἑλληνοντυμένος,
ὁ σῶμα του μὲ μύρον ἰασεμιοῦ εὐωδιασμένο,
κι ἀπ' τοὺς ὡραίους τῆς 'Ιωνίας νέους,
ὁ πιὸ ὡραῖος αὐτός, ὁ πιὸ ἰδανικός.

Κατόπι σὰν οἱ Σύροι στὴν Καππαδοκία
ιπῆκαν, καὶ τὸν ἐκάμαν βασιλέα,
στὴν βασιλεία χύθηκεν ἐπάνω
για νὰ χαρεῖ μὲ νέον τρόπο κάθε μέρα,
για νὰ μαζεύει ἁρπαχτικὰ χρυσὸ κι ἀσῆμι,
και γιὰ νὰ εὐφραίνεται καὶ νὰ κομπάζει
βλέποντας πλούτη στοιβαγμένα νὰ γυαλίζουν.
Οσο για μέριμνα τοῦ τόπου, για διοίκησι –
οὔτ' ἤξερε τί γένονταν τριγύρω του.

Οἱ Καππαδόκες γρήγορα τὸν βγάλαν·
καὶ στὴν Συρία ξέπεσε, μὲς στὸ παλάτι
τοῦ Δημητρίου νὰ διασκεδάζει καὶ νὰ ὀκνεύει.

Μιὰ μέρα ὡστόσο τὴν πολλὴν ἀργία του
συλλογισμοὶ ἀσυνείθιστοι διέκοψαν·
θυμήθηκε ποὺ ἀπ' τὴν μητέρα του 'Αντιοχίδα,
κι ἀπ' τὴν παληὰν ἐκείνη Στρατονίκη,

Bambino, lo cacciarono via dalla Cappadocia,
dalla gran reggia avita;
lo mandarono a farsi grande là,
nella Ionia, sperduto fra stranieri.

Eccelse notti della Ionia, dove
senza paure, alla maniera greca,
conobbe la pienezza del piacere!

Asiatico nel cuore; ma nei modi
e nella sua favella, greco,
adorno di turchesi, e vestito alla greca,
fragrante d'un aroma di gelsomino il corpo,
e, fra i giovani belli della Ionia,
bello della bellezza piú ideale.

Come entrarono i Siri in Cappadocia
e lo fecero re,
nel regno s'ingolfò con impeto,
per godere ogni giorno in modo nuovo,
per arraffare avidamente argento e oro,
e pompeggiarsi in una gran letizia
rimirando i tesori luccicare.
Quanto alle cure del paese e del governo,
non sapeva neppure che cosa succedeva.

I Cappàdoci presto lo scacciarono:
riparò in Siria, nella reggia di Demetrio,
a dissipare la vita, a poltrire.

Ma un giorno fu riscossa quell'ignavia
da cure inusitate. Si sovvenne
che per parte di sua madre Antiochide
e di quella vetusta Stratonice

κι αὐτὸς βαστοῦσε ἀπ' τὴν κορώνα τῆς Συρίας,
καὶ Σελευκίδης ἤτανε σχεδόν.
Γιὰ λίγο βγῆκε ἀπ' τὴν λαγνεία κι ἀπ' τὴν μέθη,
κι ἀνίκανα, καὶ μισοζαλισμένος
κάτι ἐζήτησε νὰ ραδιουργήσει,
κάτι νὰ κάμει, κάτι νὰ σχεδιάσει,
κι ἀπέτυχεν οἰκτρὰ κ' ἐξουδενώθη.

Τὸ τέλος του κάπου θὰ γράφηκε κ' ἐχάθη·
ἢ ἴσως ἡ ἱστορία νὰ τὸ πέρασε,
καί, μὲ τὸ δίκηο της, τέτοιο ἀσήμαντο
πρᾶγμα δὲν καταδέχθηκε νὰ τὸ σημειώσει.

Αὐτὸς ποὺ εἰς τὸ τετράδραχμον ἐπάνω
μιὰ χάρι ἀφῆκε ἀπ' τὰ ὡραῖα του νειάτα,
ἀπ' τὴν ποιητικὴ ἐμορφιά του ἕνα φῶς,
μιὰ μνήμη αἰσθητικὴ ἀγοριοῦ τῆς 'Ιωνίας,
αὐτὸς εἶν' ὁ 'Οροφέρνης 'Αριαράθου.

ΟΜΝΥΕΙ

'Ομνύει κάθε τόσο ν' ἀρχίσει πιὸ καλὴ ζωή.
'Αλλ' ὅταν ἔλθ' ἡ νύχτα μὲ τὲς δικές της συμβουλές,
μὲ τοὺς συμβιβασμούς της, καὶ μὲ τὲς ὑποσχέσεις της·
ἀλλ' ὅταν ἔλθ' ἡ νύχτα μὲ τὴν δική της δύναμι
τοῦ σώματος ποὺ θέλει καὶ ζητεῖ, στὴν ἴδια
μοιραία χαρά, χαμένος, ξαναπιαίνει.

teneva anch'egli del sangue reale
della Siria, un Selèucide era quasi.
Dalle lascivie e dall'ebbrezza emerse,
per poco; e goffo, come trasognato,
qualche cosa cercò di macchinare,
qualche cosa di fare, o vagheggiare.
Fallí miseramente: annichilito.

In qualche posto, forse, fu scritta la sua fine
e s'è persa. O la storia l'ha taciuta,
e a buon diritto non ha perso tempo
con un evento di sí scarso peso.

Questi, di cui sul tetradrammo resta
un'orma della bella giovinezza,
della grazia poetica una luce,
e la memoria morbida d'un ragazzo di Ionia,
questi è Oroferne figlio d'Ariarato.

GIURA

Ad ogni poco giura di cominciare una vita migliore.
Ma quando viene, coi consigli suoi, la notte,
e coi suoi compromessi e le lusinghe,
ma quando viene, con la sua forza, la notte
(il corpo anela e cerca), a quell'eguale
fatale gioia, ancora perso, va.

ΖΩΓΡΑΦΙΣΜΕΝΑ

Τὴν ἐργασία μου τὴν προσέχω καὶ τὴν ἀγαπῶ.
Μὰ τῆς συνθέσεως μ' ἀποθαρρύνει σήμερα ἡ βραδύτης.
Ἡ μέρα μ' ἐπηρέασε. Ἡ μορφή της
ὅλο καὶ σκοτεινιάζει. Ὅλο φυσᾶ καὶ βρέχει.
Πιότερο ἐπιθυμῶ νὰ δῶ παρὰ νὰ πῶ.
Στὴ ζωγραφιὰν αὐτὴ κυττάζω τώρα
ἕνα ὡραῖο ἀγόρι ποὺ σιμὰ στὴ βρύσι
ἐπλάγιασεν, ἀφοῦ θ' ἀπόκαμε νὰ τρέχει.
Τί ὡραῖο παιδί· τί θεῖο μεσημέρι τὸ ἔχει
παρμένο πιὰ γιὰ νὰ τὸ ἀποκοιμίσει. –
Κάθομαι καὶ κυττάζω ἔτσι πολλὴν ὥρα.
Καὶ μὲς στὴν τέχνη πάλι, ξεκουράζομαι ἀπ' τὴν δούλεψί της.

ΜΙΑ ΝΥΧΤΑ

Ἡ κάμαρα ἦταν πτωχικὴ καὶ πρόστυχη,
κρυμένη ἐπάνω ἀπὸ τὴν ὕποπτη ταβέρνα.
'Απ' τὸ παράθυρο φαίνονταν τὸ σοκάκι,
τὸ ἀκάθαρτο καὶ τὸ στενό. 'Απὸ κάτω
ἤρχονταν ἡ φωνὲς κάτι ἐργατῶν
ποὺ ἔπαιζαν χαρτιὰ καὶ ποὺ γλεντοῦσαν.

Κ' ἐκεῖ στὸ λαϊκό, τὸ ταπεινὸ κρεββάτι
εἶχα τὸ σῶμα τοῦ ἔρωτος, εἶχα τὰ χείλη
τὰ ἡδονικὰ καὶ ρόδινα τῆς μέθης —
τὰ ρόδινα μιᾶς τέτοιας μέθης, ποὺ καὶ τώρα
ποὺ γράφω, ἔπειτ' ἀπὸ τόσα χρόνια!,
μὲς στὸ μονῆρες σπίτι μου, μεθῶ ξανά.

PITTURA

Al mio lavoro dedico cure amorose e vive.
Ma oggi mi disanima questa grande lentezza.
È l'influsso del tempo. S'accupa la purezza
del giorno. E vento e pioggia hanno tutto sconvolto.
Ho voglia di guardare, non di scrivere.
E in questo quadro un bel ragazzo miro.
recline alla fontana, a riposare.
È stanco, forse, d'aver corso molto.
Che bel ragazzo! E come l'ha ravvolto
il divino meriggio, per farlo addormentare.
Io cosí lungamente siedo e miro.
E smemoro, nell'arte, dell'arte la stanchezza.

UNA NOTTE

Era volgare e squallida la stanza,
nascosta sull'equivoca taverna.
Dalla finestra si scorgeva il vicolo,
angusto e lercio. Di là sotto voci
salivano, frastuono d'operai
che giocavano a carte: erano allegri.

E là, sul vile, miserabile giaciglio,
ebbi il corpo d'amore, ebbi la bocca
voluttuosa, la rosata bocca
di tale ebbrezza, ch'io mi sento ancora,
mentre che scrivo (dopo sí gran tempo!),
nella casa solinga inebriare.

Η ΜΑΧΗ ΤΗΣ ΜΑΓΝΗΣΙΑΣ

Ἔχασε τὴν παληά του ὁρμή, τὸ θάρρος του.
Τοῦ κουρασμένου σώματός του, τοῦ ἄρρωστου

σχεδόν, θἄχει κυρίως τὴν φροντίδα. Κι ὁ ἐπίλοιπος
βίος του θὰ διέλθει ἀμέριμνος. Αὐτὰ ὁ Φίλιππος

τουλάχιστον διατείνεται. Ἀπόψι κύβους παίζει·
ἔχει ὄρεξι νὰ διασκεδάσει. Στὸ τραπέζι

βάλτε πολλὰ τριαντάφυλλα. Τί ἂν στὴν Μαγνησία
ὁ Ἀντίοχος καταστράφηκε. Λένε πανωλεθρία

ἔπεσ' ἐπάνω στοῦ λαμπροῦ στρατεύματος τὰ πλήθια.
Μπορεῖ νὰ τὰ μεγάλωσαν· ὅλα δὲν θἆναι ἀλήθεια.

Εἴθε. Γιατὶ ἀγκαλὰ κ' ἐχθρός, ἤσανε μιὰ φυλή.
Ὅμως ἕνα «εἴθε» εἶν' ἀρκετό. Ἴσως κιόλας πολύ.

Ὁ Φίλιππος τὴν ἑορτὴ βέβαια δὲν θ' ἀναβάλει.
Ὅσο κι ἂν στάθηκε τοῦ βίου του ἡ κόπωσις μεγάλη,

ἕνα καλὸ διατήρησεν, ἡ μνήμη διόλου δὲν τοῦ λείπει.
Θυμᾶται πόσο στὴν Συρία θρήνησαν, τί εἶδος λύπη

εἶχαν, σὰν ἔγινε σκουπίδι ἡ μάνα των Μακεδονία. –
Ν' ἀρχίσει τὸ τραπέζι. Δοῦλοι· τοὺς αὐλούς, τὴ φωταψία.

LA BATTAGLIA DI MAGNESIA

Ha perso ormai l'antico impeto, la baldanza.
E l'unica sua cura sembra ormai la mancanza

di forze del suo corpo seminfermo. Sereno
trascorrerà la vita che gli rimane. Almeno

questo tenta, Filippo. Stasera gioca a dadi.
Ha voglia di distrarsi. Nel banchetto, si badi

a spargere le rose. Che importa la disfatta
d'Antioco a Magnesia! A pezzi è stata fatta

quella splendida armata, dicono. Ma sarà
proprio cosí? S'esagera spesso la verità.

Magari! Era un nemico, ma la stirpe, in sostanza,
è la stessa. Un « magari! », comunque, basta e avanza.

Filippo non rimanda di certo l'allegrezza
della festa. Per quanto sia grande la stanchezza,

conserva un privilegio tenace: la memoria.
Ricorda come piansero in Siria, alla vittoria

che mandò la gran madre Macedonia in frantumi!
Si cominci il banchetto. Servi, musica! lumi!

ΜΑΝΟΥΗΛ ΚΟΜΝΗΝΟΣ

Ὁ βασιλεὺς κὺρ Μανουὴλ ὁ Κομνηνὸς
μιὰ μέρα μελαγχολικὴ τοῦ Σεπτεμβρίου
αἰσθάνθηκε τὸν θάνατο κοντά. Οἱ ἀστρολόγοι
(οἱ πληρωμένοι) τῆς αὐλῆς ἐφλυαροῦσαν
ποὺ ἄλλα πολλὰ χρόνια θὰ ζήσει ἀκόμη.
Ἐνῶ ὅμως ἔλεγαν αὐτοί, ἐκεῖνος
παληὲς συνήθειες εὐλαβεῖς θυμᾶται,
κι ἀπ᾿ τὰ κελλιὰ τῶν μοναχῶν προστάζει
ἐνδύματα ἐκκλησιαστικὰ νὰ φέρουν,
καὶ τὰ φορεῖ, κ᾿ εὐφραίνεται ποὺ δείχνει
ὄψι σεμνὴν ἱερέως ἢ καλογήρου.

Εὐτυχισμένοι ὅλοι ποὺ πιστεύουν,
καὶ σὰν τὸν βασιλέα κὺρ Μανουὴλ τελειώνουν
ντυμένοι μὲς στὴν πίστι των σεμνότατα.

Η ΔΥΣΑΡΕΣΚΕΙΑ ΤΟΥ ΣΕΛΕΥΚΙΔΟΥ

Δυσαρεστήθηκεν ὁ Σελευκίδης
Δημήτριος νὰ μάθει ποὺ στὴν Ἰταλία
ἔφθασεν ἕνας Πτολεμαῖος σὲ τέτοιο χάλι.
Μὲ τρεῖς ἢ τέσσαρες δούλους μονάχα·
πτωχοντυμένος καὶ πεζός. Ἔτσι μιὰ εἰρωνεία
θὰ καταντήσουν πιά, καὶ παίγνιο μὲς στὴν Ρώμη
τὰ γένη των. Ποὺ κατὰ βάθος ἔγιναν
σὰν ἕνα εἶδος ὑπηρέται τῶν Ρωμαίων
τὸ ξέρει ὁ Σελευκίδης, ποὺ αὐτοὶ τοὺς δίδουν
κι αὐτοὶ τοὺς παίρνουνε τοὺς θρόνους των
αὐθαίρετα, ὡς ἐπιθυμοῦν, τὸ ξέρει.
Ἀλλὰ τουλάχιστον στὸ παρουσιαστικό των

MANUELE COMNENO

Manuele Comneno imperatore,
un giorno melanconico di settembre, vicina
sentí la morte. Astrologi di corte
(pagati) blateravano
che sarebbe vissuto a lungo ancora.
Ma, mentre quelli parlano, il sovrano
si sovviene d'antiche consuetudini pie.
Dalle claustrali celle fa recare
vesti sacerdotali,
e le indossa, felice di mostrare
divoto aspetto di monaco o prete.

Fortunati coloro che hanno fede, e finiscono
come il sire Comneno imperatore,
ammantati di fede divotissimamente.

IL DISAPPUNTO DEL SELEUCIDE

Grave fu il disappunto di Demetrio
Selèucide, all'udire che in Italia
era arrivato un Tolemeo cosí malconcio.
Tre, quattro schiavi, e basta;
vestito da pezzente, e a piedi. Ora una burla
diventeranno, a Roma, quelle loro famiglie,
uno zimbello. Che, in sostanza, siano
una specie di servi dei Romani,
lo sa bene il Selèucide: sono loro che dànno,
sono loro che tolgono i troni
ad arbitrio e capriccio. Lo sa.
Ma l'apparenza, almeno! Conservare

ἂς διατηροῦν κάποια μεγαλοπρέπεια·
νὰ μὴ ξεχνοῦν ποὺ εἶναι βασιλεῖς ἀκόμη,
ποὺ λέγονται (ἀλοίμονον!) ἀκόμη βασιλεῖς.

Γι' αὐτὸ συγχίσθηκεν ὁ Σελευκίδης
Δημήτριος· κι ἀμέσως πρόσφερε στὸν Πτολεμαῖο
ἐνδύματα ὁλοπόρφυρα, διάδημα λαμπρό,
βαρύτιμα διαμαντικά, πολλοὺς
θεράποντας καὶ συνοδούς, τὰ πιὸ ἀκριβά του ἄλογα,
γιὰ νὰ παρουσιασθεῖ στὴν Ρώμη καθὼς πρέπει,
σὰν 'Αλεξανδρινὸς Γραικὸς μονάρχης.

'Αλλ' ὁ Λαγίδης, ποὺ ἦλθε γιὰ τὴν ἐπαιτεία,
ἤξερε τὴν δουλειά του καὶ τ' ἀρνήθηκε ὅλα·
διόλου δὲν τοῦ χρειάζονταν αὐτὲς ἡ πολυτέλειες.
Παληοντυμένος, ταπεινὸς μπῆκε στὴν Ρώμη,
καὶ κόνεψε σ' ἑνὸς μικροῦ τεχνίτου σπίτι.
Κ' ἔπειτα παρουσιάσθηκε σὰν κακομοίρης
καὶ σὰν πτωχάνθρωπος στὴν Σύγκλητο,
ἔτσι μὲ πιὸ ἀποτέλεσμα νὰ ζητιανέψει.

ΕΝ ΤΗ ΟΔΩ

Τὸ συμπαθητικό του πρόσωπο, κομμάτι ὠχρό·
τὰ καστανά του μάτια, σὰν κομμένα·
εἴκοσι πέντ' ἐτῶν, πλὴν μοιάζει μᾶλλον εἴκοσι·
μὲ κάτι καλλιτεχνικὸ στὸ ντύσιμό του
– τίποτε χρῶμα τῆς κραβάτας, σχῆμα τοῦ κολλάρου –
ἀσκόπως περπατεῖ μὲς στὴν ὁδό,
ἀκόμη σὰν ὑπνωτισμένος ἀπ' τὴν ἄνομη ἡδονή,
ἀπὸ τὴν πολὺ ἄνομη ἡδονὴ ποὺ ἀπέκτησε.

almeno una parvenza di maestà:
non scordare che sono ancora re,
e si chiamano (ahimè!) tuttora re.

Per questo si turbò Demetrio
Selèucide. Offrí subito
a Tolemeo purpuree vesti, un fulgido diadema,
gioielli di valore, molti servi,
una scorta, i cavalli suoi piú cari,
perché si presentasse degnamente a Roma,
come un monarca alessandrino, greco

Ma il Làgide, venuto a mendicare,
sapeva il fatto suo. Rifiutò tutto:
non gli serviva a nulla quello sfarzo.
Entrò in Roma tapino, malvestito,
e s'allogò da un piccolo artigiano.
E poi si presentò come un pitocco
ai senatori, come un disperato,
per mendicare con maggior costrutto.

NELLA VIA

Il simpatico viso, un poco pallido.
Gli occhi castani sono come pésti.
Venticinque anni; ma ne mostra venti.
Ha nel vestire un non so che d'artistico – il colore,
forse, della cravatta, la foggia del colletto –
e vaga alla ventura nella via,
ancora nell'ipnotico sonno di voluttà,
molto vietata voluttà goduta.

ΟΤΑΝ ΔΙΕΓΕΙΡΟΝΤΑΙ

Προσπάθησε νὰ τὰ φυλάξεις, ποιητή,
ὅσο κι ἂν εἶναι λίγα αὐτὰ ποὺ σταματιοῦνται.
Τοῦ ἐρωτισμοῦ σου τὰ ὁράματα.
Βάλ' τα, μισοκρυμένα, μὲς στὲς φράσεις σου.
Προσπάθησε νὰ τὰ κρατήσεις, ποιητή,
ὅταν διεγείρονται μὲς στὸ μυαλό σου
τὴν νύχτα, ἢ μὲς στὴν λάμψι τοῦ μεσημεριοῦ.

ΕΝΩΠΙΟΝ ΤΟΥ ΑΓΑΛΜΑΤΟΣ ΤΟΥ ΕΝΔΥΜΙΩΝΟΣ

'Επὶ ἅρματος λευκοῦ ποὺ τέσσαρες ἡμίονοι
πάλλευκοι σύρουν, μὲ κοσμήματ' ἀργυρᾶ,
φθάνω ἐκ Μιλήτου εἰς τὸν Λάτμον. 'Ιερὰ
τελῶν – θυσίας καὶ σπονδὰς – τῷ 'Ενδυμίωνι,
ἀπὸ τὴν 'Αλεξάνδρειαν ἔπλευσα ἐν τριήρει πορφυρᾷ –
'Ιδοὺ τὸ ἄγαλμα. 'Εν ἐκστάσει βλέπω νῦν
τοῦ 'Ενδυμίωνος τὴν φημισμένην καλλονήν.
'Ιάσμων κάνιστρα κενοῦν οἱ δοῦλοι μου· κ' ευοίωνο.
ἐπευφημίαι ἐξύπνησαν ἀρχαίων χρόνων ἡδονήν.

ΓΚΡΙΖΑ

Κυττάζοντας ἕνα ὀπάλλιο μισὸ γκρίζο
θυμήθηκα δυὸ ὡραῖα γκρίζα μάτια
ποὺ εἶδα· θἆναι εἴκοσι χρόνια πρίν...

. . . .

Γιὰ ἕναν μῆνα ἀγαπηθήκαμε.

QUANDO SI DESTANO

Di conservarle sfòrzati, poeta,
anche se poche sono che s'arrestano,
le tue visioni erotiche.
Semicelate inducile nei versi.
Di possederle sfòrzati, poeta,
quando dentro la tua mente si destano,
la notte, o nell'avvampo del meriggio.

DI FRONTE ALLA STATUA D'ENDIMIONE

Giungo sul Latmo dopo lungo viaggio.
Da Mileto mi traggono mule bianche bardate d'argento,
sopra un candido carro. Ma l'intento
d'offrire a Endimione un religioso omaggio
sin da Alessandria mosse la trireme col rosso paramento.
Ecco la statua. Come in estasi, miro qua
Endimione, la sua celebre beltà.
Cesti di gelsomini vuotano i servi, e fra messaggi
augurali s'avvivano remote voluttà.

GRIGIO

Rimirando un opale a metà grigio,
mi risovvengo d'occhi belli e grigi
ch'io vidi (forse vent'anni fa)...
. . . .

Per un mese ci amammo.

Ἔπειτα ἔφυγε, θαρρῶ στὴν Σμύρνη,
γιὰ νὰ ἐργασθεῖ ἐκεῖ, καὶ πιὰ δὲν ἰδωθήκαμε.

Θ' ἀσχήμισαν – ἂν ζεῖ – τὰ γκρίζα μάτια·
θὰ χάλασε τ' ὡραῖο πρόσωπο.

Μνήμη μου, φύλαξέ τα σὺ ὡς ἦσαν.
Καί, μνήμη, ὅ,τι μπορεῖς ἀπὸ τὸν ἔρωτά μου αὐτόν,
ὅ,τι μπορεῖς φέρε με πίσω ἀπόψι.

ΕΝ ΠΟΛΕΙ ΤΗΣ ΟΣΡΟΗΝΗΣ

Ἀπ' τῆς ταβέρνας τὸν καυγᾶ μᾶς φέραν πληγωμένο
τὸν φίλον Ρέμωνα χθὲς περὶ τὰ μεσάνυχτα.
Ἀπ' τὰ παράθυρα ποὺ ἀφίσαμεν ὁλάνοιχτα,
τ' ὡραῖο του σῶμα στὸ κρεββάτι φώτιζε ἡ σελήνη.
Εἴμεθα ἕνα κρᾶμα ἐδῶ· Σύροι, Γραικοί, Ἀρμένιοι, Μῆδοι.
Τέτοιος κι ὁ Ρέμων εἶναι. Ὅμως χθὲς σὰν φώτιζε
τὸ ἐρωτικό του πρόσωπο ἡ σελήνη,
ὁ νοῦς μας πῆγε στὸν πλατωνικὸ Χαρμίδη.

ΕΝΑΣ ΘΕΟΣ ΤΩΝ

Ὅταν κανένας των περνοῦσεν ἀπ' τῆς Σελευκείας
τὴν ἀγορά, περὶ τὴν ὥρα ποὺ βραδυάζει,
σὰν ὑψηλὸς καὶ τέλεια ὡραῖος ἔφηβος,
μὲ τὴν χαρὰ τῆς ἀφθαρσίας μὲς στὰ μάτια,
μὲ τ' ἀρωματισμένα μαῦρα του μαλλιά,
οἱ διαβάται τὸν ἐκύτταζαν
κι ὁ ἕνας τὸν ἄλλονα ρωτοῦσεν ἂν τὸν γνώριζε,

Poi sparí, credo a Smirne,
a lavorare. E poi non ci vedemmo piú.

Si saranno guastati gli occhi grigi
– se vive – e il suo bel viso.

Serbali tu com'erano, memoria.
E piú che puoi, memoria, di quell'amore mio
recami ancora, piú che puoi, stasera.

CITTÀ DELL'OSROENE

Ferito, da una rissa di taverna hanno portato
ieri, presso la mezzanotte, il caro Remone.
Dalla finestra tutta spalancata
il bel corpo sul letto rischiariva la luna.
Siamo un miscuglio qui, d'Armeni e Siri e Greci e Medi.
Tale è Remone. Eppure ieri, quando
l'erotico suo viso rischiariva la luna,
la nostra mente corse al Carmide di Platone.

UN LORO DIO

Quando passava taluno di loro per la piazza
di Seleucía, verso l'ora che imbruna,
alto, perfetto efebo – gioia d'incorruttibile
perennità negli occhi,
capelli neri tutti profumati –
i passanti guardavano,
l'uno all'altro chiedeva se mai lo conoscesse,

κι ἂν ἦταν Ἕλλην τῆς Συρίας, ἢ ξένος. Ἀλλὰ μερικοὶ
πού μὲ περισσοτέρα προσοχὴ παρατηροῦσαν
ἐκαταλάμβαναν καὶ παραμέριζαν·
κ' ἐνῶ ἐχάνετο κάτω ἀπ' τὲς στοές,
μὲς στὲς σκιὲς καὶ μὲς στὰ φῶτα τῆς βραδυᾶς,
πιαίνοντας πρὸς τὴν συνοικία πού τὴν νύχτα
μονάχα ζεῖ, μὲ ὄργια καὶ κραιπάλη,
καὶ κάθε εἴδους μέθη καὶ λαγνεία,
ἐρέμβαζαν ποιὸς τάχα ἦταν ἐξ Αὐτῶν,
καὶ γιὰ ποιὰν ὕποπτην ἀπόλαυσί του
στῆς Σελευκείας τούς δρόμους ἐκατέβηκεν
ἀπ' τὰ Προσκυνητά, Πάνσεπτα Δώματα.

ΙΑΣΗ ΤΑΦΟΣ

Κεῖμαι ὁ Ἰασῆς ἐνταῦθα. Τῆς μεγάλης ταύτης πόλεως
ὁ ἔφηβος ὁ φημισμένος γιὰ ἐμορφιά.
Μ' ἐθαύμασαν βαθεῖς σοφοί· κ' ἐπίσης ὁ ἐπιπόλαιος,
ὁ ἁπλοῦς λαός. Καὶ χαίρομουν ἴσα καὶ γιὰ

τὰ δυό. Μὰ ἀπ' τὸ πολὺ νὰ μ' ἔχει ὁ κόσμος Νάρκισσο κ' Ἑρμῆ,
ἡ καταχρήσεις μ' ἔφθειραν, μ' ἐσκότωσαν. Διαβάτη,
ἂν εἶσαι Ἀλεξανδρεύς, δὲν θὰ ἐπικρίνεις. Ξέρεις τὴν ὁρμὴ
τοῦ βίου μας· τί θέρμην ἔχει· τί ἡδονὴ ὑπερτάτη.

ΠΕΡΑΣΜΑ

Ἐκεῖνα πού δειλὰ φαντάσθη μαθητής, εἶν' ἀνοιχτά,
φανερωμένα ἐμπρός του. Καὶ γυρνᾶ, καὶ ξενυχτᾶ,
καὶ παρασύρεται. Κι ὡς εἶναι (γιὰ τὴν τέχνη μας) σωστό,

se fosse greco di Siria, o straniero.
Ma taluni piú attenti miravano, e capivano,
e si scostavano.
E mentre si perdeva sotto i portici,
fra le ombre e le luci della sera,
verso il quartiere che soltanto a notte
vive, d'orge e di crapula,
d'ogni sorta d'ebbrezza e di lascivia,
sognavano, chi mai fosse di Loro,
e per quale sospetto suo piacere
fosse calato in quelle strade di Seleucía
dalle Dimore Venerande, Auguste.

TOMBA DI IASÍS

Iasís qui giace. In questa gran
efebo rinomato per beltà.
Sapienti m'ammirarono, e gli umili. Egualmente
io gioivo. Ma a forza d'essere per la gente

un Ermete e un Narciso,
gli abusi mi consunsero, m'uccisero.
Se tu sei d'Alessandria, tu capirai, viandante:
la nostra foga sai, la voluttà bruciante.

PASSAGGIO

Quanto fantasticò, timido, da scolaro,
tutto è svelato innanzi a lui. Si svia
nelle veglie, travolto. E com'è giusto

τὸ αἷμα του, καινούριο καὶ ζεστό,
ἡ ἡδονὴ τὸ χαίρεται. Τὸ σῶμα του νικᾶ
ἔκνομη ἐρωτικὴ μέθη· καὶ τὰ νεανικὰ
μέλη ἐνδίδουνε σ' αὐτήν.
Κ' ἔτσι ἕνα παιδὶ ἁπλὸ
γίνεται ἄξιο νὰ τὸ δοῦμε, κι ἀπ' τὸν Ὑψηλὸ
τῆς Ποιήσεως Κόσμο μιὰ στιγμὴ περνᾶ κι αὐτὸ –
τὸ αἰσθητικὸ παιδὶ μὲ τὸ αἷμα του καινούριο καὶ ζεστό.

ΕΝ ΕΣΠΕΡᾼ

Πάντως δὲν θὰ διαρκούσανε πολύ. Ἡ πεῖρα
τῶν χρόνων μὲ τὸ δείχνει. Ἀλλ' ὅμως κάπως βιαστικὰ
ἦλθε καὶ τὰ σταμάτησεν ἡ Μοῖρα.
Ἦτανε σύντομος ὁ ὡραῖος βίος.
Ἀλλὰ τί δυνατὰ ποὺ ἦσαν τὰ μύρα,
σὲ τί ἐξαίσια κλίνην ἐπλαγιάσαμε,
σὲ τί ἡδονὴ τὰ σώματά μας δώσαμε.

Μιὰ ἀπήχησις τῶν ἡμερῶν τῆς ἡδονῆς,
μιὰ ἀπήχησις τῶν ἡμερῶν κοντά μου ἦλθε,
κάτι ἀπ' τῆς νεότητός μας τῶν δυονῶ τὴν πύρα·
στὰ χέρια μου ἕνα γράμμα ξαναπῆρα,
καὶ διάβαζα πάλι καὶ πάλι ὡς ποὺ ἔλειψε τὸ φῶς.

Καὶ βγῆκα στὸ μπαλκόνι μελαγχολικὰ –
βγῆκα ν' ἀλλάξω σκέψεις βλέποντας τουλάχιστον
ὀλίγη ἀγαπημένη πολιτεία,
ὀλίγη κίνησι τοῦ δρόμου καὶ τῶν μαγαζιῶν.

(per l'arte nostra), il sangue nuovo e caldo
se lo gode il piacere. Il corpo cede
a un'erotica illecita ebrietà: le membra giovani
tutte in essa s'ingolfano.
Ed è cosí che un semplice ragazzo si fa degno
che lo miriamo, e nell'Eccelso Mondo
di Poesia pur egli passa, un attimo,
il ragazzo sensibile, col sangue nuovo e caldo.

DI SERA

Certo, durare non poteva a lungo.
L'esperienza degli anni è maestra. Ma brusco,
troppo brusco l'arresto della Sorte.
Era la bella vita cosí corta!
Eppure, come forti gli aromi, e prodigioso
il letto ove giacemmo, e a qual piacere
cedemmo i nostri corpi.

Un'eco di giornate di piacere,
un'eco di giornate m'ha raggiunto,
la favilla d'un rogo che ci riarse giovani.
Ho ripreso una lettera tra mano.
Ho letto, ancora, ancora. Sin che morí la luce.

Ed uscii sul balcone, malinconicamente,
per mutare pensieri,
mirando un po' della città diletta, un poco
di moto della strada e dei negozi.

ΓΙΑ ΤΟΝ ΑΜΜΟΝΗ, ΠΟΥ ΠΕΘΑΝΕ 29 ΕΤΩΝ, ΣΤΑ 610

Ραφαήλ, ὀλίγους στίχους σὲ ζητοῦν
γιὰ ἐπιτύμβιον τοῦ ποιητοῦ 'Αμμόνη νὰ συνθέσεις.
Κάτι πολὺ καλαίσθητον καὶ λεῖον. Σὺ θὰ μπορέσεις,
εἶσαι ὁ κατάλληλος, νὰ γράψεις ὡς ἁρμόζει
γιὰ τὸν ποιητὴν 'Αμμόνη, τὸν δικό μας.

Βέβαια θὰ πεῖς γιὰ τὰ ποιήματά του –
ἀλλὰ νὰ πεῖς καὶ γιὰ τὴν ἐμορφιά του,
γιὰ τὴν λεπτὴ ἐμορφιά του ποὺ ἀγαπήσαμε.

Πάντοτε ὡραῖα καὶ μουσικὰ τὰ ἑλληνικά σου εἶναι.
Ὅμως τὴν μαστοριά σου ὅληνα τὴ θέμε τώρα.
Σὲ ξένη γλῶσσα ἡ λύπη μας κ' ἡ ἀγάπη μας περνοῦν.
Τὸ αἰγυπτιακό σου αἴσθημα χύσε στὴν ξένη γλῶσσα.

Ραφαήλ, οἱ στίχοι σου ἔτσι νὰ γραφοῦν
ποὺ νἄχουν, ξέρεις, ἀπὸ τὴν ζωή μας μέσα των,
ποὺ κι ὁ ρυθμὸς κ' ἡ κάθε φράσις νὰ δηλοῦν
ποὺ γι' 'Αλεξανδρινὸ γράφει 'Αλεξανδρινός.

ΕΝ ΤΩ ΜΗΝΙ ΑΘΥΡ

Μὲ δυσκολία διαβάζω   στὴν πέτρα τὴν ἀρχαία
«ΚΥ[ΡΙ]Ε ΙΗΣΟΥ ΧΡΙΣΤΕ».   Ἕνα «ΨΥ[Χ]ΗΝ» διακρίνω.
«ΕΝ ΤΩ ΜΗ[ΝΙ] ΑΘΥΡ»   «Ο ΛΕΥΚΙΟ[Σ] Ε[ΚΟΙΜ]ΗΘΗ».
Στὴ μνεία τῆς ἡλικίας   «ΕΒΙ[ΩΣ]ΕΝ ΕΤΩΝ»,
τὸ Κάππα Ζῆτα δείχνει   ποὺ νέος ἐκοιμήθη.
Μὲς στὰ φθαρμένα βλέπω   «ΑΥΤΟ[Ν] ... ΑΛΕΞΑΝΔΡΕΑ».
Μετὰ ἔχει τρεῖς γραμμὲς   πολὺ ἀκρωτηριασμένες·

PER AMMONE, MORTO A 29 ANNI, NEL 610

Rafaele, si vogliono da te
pochi versi: un'epigrafe per il poeta Ammone.
Una cosa squisita e fine. A perfezione
saprai – sei l'uomo adatto – scrivere
per il poeta Ammone, uno dei nostri.

Certo dei suoi poemi parlerai,
ma non ti scorderai
quella che amammo, beltà delicata.

Sempre il tuo greco è bello e musicale.
Ma intera oggi vogliamo l'arte tua magistrale.
Nella lingua straniera dolore, amore passano.
Versa l'egizio palpito nella lingua straniera.

Rafaele, i tuoi versi siano scritti
cosí che un poco chiudano – tu sai! – di questa vita,
cosí che il ritmo ed ogni frase mostrino
che d'un alessandrino scrive un alessandrino.

NEL MESE DI ATHYR

Leggo con grande stento sopra la pietra antica
GESÙ CRISTO SI[GN]ORE. Un'AN[I]MA distinguo,
e NEL ME[SE DI] ATHYR LUCI[O] S'[ADDORM]ENTÒ.
Si scorge poi memoria dell'età: VI[SS]E ANNI...
il XXVII mostra che giovine morí.
Fra lacinie discerno EG[LI FU] ALESSANDRINO.
Indi ci sono tre righe assai rovinate:

μὰ κάτι λέξεις βγάζω — σὰν «Δ[Α]ΚΡΥΑ ΗΜΩΝ», «ΟΔΥΝΗΝ»·
κατόπιν πάλι «ΔΑΚΡΥΑ», καὶ «[ΗΜ]ΙΝ ΤΟΙΣ [Φ]ΙΛΟΙΣ
ΠΕΝΘΟΣ».

Μὲ φαίνεται ποὺ ὁ Λεύκιος μεγάλως θ' ἀγαπήθη.
'Εν τῷ μηνὶ 'Αθὺρ ὁ Λεύκιος ἐκοιμήθη.

ΙΓΝΑΤΙΟΥ ΤΑΦΟΣ

'Εδῶ δὲν εἶμαι ὁ Κλέων ποὺ ἀκούσθηκα
στὴν 'Αλεξάνδρεια (ὅπου δύσκολα ξιπάζονται)
γιὰ τὰ λαμπρά μου σπίτια, γιὰ τοὺς κήπους,
γιὰ τ' ἄλογα καὶ γιὰ τ' ἁμάξια μου,
γιὰ τὰ διαμαντικὰ καὶ τὰ μετάξια ποὺ φοροῦσα.
Ἄπαγε· ἐδῶ δὲν εἶμαι ὁ Κλέων ἐκεῖνος·
τὰ εἰκοσιοκτώ του χρόνια νὰ σβυσθοῦν.
Εἶμ' ὁ 'Ιγνάτιος, ἀναγνώστης, ποὺ πολὺ ἀργὰ
συνῆλθα· ἀλλ' ὅμως κ' ἔτσι δέκα μῆνες ἔζησα εὐτυχεῖς
μὲς στὴν γαλήνη καὶ μὲς στὴν ἀσφάλεια τοῦ Χριστοῦ.

ΕΤΣΙ ΠΟΛΥ ΑΤΕΝΙΣΑ -

Τὴν ἐμορφιὰ ἔτσι πολὺ ἀτένισα,
ποὺ πλήρης εἶναι αὐτῆς ἡ ὅρασίς μου.

Γραμμὲς τοῦ σώματος. Κόκκινα χείλη. Μέλη ἡδονικά.
Μαλλιὰ σὰν ἀπὸ ἀγάλματα ἑλληνικὰ παρμένα·
πάντα ἔμορφα, κι ἀχτένιστα σὰν εἶναι,

e tuttavia decifro   NOSTRE L[A]CRIME, PIANTO,
e sotto ancora LACRIME   e [A N]OI SUOI [A]MICI
LUTTO.

A me pare che Lucio   molto diletto fu.
E nel mese di Athyr   Lucio s'addormentò.

TOMBA D'IGNAZIO

Qui non sono Cleone, rinomato
ad Alessandria (dove stupiscono di rado)
per le mie case splendide, i giardini,
le carrozze, i cavalli,
i gioielli, le mie seriche vesti.
Via! Non sono Cleone.
Si spenga di ventotto anni memoria.
Qui sono Ignazio diacono, tardi tornato in sé.
Assai tardi. Ma vissi dieci mesi felici
nella pace sicura di Gesú.

COSÍ FISO MIRAI

La beltà cosí fiso mirai
che la vista n'è colma.

Linee del corpo. Labbra rosse. Voluttuose membra.
Capelli da un ellenico simulacro spiccati
e tutti belli, pur sí scarmigliati,

καὶ πέφτουν, λίγο, ἐπάνω στ' ἄσπρα μέτωπα.
Πρόσωπα τῆς ἀγάπης, ὅπως τἄθελεν
ἡ ποίησίς μου... μὲς στὲς νύχτες τῆς νεότητός μου,
μέσα στὲς νύχτες μου, κρυφά, συναντημένα...

ΜΕΡΕΣ ΤΟΥ 1903

Δὲν τὰ ηὗρα πιὰ ξανὰ – τὰ τόσο γρήγορα χαμένα...
τὰ ποιητικὰ τὰ μάτια, τὸ χλωμὸ
τὸ πρόσωπο... στὸ νύχτωμα τοῦ δρόμου...

Δὲν τὰ ηὗρα πιὰ – τ' ἀποκτηθέντα κατὰ τύχην ὅλως,
ποὺ ἔτσι εὔκολα παραίτησα·
καὶ ποὺ κατόπι μὲ ἀγωνίαν ἤθελα.
Τὰ ποιητικὰ τὰ μάτια, τὸ χλωμὸ τὸ πρόσωπο,
τὰ χείλη ἐκεῖνα δὲν τὰ ηὗρα πιά.

Η ΠΡΟΘΗΚΗ ΤΟΥ ΚΑΠΝΟΠΩΛΕΙΟΥ

Κοντὰ σὲ μιὰ κατάφωτη προθήκη
καπνοπωλείου ἐστέκονταν, ἀνάμεσα σ' ἄλλους πολλούς.
Τυχαίως τὰ βλέμματά των συναντήθηκαν,
καὶ τὴν παράνομην ἐπιθυμία τῆς σαρκός των
ἐξέφρασαν δειλά, διστακτικά.
Ἔπειτα, ὀλίγα βήματα στὸ πεζοδρόμιο ἀνήσυχα –
ὡς ποὺ ἐμειδίασαν, κ' ἔνευσαν ἐλαφρῶς.

Καὶ τότε πιὰ τὸ ἁμάξι τὸ κλεισμένο...
τὸ αἰσθητικὸ πλησίασμα τῶν σωμάτων·
τὰ ἑνωμένα χέρια, τὰ ἑνωμένα χείλη.

cadono appena sulla fronte bianca.
Volti d'amore, come li voleva
il mio canto... incontrati nelle notti
di giovinezza, nelle mie notti, ascosamente...

GIORNI DEL 1903

Non li ho trovati piú – cosí presto perduti –
i poetici occhi, quel pallido
viso... nell'annottare della via...

Non li ho trovati piú – conquistati cosí,
per sorte, e li lasciai sí facilmente andare.
Poi li bramai con una febbre. Gli occhi
poetici, e quel viso pallido, e quelle labbra.
Non li ho trovati piú.

LA VETRINA DEL TABACCAIO

Accanto alla vetrina tutta luce
del tabaccaio, stavano, tra molti.
Gli sguardi s'incontrarono, per sorte:
dissero la vietata bramosia della carne,
timidamente, dubitosamente.
Sul marciapiede, pochi passi d'ansia –
sin che sorrisero, lieve accennarono...

Ed ecco, ormai, nella carrozza chiusa,
il sensuoso tatto delle membra, congiunte
mani, congiunte labbra.

ΗΔΟΝΗ

Χαρὰ καὶ μύρο τῆς ζωῆς μου ἡ μνήμη τῶν ὡρῶν
ποὺ ηὗρα καὶ ποὺ κράτηξα τὴν ἡδονὴ ὡς τὴν ἤθελα.
Χαρὰ καὶ μύρο τῆς ζωῆς μου ἐμένα, ποὺ ἀποστράφηκα
τὴν κάθε ἀπόλαυσιν ἐρώτων τῆς ρουτίνας.

ΚΑΙΣΑΡΙΩΝ

'Εν μέρει γιὰ νὰ ἐξακριβώσω μιὰ ἐποχή,
ἐν μέρει καὶ τὴν ὥρα νὰ περάσω,
τὴν νύχτα χθὲς πῆρα μιὰ συλλογὴ
ἐπιγραφῶν τῶν Πτολεμαίων νὰ διαβάσω.
Οἱ ἄφθονοι ἔπαινοι κ' ἡ κολακεῖες
εἰς ὅλους μοιάζουν. "Ολοι εἶναι λαμπροί,
ἔνδοξοι, κραταιοί, ἀγαθοεργοί·
κάθ' ἐπιχείρησίς των σοφοτάτη.
''Αν πεῖς γιὰ τὲς γυναῖκες τῆς γενιᾶς, κι αὐτές,
ὅλες ἡ Βερενίκες κ' ἡ Κλεοπάτρες θαυμαστές.

"Οταν κατόρθωσα τὴν ἐποχὴ νὰ ἐξακριβώσω
θἄφινα τὸ βιβλίο ἂν μιὰ μνεία μικρή,
κι ἀσήμαντη, τοῦ βασιλέως Καισαρίωνος
δὲν εἵλκυε τὴν προσοχή μου ἀμέσως...

Ἆ, νά, ἦρθες σὺ μὲ τὴν ἀόριστη
γοητεία σου. Στὴν ἱστορία λίγες
γραμμὲς μονάχα βρίσκονται γιὰ σένα,
κ' ἔτσι πιὸ ἐλεύθερα σ' ἔπλασα μὲς στὸν νοῦ μου.
Σ' ἔπλασα ὡραῖο κ' αἰσθηματικό.
Ἡ τέχνη μου στὸ πρόσωπό σου δίνει
μιὰν ὀνειρώδη συμπαθητικὴ ἐμορφιά.

VOLUTTÀ

Di gioia mi profuma la vita la memoria
dell'ore che fu mia la voluttà che volli.
E di gioia profuma la vita mia lo schifo
d'ogni abitudinaria voluttà.

CESARIONE

Ieri, di notte, un poco per approfondire
un'epoca, e un poco per diletto,
per trascorrere il tempo, volli aprire
un volume d'epigrafi dei Tolemei. L'ho letto.
Le lodi innumeri, le adulazioni
somigliano per tutti. Tutti sono gloriosi,
magnifici, possenti, generosi,
ogni loro intrapresa è sapientissima.
Le donne, le Cleopatre, le Berenici, anch'esse
sono tutte mirabili regine e principesse.

Chiarita infine l'epoca,
avrei deposto il libro, se una notizia breve,
irrilevante, del re Cesarione
non m'avesse d'un tratto reso intento...

Oh, sí, giungesti tu, con quell'ambigua
malía. La storia, poche righe
ti dedica. Cosí
ti plasmò con un estro piú libero la mente.
E sensitivo e bello ti plasmò.
Adorna il tuo bel viso l'arte mia
d'un suggestivo fascino di sogno.

Καὶ τόσο πλήρως σὲ φαντάσθηκα,
ποὺ χθὲς τὴν νύχτα ἀργά, σὰν ἔσβυνεν
ἡ λάμπα μου – ἄφισα ἐπίτηδες νὰ σβύνει –
ἐθάρρεψα ποὺ μπῆκες μὲς στὴν κάμαρά μου,
μὲ φάνηκε ποὺ ἐμπρός μου στάθηκες ὡς θὰ ἦσουν
μὲς στὴν κατακτημένην 'Αλεξάνδρεια,
χλωμὸς καὶ κουρασμένος, ἰδεώδης ἐν τῇ λύπῃ σου,
ἐλπίζοντας ἀκόμη νὰ σὲ σπλαχνισθοῦν
οἱ φαῦλοι – ποὺ ψιθύριζαν τὸ «Πολυκαισαρίη».

ΕΙΣ ΤΟ ΕΠΙΝΕΙΟΝ

Νέος, εἴκοσι ὀκτὼ ἐτῶν, μὲ πλοῖον τήνιον
ἔφθασε εἰς τοῦτο τὸ συριακὸν ἐπίνειον
ὁ Ἔμης, μὲ τὴν πρόθεσι νὰ μάθει μυροπώλης.
Ὅμως ἀρρώστησε εἰς τὸν πλοῦν. Καὶ μόλις
ἀπεβιβάσθη, πέθανε. Ἡ ταφή του, πτωχοτάτη,
ἔγιν' ἐδῶ. Ὀλίγες ὧρες πρὶν πεθάνει κάτι
ψιθύρισε γιὰ «οἰκίαν», γιὰ «πολὺ γέροντας γονεῖς».
Μὰ ποιοὶ ἦσαν τοῦτοι δὲν ἐγνώριζε κανείς,
μήτε ποιὰ ἡ πατρίς του μὲς στὸ μέγα πανελλήνιον.
Καλλίτερα. Γιατὶ ἔτσι ἐνῷ
κεῖται νεκρὸς σ' αὐτὸ τὸ ἐπίνειον,
θὰ τὸν ἐλπίζουν πάντα οἱ γονεῖς του ζωντανό.

ΘΥΜΗΣΟΥ, ΣΩΜΑ...

Σῶμα, θυμήσου ὄχι μόνο τὸ πόσο ἀγαπήθηκες,
ὄχι μονάχα τὰ κρεββάτια ὅπου πλάγιασες,
ἀλλὰ κ' ἐκεῖνες τὲς ἐπιθυμίες ποὺ γιὰ σένα

E cosí a pieno ti fantasticai,
che ieri, a tarda notte (si spegneva
la lampada, e lasciai che si spegnesse),
mi parve che tu entrassi nella camera,
mi sembrò di vederti innanzi a me.
Com'eri, forse, in Alessandria conquistata,
pallido e stanco, forma ideale nel cruccio:
speravi ancora la pietà di quella gente
stolta, che mormorava: « Troppi Cesari, no! ».

IN UN PORTO

Emis, con una nave di Tino, è giunto qua,
in questo porto siro. Ventott'anni d'età,
aspirante unguentario. Ma in viaggio s'è ammalato.
È morto subito, appena sbarcato.
In una tomba misera l'abbiamo seppellito.
Poche ore prima che morisse, fu udito
bisbigliare « i miei vecchi », « casa mia ».
Nessuno sa chi siano quei vecchi e quale sia
la sua patria, nel gran crogiolo della grecità.
Meglio cosí. Lui giace, privo
di vita, in questo porto. E frattanto, chissà
dove, i suoi genitori lo spereranno vivo.

RAMMENTA, CORPO...

Corpo, rammenta, e non soltanto come
amato fosti, i letti ove giacesti.
Ma quelle brame che riscintillavano

γυάλιζαν μὲς στὰ μάτια φανερά,
κ' ἐτρέμανε μὲς στὴν φωνὴ – καὶ κάποιο
τυχαῖον ἐμπόδιο τὲς ματαίωσε.
Τώρα ποὺ εἶναι ὅλα πιὰ μέσα στὸ παρελθόν,
μοιάζει σχεδὸν καὶ στὲς ἐπιθυμίες
ἐκεῖνες σὰν νὰ δόθηκες – πῶς γυάλιζαν,
θυμήσου, μὲς στὰ μάτια ποὺ σὲ κύτταζαν·
πῶς ἔτρεμαν μὲς στὴν φωνή, γιὰ σέ, θυμήσου, σῶμα.

ΛΑΝΗ ΤΑΦΟΣ

Ὁ Λάνης ποὺ ἀγάπησες ἐδῶ δὲν εἶναι, Μάρκε,
στὸν τάφο ποὺ ἔρχεσαι καὶ κλαῖς, καὶ μένεις ὧρες κι ὧρες.
Τὸν Λάνη ποὺ ἀγάπησες τὸν ἔχεις πιὰ κοντά σου
στὸ σπίτι σου ὅταν κλείεσαι καὶ βλέπεις τὴν εἰκόνα,
ποὺ αὐτὴ κάπως διατήρησεν ὅ,τ' εἶχε ποὺ ν' ἀξίζει,
ποὺ αὐτὴ κάπως διατήρησεν ὅ,τ' εἶχες ἀγαπήσει.

Θυμᾶσαι, Μάρκε, ποὺ ἔφερες ἀπὸ τοῦ ἀνθυπάτου
τὸ μέγαρον τὸν Κυρηναῖο περίφημο ζωγράφο,
καὶ μὲ τί καλλιτεχνικὴν ἐκεῖνος πανουργία
μόλις εἶδε τὸν φίλο σου κ' ἤθελε νὰ σᾶς πείσει
ποὺ ὡς Ὑάκινθον ἐξ ἅπαντος ἔπρεπε νὰ τὸν κάμει
(μ' αὐτὸν τὸν τρόπο πιὸ πολὺ θ' ἀκούονταν ἡ εἰκών του).

Μὰ ὁ Λάνης σου δὲν δάνειζε τὴν ἐμορφιά του ἔτσι·
καὶ σταθερὰ ἐναντιωθεὶς εἶπε νὰ παρουσιάσει
ὄχι διόλου τὸν Ὑάκινθον, ὄχι κανέναν ἄλλον,
ἀλλὰ τὸν Λάνη, υἱὸ τοῦ Ραμετίχου, Ἀλεξανδρέα.

chiare, per te, negli occhi,
nella voce tremavano – e furono
vane per sorte.
Ora che tutto affonda nel passato,
pare che a quelle brame tu ti sia
abbandonato... come scintillavano
negli occhi fisi su di te, rammenta,
e nella voce come tremavano per te, rammenta, corpo.

TOMBA DI LANIS

Marco, il giovine Lanis che amasti non è qui,
nella tomba ove rechi lacrime e a lungo sosti.
Il giovine che amasti l'hai piú vicino a te
quando in casa ti chiudi e il suo ritratto miri,
quello che un poco serba di lui quant'ebbe pregio,
quello che un poco serba di lui quanto tu amavi.

Ricordi, Marco? Un giorno, da casa del proconsole
tu conducesti il celebre pittore di Cirene:
e con quanta sottile abilità d'artista,
come vide l'amico tuo, voleva convincervi
che doveva dipingerlo proprio come Giacinto
(sarebbe divenuto piú noto il suo ritratto).

Ma il tuo Lanis non dava a prestito cosí
la sua beltà. S'oppose risoluto, e gli disse
di non ritrarre punto né Giacinto né altri,
ma il figlio di Ramètico, Lanis, alessandrino.

Η ΔΙΟΡΙΑ ΤΟΥ ΝΕΡΩΝΟΣ

Δὲν ἀνησύχησεν ὁ Νέρων ὅταν ἄκουσε
τοῦ Δελφικοῦ Μαντείου τὸν χρησμό.
«Τὰ ἑβδομῆντα τρία χρόνια νὰ φοβᾶται».
Εἶχε καιρὸν ἀκόμη νὰ χαρεῖ.
Τριάντα χρονῶ εἶναι. Πολὺ ἀρκετὴ
εἶν' ἡ διορία ποὺ ὁ θεὸς τὸν δίδει
γιὰ νὰ φροντίσει γιὰ τοὺς μέλλοντας κινδύνους.

Τώρα στὴν Ρώμη θὰ ἐπιστρέψει κουρασμένος λίγο,
ἀλλὰ ἐξαίσια κουρασμένος ἀπὸ τὸ ταξεῖδι αὐτό,
ποὺ ἦταν ὅλο μέρες ἀπολαύσεως –
στὰ θέατρα, στοὺς κήπους, στὰ γυμνάσια...
Τῶν πόλεων τῆς 'Αχαΐας ἑσπέρες...
Ἆ τῶν γυμνῶν σωμάτων ἡ ἡδονὴ πρὸ πάντων...

Αὐτὰ ὁ Νέρων. Καὶ στὴν Ἱσπανία ὁ Γάλβας
κρυφὰ τὸ στράτευμά του συναθροίζει καὶ τὸ ἀσκεῖ,
ὁ γέροντας ὁ ἑβδομῆντα τριῶ χρονῶ.

ΤΟ ΔΙΠΛΑΝΟ ΤΡΑΠΕΖΙ

Θἆναι μόλις εἴκοσι δυὸ ἐτῶν.
Κι ὅμως ἐγὼ εἶμαι βέβαιος πού, σχεδὸν τὰ ἴσα
χρόνια προτήτερα, τὸ ἴδιο σῶμα αὐτὸ τὸ ἀπήλαυσα.

Δὲν εἶναι διόλου ἔξαψις ἐρωτισμοῦ.
Καὶ μοναχὰ πρὸ ὀλίγου μπῆκα στὸ καζίνο·
δὲν εἶχα οὔτε ὥρα γιὰ νὰ πιῶ πολύ.
Τὸ ἴδιο σῶμα ἐγὼ τὸ ἀπήλαυσα.

LA SCADENZA DI NERONE

Non si turbò Nerone, nell'udire
il vaticinio delfico:
« Dei settantatré anni abbia paura ».
Aveva tempo ancora di godere.
Ha trent'anni. Assai lunga
è la scadenza che concede il dio,
per angosciarsi dei rischi futuri.

Ora ritornerà a Roma, un poco stanco,
divinamente stanco di quel viaggio,
che fu tutto giornate di piacere,
nei giardini, ai teatri, nei ginnasi...
Sere delle città d'Acaia... Oh gusto,
gusto dei corpi nudi, innanzi tutto...

Cosí Nerone. Nella Spagna, Galba
segretamente aduna le sue truppe
e le tempra, il vegliardo d'anni settantatré.

LA TAVOLA ACCANTO

Avrà ventidue anni.
Ma sono certo che, quasi altrettanti
anni fa, l'ho goduto, io, quello stesso corpo.

Non è delirio erotico.
Or ora sono entrato:
di bere troppo non ho avuto tempo.
Io l'ho goduto, quello stesso corpo.

Κι ἂν δὲν θυμοῦμαι, ποῦ - ἕνα ξέχασμά μου δὲν σημαίνει.

῏Α τώρα, νά, ποὺ κάθησε στὸ διπλανὸ τραπέζι
γνωρίζω κάθε κίνησι ποὺ κάμνει - κι ἀπ' τὰ ροῦχα κάτω
γυμνὰ τ' ἀγαπημένα μέλη ξαναβλέπω.

ΝΟΗΣΙΣ

Τὰ χρόνια τῆς νεότητός μου, ὁ ἡδονικός μου βίος -
πῶς βλέπω τώρα καθαρὰ τὸ νόημά των.

Τί μεταμέλειες περιττές, τί μάταιες...

'Αλλὰ δὲν ἔβλεπα τὸ νόημα τότε.

Μέσα στὸν ἔκλυτο τῆς νεότητός μου βίο
μορφώνονταν βουλὲς τῆς ποιήσεώς μου,
σχεδιάζονταν τῆς τέχνης μου ἡ περιοχή.

Γι' αὐτὸ κ' ἡ μεταμέλειες σταθερὲς ποτὲ δὲν ἦσαν.
Κ' ἡ ἀποφάσεις μου νὰ κρατηθῶ, ν' ἀλλάξω
διαρκοῦσαν δυὸ ἑβδομάδες τὸ πολύ.

ΠΡΕΣΒΕΙΣ ΑΠ' ΤΗΝ ΑΛΕΞΑΝΔΡΕΙΑ

Δὲν εἶδαν, ἐπὶ αἰῶνας, τέτοια ὡραῖα δῶρα στοὺς Δελφοὺς
σὰν τοῦτα ποὺ ἐστάλθηκαν ἀπὸ τοὺς δυὸ τοὺς ἀδελφούς,
τοὺς ἀντιζήλους Πτολεμαίους βασιλεῖς. 'Αφοῦ τὰ πῆραν
ὅμως, ἀνησυχῆσαν οἱ ἱερεῖς γιὰ τὸν χρησμό. Τὴν πεῖραν
ὅλην των θὰ χρειασθοῦν τὸ πῶς μὲ ὀξύνοιαν νὰ συνταχθεῖ,

Non mi ricordo dove – e che vuol dire?

Oh, adesso sí! Alla tavola accanto s'è seduto:
ogni gesto ravviso. E, di là dalle vesti,
nude rivedo le dilette membra.

COMPRENSIONE

Anni di giovinezza, vita di voluttà...
Come ne scorgo chiaramente il senso.

Quanti rimorsi inutili, superflui...

Ma il senso mi sfuggiva, allora.

Nella mia giovinezza scioperata
si formavano intenti di poesia,
si profilava l'àmbito dell'arte.

Perciò cosí precari i miei rimorsi!
E gl'impegni di vincermi e mutare,
che duravano, al piú, due settimane.

MESSI DA ALESSANDRIA

Non videro a Delfi, per secoli, regali cosí belli
come quelli ch'hanno inviato i due fratelli
rivali, i due sovrani Tolemei. Ma i preti
pensano a come formulare l'oracolo, inquieti.
A chi dei due, dei due possenti re, dovrà dispiacere?

ποιὸς ἀπ' τοὺς δυό, ποιὸς ἀπὸ τέτοιους δυὸ νὰ δυσαρεστηθεῖ.
Καὶ συνεδριάζουνε τὴν νύχτα μυστικὰ
καὶ συζητοῦν τῶν Λαγιδῶν τὰ οἰκογενειακά.
'Αλλὰ ἰδοὺ οἱ πρέσβεις ἐπανῆλθαν. Χαιρετοῦν.
Στὴν 'Αλεξάνδρεια ἐπιστρέφουν, λέν. Καὶ δὲν ζητοῦν
χρησμὸ κανένα. Κ' οἱ ἱερεῖς τ' ἀκοῦνε μὲ χαρὰ
(ἐννοεῖται, ποὺ κρατοῦν τὰ δῶρα τὰ λαμπρά),
ἀλλ' εἶναι καὶ στὸ ἔπακρον ἀπορημένοι,
μὴ νοιώθοντας τί ἡ ἐξαφνικὴ ἀδιαφορία αὐτὴ σημαίνει.
Γιατὶ ἀγνοοῦν ποὺ χθὲς στοὺς πρέσβεις ἦλθαν νέα βαρυά.
Στὴν Ρώμη δόθηκε ὁ χρησμός· ἔγιν' ἐκεῖ ἡ μοιρασιά.

ΑΠ' ΤΕΣ ΕΝΝΙΑ –

Δώδεκα καὶ μισή. Γρήγορα πέρασεν ἡ ὥρα
ἀπ' τὲς ἐννιὰ ποὺ ἄναψα τὴν λάμπα,
καὶ κάθισα ἐδῶ. Κάθουμουν χωρὶς νὰ διαβάζω,
καὶ χωρὶς νὰ μιλῶ. Μὲ ποιόνα νὰ μιλήσω
κατάμονος μέσα στὸ σπίτι αὐτό.

Τὸ εἴδωλον τοῦ νέου σώματός μου,
ἀπ' τὲς ἐννιὰ ποὺ ἄναψα τὴν λάμπα,
ἦλθε καὶ μὲ ηὗρε καὶ μὲ θύμισε
κλειστὲς κάμαρες ἀρωματισμένες,
καὶ περασμένην ἡδονὴ – τί τολμηρὴ ἡδονή!
Κ' ἐπίσης μ' ἔφερε στὰ μάτια ἐμπρός,
δρόμους ποὺ τώρα ἔγιναν ἀγνώριστοι,
κέντρα γεμάτα κίνησι ποὺ τέλεψαν,
καὶ θέατρα καὶ καφενεῖα ποὺ ἦσαν μιὰ φορά.

Τὸ εἴδωλον τοῦ νέου σώματός μου
ἦλθε καὶ μ' ἔφερε καὶ τὰ λυπητερά·

Ci vorrà la sagacia del piú scaltro mestiere.
Nella notte, il sinedrio a gran consiglio va:
si vagliano dei Làgidi riposte intimità.
Ma, ecco, ricompaiono i messi. Si congedano.
Tornano ad Alessandria. Pare che piú non chiedano
oracoli. Che gran felicità
per i preti! (I regali li tengono, si sa).
Eppure il loro cuore è a disagio, turbato:
di quella repentina incuria qual è il significato?
Ignorano che i messi hanno udito pesanti novità:
l'oracolo l'ha dato Roma. La spartizione è stata fatta là.

DALLE NOVE

Dodici e mezza. È scorso presto il tempo,
dalle nove, che accesi la lampada
e mi sedetti. Fermo, senza leggere,
senza parlare. Con chi mai parlare,
qua, solitario, in questa casa vuota!

E la parvenza del mio corpo giovine,
dalle nove che accesi la lampada,
venne, e mi colse; e mi destò memoria
di certe stanze chiuse profumate,
d'un remoto piacere (e temerario!).
E mi recò dinanzi agli occhi strade
che nessuno conosce piú, locali
colmi di movimento, ora spariti,
e teatri, e caffè, che c'erano una volta.

E la parvenza del mio corpo giovine
venne e m'addusse le memorie amare:

πένθη τῆς οἰκογένειας, χωρισμοί,
αἰσθήματα δικῶν μου, αἰσθήματα
τῶν πεθαμένων τόσο λίγο ἐκτιμηθέντα.

Δώδεκα καὶ μισή. Πῶς πέρασεν ἡ ὥρα.
Δώδεκα καὶ μισή. Πῶς πέρασαν τὰ χρόνια.

ΑΡΙΣΤΟΒΟΥΛΟΣ

Κλαίει τὸ παλάτι, κλαίει ὁ βασιλεύς,
ἀπαρηγόρητος θρηνεῖ ὁ βασιλεὺς Ἡρώδης,
ἡ πολιτεία ὁλόκληρη κλαίει γιὰ τὸν Ἀριστόβουλο
ποὺ ἔτσι ἄδικα, τυχαίως πνίχθηκε
παίζοντας μὲ τοὺς φίλους του μὲς στὸ νερό.

Κι ὅταν τὸ μάθουνε καὶ στ' ἄλλα μέρη,
ὅταν ἐπάνω στὴν Συρία διαδοθεῖ,
κι ἀπὸ τοὺς Ἕλληνας πολλοὶ θὰ λυπηθοῦν·
ὅσοι ποιηταὶ καὶ γλύπται θὰ πενθήσουν,
γιατ' εἶχεν ἀκουσθεῖ σ' αὐτοὺς ὁ Ἀριστόβουλος,
καὶ ποιά τους φαντασία γιὰ ἔφηβο ποτὲ
ἔφθασε τέτοιαν ἐμορφιὰ σὰν τοῦ παιδιοῦ αὐτοῦ·
ποιὸ ἄγαλμα θεοῦ ἀξιώθηκεν ἡ Ἀντιόχεια
σὰν τὸ παιδὶ αὐτὸ τοῦ Ἰσραήλ.

Ὀδύρεται καὶ κλαίει ἡ Πρώτη Πριγκηπέσσα·
ἡ μάνα του, ἡ πιὸ μεγάλη Ἑβρέσσα.
Ὀδύρεται καὶ κλαίει ἡ Ἀλεξάνδρα γιὰ τὴν συμφορά. –
Μὰ σὰν βρεθεῖ μονάχη της ἀλλάζει ὁ καϋμός της.
Βογγᾶ· φρενιάζει· βρίζει· καταριέται.
Πῶς τὴν ἐγέλασαν! Πῶς τὴν φενάκισαν!
Πῶς ἐπὶ τέλους ἔ γ ι ν ε ὁ σκοπός των!

separazioni, lutti di famiglia,
sentimenti dei miei, sentimenti
dei morti, di cosí poco rilievo.

Dodici e mezza. Com'è scorso il tempo.
Dodici e mezza. Come scorsi, gli anni.

ARISTOBULO

Piange tutta la reggia, piange il re.
Erode, il re, si lagna inconsolabile,
e la città lamenta Aristobulo
che per sorte – una beffa! – s'è annegato
mentre giocava con gli amici in acqua.

E quando lo sapranno altrove, quando
dilagherà la nuova nella Siria,
anche s'affliggeranno molti Greci,
s'accoreranno scultori e poeti:
gran fama ebbe tra loro Aristobulo:
e quale efebo della fantasia
attinse la beltà di quel ragazzo? E quale
simulacro divino in Antiochia
spiccò come quel figlio d'Israele?

Geme e piange la Prima Principessa,
la Grande fra le donne ebree, la madre.
Geme e piange Alessandra la sventura.
Ma, quand'è sola, il suo dolore muta:
impazza, mugghia, ingiuria, maledice.
Come l'hanno giocata, e come illusa!
Come l'hanno raggiunto, il loro scopo!

Τὸ ρήμαξαν τὸ σπίτι τῶν 'Ασαμωναίων.
Πῶς τὸ κατόρθωσε ὁ κακοῦργος βασιλεύς·
ὁ δόλιος, ὁ φαῦλος, ὁ ἀλιτήριος.
Πῶς τὸ κατόρθωσε. Τί καταχθόνιο σχέδιο
ποὺ νὰ μὴ νοιώσει κ' ἡ Μαριάμμη τίποτε.
Ἂν ἔνοιωθε ἡ Μαριάμμη, ἂν ὑποπτεύονταν,
θἄβρισκε τρόπο τὸ ἀδέρφι της νὰ σώσει·
βασίλισσα εἶναι τέλος, θὰ μποροῦσε κάτι.
Πῶς θὰ θριαμβεύουν τώρα καὶ θὰ χαίρονται κρυφὰ
ἡ μοχθηρὲς ἐκεῖνες, Κύπρος καὶ Σαλώμη·
ἡ πρόστυχες γυναῖκες, Κύπρος καὶ Σαλώμη. –
Καὶ νἆναι ἀνίσχυρη, κι ἀναγκασμένη
νὰ κάνει ποὺ πιστεύει τὲς ψευτιές των·
νὰ μὴ μπορεῖ πρὸς τὸν λαὸ νὰ πάγει,
νὰ βγεῖ καὶ νὰ φωνάξει στοὺς Ἑβραίους,
νὰ πεῖ, νὰ πεῖ πῶς ἔγινε τὸ φονικό.

ΚΑΤΩ ΑΠ' ΤΟ ΣΠΙΤΙ

Χθὲς περπατῶντας σὲ μιὰ συνοικία
ἀπόκεντρη, πέρασα κάτω ἀπὸ τὸ σπίτι
ποὺ ἔμπαινα σὰν ἤμουν νέος πολύ.
'Εκεῖ τὸ σῶμα μου εἶχε λάβει ὁ Ἔρως
μὲ τὴν ἐξαίσια του ἰσχύν.

Καὶ χθὲς
σὰν πέρασ' ἀπ' τὸν δρόμο τὸν παληό,
ἀμέσως ὡραΐσθηκαν ἀπ' τὴν γοητεία τοῦ ἔρωτος
τὰ μαγαζιά, τὰ πεζοδρόμια, ἡ πέτρες,
καὶ τοῖχοι, καὶ μπαλκόνια, καὶ παράθυρα·
τίποτε ἄσχημο δὲν ἔμεινεν ἐκεῖ.

L'hanno tutto spiantato, ora, il casato degli Asamonei.
E come c'è riuscito, il re perverso,
lo scellerato, l'assassino, il vile.
Oh, come c'è riuscito. E quale piano subdolo,
diabolico! Neppure Mariamme lo capí.
Se Mariamme capiva, o sospettava,
certo trovava modo di salvarlo, il fratello:
è regina, alla fine; qualcosa avrebbe fatto.
E adesso, che trionfo, quale gioia segreta
per quelle donne infami, per Cipro e Salomè,
per Cipro e Salomè, donne da trivio.
Ed essere cosí impotente, lei, costretta
a fingere di credere alle loro menzogne!
E non potere uscire nelle piazze,
e rivolgersi al popolo, gridare
agli Ebrei, dire, dire come fu, l'omicidio.

SOTTO LA CASA

Ieri, vagando in un quartiere
fuori mano, passai sotto la casa
dove solevo entrare adolescente.
Amore ivi s'apprese alla mia carne,
con la sua forza prodigiosa.

E ieri,
come passai per quella strada antica,
d'un subito imbellirono per incanto d'amore
le pietre, i magazzini, i marciapiedi,
e muri, e balconi, e finestre:
nulla di brutto era rimasto, là.

Καὶ καθὼς στέκομουν, κ' ἐκύτταζα τὴν πόρτα,
καὶ στέκομουν, κ' ἐβράδυνα κάτω ἀπ' τὸ σπίτι,
ἡ ὑπόστασίς μου ὅλη ἀπέδιδε
τὴν φυλαχθεῖσα ἡδονικὴ συγκίνησι.

ΑΙΜΙΛΙΑΝΟΣ ΜΟΝΑΗ, ΑΛΕΞΑΝΔΡΕΥΣ
628-655 μ.Χ.

Μὲ λόγια, μὲ φυσιογνωμία, καὶ μὲ τρόπους
μιὰ ἐξαίρετη θὰ κάμω πανοπλία·
καὶ θ' ἀντικρύζω ἔτσι τοὺς κακοὺς ἀνθρώπους
χωρὶς νὰ ἔχω φόβον ἢ ἀδυναμία.

Θὰ θέλουν νὰ μὲ βλάψουν. 'Αλλὰ δὲν θὰ ξέρει
κανεὶς ἀπ' ὅσους θὰ μὲ πλησιάζουν
ποῦ κεῖνται ἡ πληγές μου, τὰ τρωτά μου μέρη,
κάτω ἀπὸ τὰ ψεύδη ποὺ θὰ μὲ σκεπάζουν. –

Ρήματα τῆς καυχήσεως τοῦ Αἰμιλιανοῦ Μονάη.
῎Αραγε νἄκαμε ποτὲ τὴν πανοπλία αὐτή;
'Εν πάσῃ περιπτώσει, δὲν τὴν φόρεσε πολύ.
Εἴκοσι ἑπτὰ χρονῶ, στὴν Σικελία πέθανε.

ΤΩΝ ΕΒΡΑΙΩΝ
50 μ. Χ.

Ζωγράφος καὶ ποιητής, δρομεὺς καὶ δισκοβόλος,
σὰν 'Ενδυμίων ἔμορφος, ὁ 'Ιάνθης 'Αντωνίου.
'Από οἰκογένειαν φίλην τῆς συναγωγῆς.

Come ristavo e guardavo la porta,
ristavo, e m'attardavo laggiú sotto la casa,
tutto l'essere mio risprigionava
l'emozione, serbata, di piacere.

EMILIANO MONAIS, ALESSANDRINO
628-655 d. C.

Parole, aspetto, modi... Ne farò
una solida e magica armatura,
e i malvagi cosí fronteggerò
senza mai debolezze né paura.

Vorranno farmi male. E impenetrabile
sarò: nessuno saprà mai le mie
piaghe, né dove sono vulnerabile,
sotto lo spesso ammanto di bugie. –

Millanterie d'Emiliano Monais.
Quell'armatura, poi, se la forgiò?
Non troppo a lungo, certo, la portò:
in Sicilia morí, ventisettenne.

FIGLIO D'EBREI
50 d. C.

Fu pittore e poeta, corridore e discobolo,
Iante d'Antonio, bello come Endimione.
Cara alla sinagoga la sua gente.

«Ἡ τιμιότερές μου μέρες εἶν' ἐκεῖνες
ποὺ τὴν αἰσθητικὴ ἀναζήτησιν ἀφίνω,
ποὺ ἐγκαταλείπω τὸν ὡραῖο καὶ σκληρὸν ἑλληνισμό,
μὲ τὴν κυρίαρχη προσήλωσι
σὲ τέλεια καμωμένα καὶ φθαρτὰ ἄσπρα μέλη.
Καὶ γένομαι αὐτὸς ποὺ θὰ ἤθελα
πάντα νὰ μένω· τῶν Ἑβραίων, τῶν ἱερῶν Ἑβραίων, ὁ υἱός».
Ἔνθερμη λίαν ἡ δήλωσίς του. «Πάντα
νὰ μένω τῶν Ἑβραίων, τῶν ἱερῶν Ἑβραίων – ».

Ὅμως δὲν ἔμενε τοιοῦτος διόλου.
Ὁ Ἡδονισμὸς κ' ἡ Τέχνη τῆς Ἀλεξανδρείας
ἀφοσιωμένο τους παιδὶ τὸν εἶχαν.

ΝΑ ΜΕΙΝΕΙ

Ἡ ὥρα μιὰ τὴν νύχτα θἄτανε,
ἢ μιάμιση.

Σὲ μιὰ γωνιὰ τοῦ καπηλειοῦ·
πίσω ἀπ' τὸ ξύλινο χώρισμα.
Ἐκτὸς ἡμῶν τῶν δυὸ τὸ μαγαζὶ ὅλως διόλου ἄδειο.
Μιὰ λάμπα πετρελαίου μόλις τὸ φώτιζε.
Κοιμούντανε, στὴν πόρτα, ὁ ἀγρυπνισμένος ὑπηρέτης.

Δὲν θὰ μᾶς ἔβλεπε κανείς. Μὰ κιόλας
εἴχαμεν ἐξαφθεῖ τόσο πολύ,
ποὺ γίναμε ἀκατάλληλοι γιὰ προφυλάξεις.

Τὰ ἐνδύματα μισοανοίχθηκαν – πολλὰ δὲν ἦσαν
γιατὶ ἐπύρωνε θεῖος Ἰούλιος μῆνας.

Σάρκας ἀπόλαυσις ἀνάμεσα

« Quelli sono i miei giorni piú preziosi,
quando abbandono la ricerca estetica
e lascio l'ellenismo ardito e bello,
con la sovrana cura
delle bianche, perfette, corruttibili membra.
Allora sono quello che vorrei
essere sempre: figlio d'Ebrei, dei sacri Ebrei. »
Dichiarazione troppo ardente. « Sempre
figlio d'Ebrei, dei sacri Ebrei ».

Non fu cosí. Non fu cosí. Ché l'Arte
e l'Edonismo d'Alessandria l'ebbero
loro figlio iniziato, consacrato.

PER RIMANERE

Forse l'una di notte,
l'una e mezza.

Un cantuccio di taverna
di là dal legno di tramezzo.
Nel locale deserto noi due, soli.
Lo rischiariva appena la lampada a petrolio.
E, stranito di sonno, il cameriere, sulla porta, dormiva.

Nessun occhio su noi. Ma sí riarsi
già ci aveva la brama,
che divenimmo ignari di cautele.

A mezzo si dischiusero le vesti,
scarse (luglio flagrava).

O fruire di carni

στὰ μισοανοιγμένα ἐνδύματα·
γρήγορο σάρκας γύμνωμα – πού τὸ ἴνδαλμά του
εἴκοσι ἕξη χρόνους διάβηκε· καὶ τώρα ἦλθε
νὰ μείνει μὲς στὴν ποίησιν αὐτή.

ΙΜΕΝΟΣ

«...Ν' ἀγαπηθεῖ ἀκόμη περισσότερον
ἡ ἡδονὴ πού νοσηρῶς καὶ μὲ φθορὰ ἀποκτᾶται·
σπάνια τὸ σῶμα βρίσκοντας πού αἰσθάνεται ὅπως θέλει αὐτὴ –
πού νοσηρῶς καὶ μὲ φθορά, παρέχει
μιὰν ἔντασιν ἐρωτική, πού δὲν γνωρίζει ἡ ὑγεία...»

᾿Απόσπασμα ἀπὸ μιὰν ἐπιστολὴ
τοῦ νέου ᾿Ιμένου (ἐκ πατρικίων) διαβοήτου
ἐν Συρακούσαις ἐπὶ ἀσωτίᾳ,
στοὺς ἄσωτους καιροὺς τοῦ τρίτου Μιχαήλ.

ΤΟΥ ΠΛΟΙΟΥ

Τὸν μοιάζει βέβαια ἡ μικρὴ αὐτή,
μὲ τὸ μολύβι ἀπεικόνισίς του.

Γρήγορα καμωμένη, στὸ κατάστρωμα τοῦ πλοίου·
ἕνα μαγευτικὸ ἀπόγευμα.
Τὸ ᾿Ιόνιον πέλαγος ὁλόγυρά μας.

Τὸν μοιάζει. Ὅμως τὸν θυμοῦμαι σὰν πιὸ ἔμορφο.
Μέχρι παθήσεως ἦταν αἰσθητικός,
κι αὐτὸ ἐφώτιζε τὴν ἔκφρασί του.

fra semiaperte vesti, celere
denudare di carni... il tuo fantasma
ventisei anni ha valicato. E giunge,
ora, per rimanere, in questi versi.

ÍMENO

« ... S'ami di piú la voluttà raggiunta
morbosamente, rovinosamente, assai di raro
trovando il corpo trepido del palpito sognato –
quello che dà morbosamente, rovinosamente
una tensione erotica che sanità sconosce... »

Frammento d'una lettera
d'Ímeno (giovinetto patrizio), rinomato
a Siracusa per lussurie, ai tempi
lussuriosi di Michele III.

SULLA NAVE

Oh, gli somiglia, certo, questo piccolo
schizzo a matita.

Vergato in fretta, a bordo della nave.
Pomeriggio magato.
La distesa dell'Ionio attorno a noi.

Gli somiglia. Piú bello tuttavia lo ricordo.
Fino allo struggimento era sensibile:
questo gl'illuminava l'espressione.

Πιὸ ἔμορφος μὲ φανερώνεται
τώρα ποὺ ἡ ψυχή μου τὸν ἀνακαλεῖ, ἀπ' τὸν Καιρό.

'Απ' τὸν Καιρό. Εἶν' ὅλ' αὐτὰ τὰ πράγματα πολὺ παληὰ –
τὸ σκίτσο, καὶ τὸ πλοῖο, καὶ τὸ ἀπόγευμα.

ΔΗΜΗΤΡΙΟΥ ΣΩΤΗΡΟΣ

162-150 π. Χ.

Κάθε του προσδοκία βγῆκε λανθασμένη!

Φαντάζονταν ἔργα νὰ κάμει ξακουστά,
νὰ παύσει τὴν ταπείνωσι ποὺ ἀπ' τὸν καιρὸ τῆς μάχης
τῆς Μαγνησίας τὴν πατρίδα του πιέζει.
Νὰ γίνει πάλι κράτος δυνατὸ ἡ Συρία,
μὲ τοὺς στρατούς της, μὲ τοὺς στόλους της,
μὲ τὰ μεγάλα κάστρα, μὲ τὰ πλούτη.

'Υπέφερε, πικραίνονταν στὴν Ρώμη
σὰν ἔνοιωθε στὲς ὁμιλίες τῶν φίλων του,
τῆς νεολαίας τῶν μεγάλων οἴκων,
μὲς σ' ὅλην τὴν λεπτότητα καὶ τὴν εὐγένεια
ποὺ ἔδειχναν σ' αὐτόν, τοῦ βασιλέως
Σελεύκου Φιλοπάτορος τὸν υἱὸ –
σὰν ἔνοιωθε ποὺ ὅμως πάντα ὑπῆρχε μιὰ κρυφὴ
ὀλιγωρία γιὰ τὲς δυναστεῖες τὲς ἑλληνίζουσες·
ποὺ ξέπεσαν, ποὺ γιὰ τὰ σοβαρὰ ἔργα δὲν εἶναι,
γιὰ τῶν λαῶν τὴν ἀρχηγία πολὺ ἀκατάλληλες.
Τραβιούνταν μόνος του, κι ἀγανακτοῦσε, κι ὄμνυε
ποὺ ὅπως τὰ θαρροῦν διόλου δὲν θἆναι·
ἰδοὺ ποὺ ἔχει θέλησιν αὐτός·
θ' ἀγωνισθεῖ, θὰ κάμει, θ' ἀνυψώσει.

Piú bello ora m'appare,
che l'anima lo evoca, dal Tempo.

Dal Tempo. Tutte cose cosí antiche –
il disegno, la nave, il pomeriggio.

DEMETRIO SOTERE
162-150 a. C.

Ogni attesa per lui finí delusa.

Vagheggiava di compiere prodezze,
scrollando l'abiezione che gravava la patria
sino dalla battaglia di Magnesia.
Perché la Siria fosse ancora grande,
con le sue forze di terra e di mare,
le sue grandi fortezze, i suoi tesori.

Soffriva, pieno d'amarezza, a Roma,
quando nei conversari degli amici
(gioventú delle prime famiglie),
in mezzo a tutta la finezza e cortesia
che mostravano a lui, figlio del re
Seleuco Filopàtore,
sentiva sempre un segreto disprezzo
per i regni ellenistici:
ormai crollati, inabili
a cose serie, a governare i popoli.
Si traeva da parte, s'eccitava, giurava:
le cose non staranno come si crede: lui
la volontà ce l'ha: saprà lottare,
agire, sollevare.

'Αρκεῖ νὰ βρεῖ ἕναν τρόπο στὴν 'Ανατολὴ νὰ φθάσει,
νὰ κατορθώσει νὰ ξεφύγει ἀπὸ τὴν 'Ιταλία –
κι ὅλην αὐτὴν τὴν δύναμι ποὺ ἔχει
μὲς στὴν ψυχή του, ὅλην τὴν ὁρμὴν
αὐτὴ θὰ μεταδώσει στὸν λαό.

Ἆ στὴν Συρία μονάχα νὰ βρεθεῖ!
Ἔτσι μικρὸς ἀπ' τὴν πατρίδα ἔφυγε
ποὺ ἀμυδρῶς θυμούνταν τὴν μορφή της.
Μὰ μὲς στὴν σκέψι του τὴν μελετοῦσε πάντα
σὰν κάτι ἱερὸ ποὺ προσκυνῶντας τὸ πλησιάζεις,
σὰν ὀπτασία τόπου ὡραίου, σὰν ὅραμα
ἑλληνικῶν πόλεων καὶ λιμένων. –

Καὶ τώρα;
Τώρα ἀπελπισία καὶ καϋμός.
Εἴχανε δίκηο τὰ παιδιὰ στὴν Ρώμη.
Δὲν εἶναι δυνατὸν νὰ βασταχθοῦν ἡ δυναστεῖες
ποὺ ἔβγαλε ἡ Κατάκτησις τῶν Μακεδόνων.

'Αδιάφορον: ἐπάσχισεν αὐτός,
ὅσο μποροῦσεν ἀγωνίσθηκε.
Καὶ μὲς στὴν μαύρη ἀπογοήτευσί του,
ἕνα μονάχα λογαριάζει πιὰ
μὲ ὑπερηφάνειαν· πού, κ' ἐν τῇ ἀποτυχίᾳ του,
τὴν ἴδιαν ἀκατάβλητην ἀνδρεία στὸν κόσμο δείχνει.

Τ' ἄλλα – ἦσαν ὄνειρα καὶ ματαιοπονίες.
Αὐτὴ ἡ Συρία – σχεδὸν δὲν μοιάζει σὰν πατρίς του,
αὐτὴ εἶν' ἡ χώρα τοῦ 'Ηρακλείδη καὶ τοῦ Βάλα.

Basta trovare un modo di giungere in Oriente,
fuggire dall'Italia –
e tutta quella gagliardia che c'è
nel suo spirito, tutto quello slancio
alla sua gente lo trasmetterà.

Ah! in Siria! solo ritornare in Siria!
Ha lasciato la patria cosí piccolo,
che ne rammenta a pena la figura.
Ma ci ha pensato sempre, sempre, come
a qualcosa di sacro che s'adora in ginocchio,
parvenza di paese bello, immagine
di porti greci e di città.

E adesso?
Adesso disperazione, angoscia.
Avevano ragione i giovinetti a Roma.
No, non possono reggersi i reami
nati dalla conquista macedonica.

Oh! non importa: lui
s'è sforzato, ha lottato: non poteva di piú.
E nel suo nero disincantamento
pensa una cosa sola,
alteramente: anche nella sventura
mostra al mondo lo stesso indomito coraggio.

Il resto... sogni, sforzi inani.
E la Siria... non sembra quasi piú la sua patria:
è il paese di Bala e d'Eraclide.

Ο ΗΛΙΟΣ ΤΟΥ ΑΠΟΓΕΥΜΑΤΟΣ

Τὴν κάμαρην αυτή, πόσο καλὰ τὴν ξέρω.
Τώρα νοικιάζονται κι αὐτὴ κ' ἡ πλαγινὴ
γιὰ ἐμπορικὰ γραφεῖα. Ὅλο τὸ σπίτι ἔγινε
γραφεῖα μεσιτῶν, κ' ἐμπόρων, κ' Ἑταιρεῖες.

Ἆ ἡ κάμαρη αὐτή, τί γνώριμη ποὺ εἶναι.

Κοντὰ στὴν πόρτα ἐδῶ ἦταν ὁ καναπές,
κ' ἐμπρός του ἕνα τουρκικὸ χαλί·
σιμὰ τὸ ράφι μὲ δυὸ βάζα κίτρινα.
Δεξιά· ὄχι, ἀντικρύ, ἕνα ντολάπι μὲ καθρέπτη.
Στὴ μέση τὸ τραπέζι ὅπου ἔγραφε·
κ' ἡ τρεῖς μεγάλες ψάθινες καρέγλες.
Πλάϊ στὸ παράθυρο ἦταν τὸ κρεββάτι
ποὺ ἀγαπηθήκαμε τόσες φορές.

Θὰ βρίσκονται ἀκόμη τὰ καϋμένα πουθενά.

Πλάϊ στὸ παράθυρο ἦταν τὸ κρεββάτι·
ὁ ἥλιος τοῦ ἀπογεύματος τὤφθανε ὡς τὰ μισά.

...Ἀπόγευμα ἡ ὥρα τέσσερες, εἴχαμε χωρισθεῖ
γιὰ μιὰ ἑβδομάδα μόνο... Ἀλλοίμονον,
ἡ ἑβδομὰς ἐκείνη ἔγινε παντοτινή.

ΕΙΓΕ ΕΤΕΛΕΥΤΑ

«Ποῦ ἀπεσύρθηκε, ποῦ ἐχάθηκε ὁ Σοφός;
Ἔπειτ' ἀπὸ τὰ θαύματά του τὰ πολλά,
τὴν φήμη τῆς διδασκαλίας του

IL SOLE DEL POMERIGGIO

Questa camera, come la conosco!
Questa e l'altra, contigua, sono affittate, adesso,
a uffici commerciali. Tutta la casa, uffici
di sensali e mercanti, e Società.

Oh, quanto è familiare, questa camera!

Qui, vicino alla porta,
c'era il divano: un tappeto turco davanti,
e accanto lo scaffale con due vasi gialli.
A destra... no, di fronte... un grande armadio a specchio.
In mezzo il tavolo dove scriveva;
e le tre grandi seggiole di paglia.
Di fianco alla finestra c'era il letto,
dove ci siamo tante volte amati.

Poveri oggetti, ci saranno ancora, chissà dove!

Di fianco alla finestra c'era il letto.
E lo lambiva il sole del pomeriggio fino alla metà.

... Pomeriggio, le quattro: c'eravamo separati
per una settimana... Ahimè,
la settimana è divenuta eterna.

SE PURE È MORTO

« Dov'è sparito, dove s'è nascosto il Sapiente?
Dopo tanti miracoli (si sparse
fra tante e tante genti

πού διεδόθηκεν εἰς τόσα ἔθνη
ἐκρύφθηκ' αἴφνης καὶ δὲν ἔμαθε κανεὶς
μὲ θετικότητα τί ἔγινε
(οὐδὲ κανεὶς ποτὲ εἶδε τάφον του).
Ἔβγαλαν μερικοὶ πὼς πέθανε στὴν Ἔφεσο.
Δὲν τὄγραψεν ὁ Δάμις ὅμως· τίποτε
γιὰ θάνατο τοῦ Ἀπολλωνίου δὲν ἔγραψεν ὁ Δάμις.
Ἄλλοι εἴπανε πὼς ἔγινε ἄφαντος στὴν Λίνδο.
Ἢ μήπως εἶν' ἐκείν' ἡ ἱστορία
ἀληθινή, πού ἀνελήφθηκε στὴν Κρήτη,
στὸ ἀρχαῖο τῆς Δικτύννης ἱερόν. –
Ἀλλ' ὅμως ἔχουμε τὴν θαυμασία,
τὴν ὑπερφυσικὴν ἐμφάνισί του
εἰς ἕνα νέον σπουδαστὴν στὰ Τύανα. –
Ἴσως δὲν ἦλθεν ὁ καιρὸς γιὰ νὰ ἐπιστρέψει
γιὰ νὰ φανερωθεῖ στὸν κόσμο πάλι·
ἢ μεταμορφωμένος, ἴσως, μεταξύ μας
γυρίζει ἀγνώριστος. – Μὰ θὰ ξαναφανερωθεῖ
ὡς ἤτανε, διδάσκοντας τὰ ὀρθά· καὶ τότε βέβαια
θὰ ἐπαναφέρει τὴν λατρεία τῶν θεῶν μας,
καὶ τὲς καλαίσθητες ἑλληνικές μας τελετές».

Ἔτσι ἐρέμβαζε στὴν πενιχρή του κατοικία –
μετὰ μιὰ ἀνάγνωσι τοῦ Φιλοστράτου
«Τὰ ἐς τὸν Τυανέα Ἀπολλώνιον» –
ἕνας ἀπὸ τοὺς λίγους ἐθνικούς,
τοὺς πολὺ λίγους πού εἶχαν μείνει. Ἄλλωστε – ἀσήμαντος
ἄνθρωπος καὶ δειλὸς – στὸ φανερὸν
ἔκανε τὸν Χριστιανὸ κι αὐτὸς κ' ἐκκλησιάζονταν.
Ἦταν ἡ ἐποχὴ καθ' ἣν βασίλευεν,
ἐν ἄκρᾳ εὐλαβείᾳ, ὁ γέρων Ἰουστῖνος
κ' ἡ Ἀλεξάνδρεια, πόλις θεοσεβής,
ἀθλίους εἰδωλολάτρας ἀποστρέφονταν.

la fama della sua predicazione),
s'è celato, d'un tratto. Cos'è stato di lui
nessuno sa di certo,
e nessuno ha mai visto la sua tomba.
Qualcuno dice ch'egli è morto a Efeso.
Ma Dami non l'ha scritto: sulla morte
d'Apollonio non scrive una parola, Dami.
Altri dice che a Lindo è sparito.
E chissà che non sia vera quell'altra
voce, d'un'assunzione in cielo, a Creta,
nel vecchio tempio di Dittinna. Ma
c'è poi la sua mirabile
e soprannaturale apparizione
a un giovine studente di Tiana.
Forse non è venuto ancora il tempo
d'una sua nuova comparsa nel mondo,
o forse, ignoto, in una strana metamorfosi,
fra noi s'aggira. – Un giorno apparirà
com'era, in atto d'insegnare il vero: allora
certo riporterà il culto degli dei
nostri, i nostri squisiti riti ellenici».

Cosí fantasticava, nel misero abituro,
dopo aver letto il libro di Filostrato
Intorno ad Apollonio di Tiana,
uno dei pochi, dei pochissimi gentili
superstiti. Peraltro – irrilevante
omiciattolo, e vile – egli faceva
in pubblico il cristiano, e andava in chiesa.
Era l'epoca in cui
regnava, con altissima pietà, Giustino il Vecchio,
e Alessandria, città timorata,
odiava i miserabili idolatri.

ΑΝΝΑ ΚΟΜΝΗΝΗ

Στὸν πρόλογο τῆς 'Αλεξιάδος της θρηνεῖ,
γιὰ τὴν χηρεία της ἡ Ἄννα Κομνηνή.

Εἰς ἴλιγγον εἶν' ἡ ψυχή της. «Καὶ
ρείθροις δακρύων» μᾶς λέγει «περιτέγγω
τοὺς ὀφθαλμούς... Φεῦ τῶν κυμάτων» τῆς ζωῆς της,
«φεῦ τῶν ἐπαναστάσεων». Τὴν καίει ἡ ὀδύνη
«μέχρις ὀστέων καὶ μυελῶν καὶ μερισμοῦ ψυχῆς».

Ὅμως ἡ ἀλήθεια μοιάζει ποὺ μιὰ λύπη μόνην
καιρίαν ἐγνώρισεν ἡ φίλαρχη γυναῖκα·
ἕναν καϋμὸ βαθὺ μονάχα εἶχε
(κι ἂς μὴν τ' ὁμολογεῖ) ἡ ἀγέρωχη αὐτὴ Γραικιά,
ποὺ δὲν κατάφερε, μ' ὅλην τὴν δεξιότητά της,
τὴν Βασιλείαν ν' ἀποκτήσει· μὰ τὴν πῆρε
σχεδὸν μέσ' ἀπ' τὰ χέρια της ὁ προπετὴς 'Ιωάννης.

ΓΙΑ ΝΑΡΘΟΥΝ –

Ἕνα κερὶ ἀρκεῖ. Τὸ φῶς του τὸ ἀμυδρὸ
ἁρμόζει πιὸ καλά, θἄναι πιὸ συμπαθὲς
σὰν ἔρθουν τῆς 'Αγάπης, σὰν ἔρθουν ἡ Σκιές.

Ἕνα κερὶ ἀρκεῖ. Ἡ κάμαρη ἀπόψι
νὰ μὴ ἔχει φῶς πολύ. Μέσα στὴν ρέμβην ὅλως
καὶ τὴν ὑποβολή, καὶ μὲ τὸ λίγο φῶς –
μέσα στὴν ρέμβην ἔτσι θὰ ὁραματισθῶ
γιὰ νἄρθουν τῆς 'Αγάπης, γιὰ νἄρθουν ἡ Σκιές.

ANNA COMNENA

Nell'*Alessiade* effonde una gran pena
per la sua vedovanza Anna Comnena.

È presa da vertigine. « E con rivi
di lacrime », ci dice, « inondo i miei
occhi... Ahimè flutti » della sua
vita, « sconvolgimenti ». La brucia l'angoscia
« fino alle ossa, alle midolla, e fa l'anima a brani ».

La verità sembra diversa: un solo cruccio
sentí, mortale, l'ambiziosa donna;
un unico dolore ebbe, profondo
(e inconfessato), quell'altera Greca:
di non aver potuto, pur con la sua destrezza,
conquistare l'impero. Glielo prese
quasi di mano quello sfacciato di Giovanni.

PERCHÉ GIUNGANO

Una candela, e piú nulla. Quel lume fievole
meglio s'addice, piú fascinoso sarà,
quando le Ombre giungano, Ombre di Voluttà.

Una candela. Via, stasera, dalla camera
troppe luci. Mi sia dato fantasticare,
perso nella malía suggestiva del sogno,
abbandonato al sogno entro quel lume fievole,
perché le Ombre giungano, Ombre di Voluttà.

ΝΕΟΙ ΤΗΣ ΣΙΔΩΝΟΣ
400 μ.Χ.

Ὁ ἠθοποιὸς ποὺ ἔφεραν γιὰ νὰ τοὺς διασκεδάσει
ἀπήγγειλε καὶ μερικὰ ἐπιγράμματα ἐκλεκτά.

Ἡ αἴθουσα ἄνοιγε στὸν κῆπο ἐπάνω·
κ' εἶχε μιὰν ἐλαφρὰ εὐωδία ἀνθέων
ποὺ ἑνώνονταν μὲ τὰ μυρωδικὰ
τῶν πέντε ἀρωματισμένων Σιδωνίων νέων.
Διαβάσθηκαν Μελέαγρος, καὶ Κριναγόρας, καὶ Ριανός.
Μὰ σὰν ἀπήγγειλεν ὁ ἠθοποιός,
«Αἰσχύλον Εὐφορίωνος Ἀθηναῖον τόδε κεύθει» –
(τονίζοντας ἴσως ὑπὲρ τὸ δέον
τὸ «ἀλκὴν δ' εὐδόκιμον», τὸ «Μαραθώνιον ἄλσος»),
πετάχθηκεν εὐθὺς ἕνα παιδὶ ζωηρό,
φανατικὸ γιὰ γράμματα, καὶ φώναξε·

«Ἆ δὲν μ' ἀρέσει τὸ τετράστιχον αὐτό.
Ἐκφράσεις τοιούτου εἴδους μοιάζουν κάπως σὰν λιποψυχίες.
Δόσε – κηρύττω – στὸ ἔργον σου ὅλην τὴν δύναμί σου,
ὅλην τὴν μέριμνα, καὶ πάλι τὸ ἔργον σου θυμήσου
μὲς στὴν δοκιμασίαν, ἢ ὅταν ἡ ὥρα σου πιὰ γέρνει.
Ἔτσι ἀπὸ σένα περιμένω κι ἀπαιτῶ.
Κι ὄχι ἀπ' τὸν νοῦ σου ὁλότελα νὰ βγάλεις
τῆς Τραγωδίας τὸν Λόγο τὸν λαμπρὸ –
τί Ἀγαμέμνονα, τί Προμηθέα θαυμαστό,
τί Ὀρέστου, τί Κασσάνδρας παρουσίες,
τί Ἑπτὰ ἐπὶ Θήβας – καὶ γιὰ μνήμη σου νὰ βάλεις
μ ό ν ο ποὺ μὲς στῶν στρατιωτῶν τὲς τάξεις, τὸν σωρὸ
πολέμησες καὶ σὺ τὸν Δᾶτι καὶ τὸν Ἀρταφέρνη».

GIOVANI DI SIDONE
400 d. C.

L'attore, che chiamarono a svagarli,
recitò una squisita collana d'epigrammi.

La stanza apriva sul giardino. V'era
sottile un balsamo di fiori,
fuso con l'aromatica fragranza
dei cinque adolescenti di Sidone.
Si lessero Crinàgora, Meleagro, Riano.
Come l'attore disse:
« Eschilo d'Euforione, Ateniese riposa... »
(forse troppo accentando
« di forza egregio » e « Maratonio bosco »),
sussultò vivamente un giovinetto
smaniato di lettere, e gridò:

« Non mi piace il tetrastico: somigliano,
tali frasi, un deliquio.
All'opera confida ogni tua forza,
ogni tua cura, e l'opera rammenta nella prova,
e quando ormai la tua sorte declina:
questo da te m'attendo, questo voglio.
E non già che tu scacci dalla tua mente il fulgido
Verbo della Tragedia
– un Agamennone, un mirabile Prometeo,
le parvenze d'Oreste o di Cassandra,
o i Sette contro Tebe –, per memoria
di te lasciando che in un cumulo di truppe
c'eri anche tu contro Artaferne e Dati ».

Ο ΔΑΡΕΙΟΣ

Ὁ ποιητὴς Φερνάζης τὸ σπουδαῖον μέρος
τοῦ ἐπικοῦ ποιήματός του κάμνει.
Τὸ πῶς τὴν βασιλεία τῶν Περσῶν
παρέλαβε ὁ Δαρεῖος Ὑστάσπου. (Ἀπὸ αὐτὸν
κατάγεται ὁ ἔνδοξός μας βασιλεύς,
ὁ Μιθριδάτης, Διόνυσος κ' Εὐπάτωρ). Ἀλλ' ἐδῶ
χρειάζεται φιλοσοφία· πρέπει ν' ἀναλύσει
τὰ αἰσθήματα ποὺ θὰ εἶχεν ὁ Δαρεῖος:
ἴσως ὑπεροψίαν καὶ μέθην· ὄχι ὅμως — μᾶλλον
σὰν κατανόησι τῆς ματαιότητος τῶν μεγαλείων.
Βαθέως σκέπτεται τὸ πρᾶγμα ὁ ποιητής.

Ἀλλὰ τὸν διακόπτει ὁ ὑπηρέτης του ποὺ μπαίνει
τρέχοντας, καὶ τὴν βαρυσήμαντην εἴδησι ἀγγέλλει.
Ἄρχισε ὁ πόλεμος μὲ τοὺς Ρωμαίους.
Τὸ πλεῖστον τοῦ στρατοῦ μας πέρασε τὰ σύνορα.

Ὁ ποιητὴς μένει ἐνεός. Τί συμφορά!
Ποῦ τώρα ὁ ἔνδοξός μας βασιλεύς,
ὁ Μιθριδάτης, Διόνυσος κ' Εὐπάτωρ,
μ' ἑλληνικὰ ποιήματα ν' ἀσχοληθεῖ.
Μέσα σὲ πόλεμο - φαντάσου, ἑλληνικὰ ποιήματα.

Ἀδημονεῖ ὁ Φερνάζης. Ἀτυχία!
Ἐκεῖ ποὺ τὸ εἶχε θετικὸ μὲ τὸν «Δαρεῖο»
ν' ἀναδειχθεῖ, καὶ τοὺς ἐπικριτάς του,
τοὺς φθονερούς, τελειωτικὰ ν' ἀποστομώσει.
Τί ἀναβολή, τί ἀναβολὴ στὰ σχέδιά του.

Καὶ νᾆταν μόνο ἀναβολή, πάλι καλά.
Ἀλλὰ νὰ δοῦμε ἂν ἔχουμε κι ἀσφάλεια
τὴν Ἀμισό. Δὲν εἶναι πολιτεία ἐκτάκτως ὀχυρή.

DARIO

Il poeta Fernaze è giunto al culmine
del suo poema epico:
come s'impadroní Dario d'Istaspe
del regno dei Persiani. (È da lui che discende
il nostro re glorioso, Mitridate
Dioniso Eupàtore). Ma qui
filosofia ci vuole: per l'analisi
degli affetti di Dario: l'arroganza?
l'ebbrezza? Fu, piuttosto, come un senso
di vanità delle grandezze umane.
Su questo punto medita il poeta.

Ma il servo l'interrompe: entra, con lena
affannata, recando una notizia grave.
È scoppiata la guerra coi Romani.
Il grosso dell'esercito ha varcato il confine.

Fernaze resta annichilito. Che disastro!
Il nostro re glorioso, Mitridate
Dioniso Eupàtore, oramai
potrà curarsi di poemi greci?
Alla guerra poemi greci – figurarsi!

È stranito, il poeta. Che sciagura!
Era sicuro ormai di farsi luce
col suo *Dario*, di chiudere la bocca
per sempre ai suoi denigratori lividi.
Che rinvio, che rinvio dei suoi disegni!

Fosse solo un rinvio! Ma siamo poi
cosí sicuri ad Àmiso?
Quella città non è poi troppo salda.

Εἶναι φρικτότατοι ἐχθροὶ οἱ Ρωμαῖοι.
Μποροῦμε νὰ τὰ βγάλουμε μ' αὐτούς,
οἱ Καππαδόκες; Γένεται ποτέ;
Εἶναι νὰ μετρηθοῦμε τώρα μὲ τὲς λεγεῶνες;
Θεοὶ μεγάλοι, τῆς 'Ασίας προστάται, βοηθῆστε μας. –

Ὅμως μὲς σ' ὅλη του τὴν ταραχὴ καὶ τὸ κακό,
ἐπίμονα κ' ἡ ποιητικὴ ἰδέα πάει κ' ἔρχεται –
τὸ πιθανότερο εἶναι, βέβαια, ὑπεροψίαν καὶ μέθην·
ὑπεροψίαν καὶ μέθην θὰ εἶχεν ὁ Δαρεῖος.

ΒΥΖΑΝΤΙΝΟΣ ΑΡΧΩΝ, ΕΞΟΡΙΣΤΟΣ, ΣΤΙΧΟΥΡΓΩΝ

Οἱ ἐλαφροὶ ἂς μὲ λέγουν ἐλαφρόν.
Στὰ σοβαρὰ πράγματα ἤμουν πάντοτε
ἐπιμελέστατος. Καὶ θὰ ἐπιμείνω,
ὅτι κανεὶς καλλίτερά μου δὲν γνωρίζει
Πατέρας ἢ Γραφάς, ἢ τοὺς Κανόνας τῶν Συνόδων.
Εἰς κάθε ἀμφιβολίαν του ὁ Βοτανειάτης,
εἰς κάθε δυσκολίαν στὰ ἐκκλησιαστικά,
ἐμένα συμβουλεύονταν, ἐμένα πρῶτον.
'Αλλὰ ἐξόριστος ἐδῶ (νὰ ὄψεται ἡ κακεντρεχὴς
Εἰρήνη Δούκαινα), καὶ δεινῶς ἀνιῶν,
οὐδόλως ἄτοπον εἶναι νὰ διασκεδάζω
ἑξάστιχα κι ὀκτάστιχα ποιῶν –
νὰ διασκεδάζω μὲ μυθολογήματα
'Ερμοῦ, καὶ 'Απόλλωνος, καὶ Διονύσου,
ἢ ἡρώων τῆς Θεσσαλίας καὶ τῆς Πελοποννήσου·
καὶ νὰ συνθέτω ἰάμβους ὀρθοτάτους,
ὅπως – θὰ μ' ἐπιτρέψετε νὰ πῶ – οἱ λόγιοι
τῆς Κωνσταντινουπόλεως δὲν ξέρουν νὰ συνθέσουν.
Αὐτὴ ἡ ὀρθότης, πιθανόν, εἶν' ἡ αἰτία τῆς μομφῆς.

Sono nemici tremendi, i Romani.
Possiamo farcela con loro, noi
Cappàdoci? Possibile?
Con le legioni misurarci, noi?
Grandi dei, protettori dell'Asia, aiuto, aiuto!

Eppure, in tutta quella triste angoscia,
la fantasia poetica, tenace, viene e va.
Gli affetti piú probabili di Dario? L'arroganza
e l'ebbrezza. L'ebbrezza, e l'arroganza.

UN PATRIZIO BIZANTINO, ESULE, SCRIVE VERSI

Mi dicano frivolo i frivoli.
In cose serie fui coscienziosissimo
sempre. E insisterò sempre
che nessuno conosce piú di me
i Padri, le Scritture, i Canoni dei Sinodi.
In ogni dubbio, in ogni sua difficoltà
in materia ecclesiastica,
me, me per primo consultava Botaniate.
Esule adesso (veda e goda la perversa
Irene Duca), soffro amaramente,
e non è punto strano ch'io mi svaghi
componendo strofette d'otto versi o di sei,
ch'io mi svaghi con storie mitologiche
d'Ermete, e Apollo, e Diòniso,
degli eroi di Tessaglia o del Peloponneso,
e ch'io componga giambi perfettissimi
come non sanno farli – consentitemi –
i letterati di Costantinopoli.
Forse il biasimo nasce da questa perfezione.

ΕΥΝΟΙΑ ΤΟΥ ΑΛΕΞΑΝΔΡΟΥ ΒΑΛΑ

Ἄ δὲν συγχίζομαι ποὺ ἔσπασε μιὰ ρόδα
τοῦ ἁμαξιοῦ, καὶ ποὺ ἔχασα μιὰ ἀστεία νίκη.
Μὲ τὰ καλὰ κρασιά, καὶ μὲς στὰ ὡραῖα ρόδα
τὴν νύχτα θὰ περάσω. Ἡ Ἀντιόχεια μὲ ἀνήκει.
Εἶμαι ὁ νέος ὁ πιὸ δοξαστός.
Τοῦ Βάλα εἶμ' ἐγὼ ἡ ἀδυναμία, ὁ λατρευτός.
Αὔριο, νὰ δεῖς, θὰ ποῦν πὼς ὁ ἀγὼν δὲν ἔγινε σωστός.
(Μὰ ἂν ἤμουν ἀκαλαίσθητος, κι ἂν μυστικὰ τὸ εἶχα προστάξει –
θἄβγαζαν πρῶτο, οἱ κόλακες, καὶ τὸ κουτσό μου ἁμάξι).

ΕΚΟΜΙΣΑ ΕΙΣ ΤΗΝ ΤΕΧΝΗ

Κάθομαι καὶ ρεμβάζω. Ἐπιθυμίες κ' αἰσθήσεις
ἐκόμισα εἰς τὴν Τέχνην – κάτι μισοειδωμένα,
πρόσωπα ἢ γραμμές· ἐρώτων ἀτελῶν
κάτι ἀβέβαιες μνῆμες. Ἂς ἀφεθῶ σ' αὐτήν.
Ξέρει νὰ σχηματίσει Μορφὴν τῆς Καλλονῆς·
σχεδὸν ἀνεπαισθήτως τὸν βίον συμπληροῦσα,
συνδυάζουσα ἐντυπώσεις, συνδυάζουσα τὲς μέρες.

Η ΑΡΧΗ ΤΩΝ

Ἡ ἐκπλήρωσις τῆς ἔκνομής των ἡδονῆς
ἔγινεν. Ἀπ' τὸ στρῶμα σηκωθῆκαν,
καὶ βιαστικὰ ντύνονται χωρὶς νὰ μιλοῦν.
Βγαίνουνε χωριστά, κρυφὰ ἀπ' τὸ σπίτι· καὶ καθὼς
βαδίζουνε κάπως ἀνήσυχα στὸν δρόμο, μοιάζει

FAVORE D'ALESSANDRO BALA

Che importa se al mio carro una ruota s'è rotta
e un trionfo risibile se n'è volato via?
Fra belle rose e forti vini, nella ribotta
trascorrerò la notte. Ecco, Antiochia è mia.
Io sono il giovine piú decantato,
sono la debolezza di Bala, l'adorato.
Vedrai, domani inficeranno la gara e il risultato.
(Se in segreto l'avessi ordinato – senza troppo
stile – primo l'avrebbero fatto, il mio carro zoppo).

PORTAI NELL'ARTE MIA

Sto, seduto. Fantastico. E brame e sensazioni
portai nell'Arte mia – appena intravveduti
visi, vaghi contorni; di non compiuti amori
poche memorie labili. A Lei voglio concedermi.
Forme della Beltà delinea, esperta; e colma
tutta la vita, quasi inavvertitamente:
associa percezioni, associa le giornate.

L'ORIGINE

Ormai la loro voluttà vietata
è consumata. S'alzano, si vestono
frettolosi e non parlano.
Sgusciano via furtivi, separati. Camminano
per via con una vaga inquietudine, quasi

σὰν νὰ ὑποψιάζονται πού κάτι ἐπάνω των προδίδει
σὲ τί εἴδους κλίνην ἔπεσαν πρὸ ὀλίγου.

Πλὴν τοῦ τεχνίτου πῶς ἐκέρδισε ἡ ζωή.
Αὔριο, μεθαύριο, ἢ μετὰ χρόνια θὰ γραφοῦν
οἱ στίχ' οἱ δυνατοὶ πού ἐδῶ ἦταν ἡ ἀρχή των.

Ο ΔΗΜΑΡΑΤΟΣ

Τὸ θέμα, ὁ Χαρακτὴρ τοῦ Δημαράτου,
πού τὸν ἐπρότεινε ὁ Πορφύριος, ἐν συνομιλίᾳ,
ἔτσι τὸ ἐξέφρασεν ὁ νέος σοφιστὴς
(σκοπεύοντας, μετά, ρητορικῶς νὰ τὸ ἀναπτύξει).

«Πρῶτα τοῦ βασιλέως Δαρείου, κ' ἔπειτα
τοῦ βασιλέως Ξέρξη ὁ αὐλικός·
καὶ τώρα μὲ τὸν Ξέρξη καὶ τὸ στράτευμά του,
νά ἐπὶ τέλους θὰ δικαιωθεῖ ὁ Δημάρατος.

Μεγάλη ἀδικία τὸν ἔγινε.
Ἦταν τοῦ Ἀρίστωνος ὁ υἱός. Ἀναίσχυντα
ἐδωροδόκησαν οἱ ἐχθροί του τὸ μαντεῖον.
Καὶ δὲν τοὺς ἔφθασε πού τὸν ἐστέρησαν τὴν βασιλεία,
ἀλλ' ὅταν πιὰ ὑπέκυψε, καὶ τὸ ἀπεφάσισε
νὰ ζήσει μ' ἐγκαρτέρησιν ὡς ἰδιώτης,
ἔπρεπ' ἐμπρὸς καὶ στὸν λαὸ νὰ τὸν προσβάλουν,
ἔπρεπε δημοσίᾳ νὰ τὸν ταπεινώσουν στὴν γιορτή.

Ὅθεν τὸν Ξέρξη μὲ πολὺν ζῆλον ὑπηρετεῖ.
Μὲ τὸν μεγάλο Περσικὸ στρατό,
κι αὐτὸς στὴν Σπάρτη θὰ ξαναγυρίσει·
καὶ βασιλεὺς σὰν πρίν, πῶς θὰ τὸν διώξει

sospettino che in loro un non so che tradisca
su che sorta di letto giacquero poco fa.

Ma dell'artista come s'arricchisce la vita!
Domani, doman l'altro, o fra anni, saranno
scritti i versi gagliardi ch'ebbero qui l'origine.

DEMARATO

Porfirio, in un colloquio, gli ha proposto
come tema « Il carattere di Demarato ». Ed ecco
come l'ha svolto il giovine sofista
(curerà le bellurie retoriche piú tardi).

« Fu cortigiano, prima del re Dario,
poi del re Serse; e adesso avrà,
grazie a Serse e all'esercito,
finalmente giustizia, Demarato.

Grave, il torto subíto.
Era davvero figlio d'Aristone. L'oracolo
fu prezzolato spudoratamente.
E i nemici, non paghi d'avergli tolto il regno,
quand'egli s'era già piegato a vivere,
pazientemente, come un privato, dovevano
proprio fare di lui ludibrio pubblico,
umiliarlo nel giorno della festa?

Egli serve perciò Serse con molto zelo.
Con il possente esercito persiano
anche lui tornerà a Sparta; sarà re
di nuovo; e come scaccerà

ἀμέσως, πῶς θὰ τὸν ἐξευτελίσει
ἐκεῖνον τὸν ραδιοῦργον Λεωτυχίδη.

Κ' ἡ μέρες του περνοῦν γεμάτες μέριμνα·
νὰ δίδει συμβουλὲς στοὺς Πέρσας, νὰ τοὺς ἐξηγεῖ
τὸ πῶς νὰ κάμουν γιὰ νὰ κατακτήσουν τὴν Ἑλλάδα.

Πολλὲς φροντίδες, πολλὴ σκέψις καὶ γιὰ τοῦτο
εἶν' ἔτσι ἀνιαρὲς τοῦ Δημαράτου ἡ μέρες·
πολλὲς φροντίδες, πολλὴ σκέψις καὶ γιὰ τοῦτο
καμιὰ στιγμὴ χαρᾶς δὲν ἔχει ὁ Δημάρατος·
γιατὶ χαρὰ δὲν εἶν' αὐτὸ ποὺ αἰσθάνεται
(δὲν εἶναι· δὲν τὸ παραδέχεται·
πῶς νὰ τὸ πεῖ χαρά; ἐκορυφώθ' ἡ δυστυχία του)
ὅταν τὰ πράγματα τὸν δείχνουν φανερὰ
ποὺ οἱ Ἕλληνες θὰ βγοῦνε νικηταί».

ΤΕΧΝΟΥΡΓΟΣ ΚΡΑΤΗΡΩΝ

Εἰς τὸν κρατῆρα αὐτὸν ἀπὸ ἁγνὸν ἀσῆμι –
ποὺ γιὰ τοῦ Ἡρακλείδη ἔγινε τὴν οἰκία,
ἔνθα καλαισθησία πολλὴ ἐπικρατεῖ –
ἰδοὺ ἄνθη κομψά, καὶ ρύακες, καὶ θύμοι,
κ' ἔθεσα ἐν τῷ μέσῳ ἕναν ὡραῖον νέον,
γυμνόν, ἐρωτικόν· μὲς στὸ νερὸ τὴν κνήμη
τὴν μιά του ἔχει ἀκόμη. – Ἱκέτευσα, ὦ μνήμη,
νὰ σ' εὕρω βοηθὸν ἀρίστην, γιὰ νὰ κάμω
τοῦ νέου ποὺ ἀγαποῦσα τὸ πρόσωπον ὡς ἦταν.
Μεγάλη ἡ δυσκολία ἀπέβη ἐπειδὴ
ὡς δέκα πέντε χρόνια πέρασαν ἀπ' τὴν μέρα
ποὺ ἔπεσε, στρατιώτης, στῆς Μαγνησίας τὴν ἧτταν.

súbito, come annienterà
quella canaglia di Leotíchide!

Passano i giorni suoi pieni d'angoscia.
Dà consigli ai Persiani, li ragguaglia
su come sottomettere la Grecia.

Preoccupazioni, riflessioni. Tristi
sono per Demarato le giornate.
Preoccupazioni, riflessioni. Un attimo
di gioia non conosce, Demarato.
Quello che prova non è gioia, certo
(non è; non lo può ammettere:
chiamarla gioia, se la sua sventura è al culmine?).
I fatti ormai dimostrano
che certamente vinceranno i Greci».

ARTEFICE DI CRATERI

Nell'argento purissimo di questo bel cratere
creato per la casa ove regna beltà
e gusto di beltà – la casa d'Eraclide –
erbette, rivi, splendidi fiori tu puoi vedere.
Ho figurato, in mezzo, un giovinetto bello,
tutto nudo, amoroso: dentro l'acqua è tuffata
una sua gamba, ancora. Memoria, t'ho pregata
di darmi il tuo prezioso aiuto, a cesellare
cosí com'era il viso del giovine che amai.
Grande difficoltà. Dal giorno che lo vide
combattente cadere sul campo di Magnesia,
quasi quindici anni sono passati, ormai.

ΜΕΛΑΓΧΟΛΙΑ ΤΟΥ ΙΑΣΩΝΟΣ ΚΛΕΑΝΔΡΟΥ· ΠΟΙΗΤΟΥ ΕΝ ΚΟΜΜΑΓΗΝΗ

595 μ.Χ.

Τὸ γήρασμα τοῦ σώματος καὶ τῆς μορφῆς μου
εἶναι πληγὴ ἀπὸ φρικτὸ μαχαῖρι.
Δὲν ἔχω ἐγκαρτέρησι καμιά.
Εἰς σὲ προστρέχω Τέχνη τῆς Ποιήσεως,
ποὺ κάπως ξέρεις ἀπὸ φάρμακα·
νάρκης τοῦ ἄλγους δοκιμές, ἐν Φαντασίᾳ καὶ Λόγῳ.

Εἶναι πληγὴ ἀπὸ φρικτὸ μαχαῖρι. –
Τὰ φάρμακά σου φέρε Τέχνη τῆς Ποιήσεως,
ποὺ κάμνουνε – γιὰ λίγο – νὰ μὴ νοιώθεται ἡ πληγή.

ΑΠΟ ΤΗΝ ΣΧΟΛΗΝ ΤΟΥ ΠΕΡΙΩΝΥΜΟΥ ΦΙΛΟΣΟΦΟΥ

Ἔμεινε μαθητὴς τοῦ Ἀμμωνίου Σακκᾶ δυὸ χρόνια·
ἀλλὰ βαρέθηκε καὶ τὴν φιλοσοφία καὶ τὸν Σακκᾶ.

Κατόπι μπῆκε στὰ πολιτικά.
Μὰ τὰ παραίτησεν. Ἦταν ὁ Ἔπαρχος μωρός·
κ' οἱ πέριξ του ξόανα ἐπίσημα καὶ σοβαροφανῆ·
τρισβάρβαρα τὰ ἑλληνικά των, οἱ ἄθλιοι.

Τὴν περιέργειάν του εἵλκυσε
κομμάτ' ἡ Ἐκκλησία· νὰ βαπτισθεῖ
καὶ νὰ περάσει Χριστιανός. Μὰ γρήγορα
τὴν γνώμη του ἄλλαξε. Θὰ κάκιωνε ἀσφαλῶς
μὲ τοὺς γονεῖς του, ἐπιδεικτικὰ ἐθνικούς·
καὶ θὰ τοῦ ἔπαυαν – πρᾶγμα φρικτὸν –

MALINCONIA DI IASON DI CLEANDRO, POETA NELLA COMMAGENE
595 d. C.

Il mio corpo, la mia figura invecchiano:
è una ferita d'orrido coltello.
Io non so sopportare. E a te mi volgo,
Arte della Poesia, che un poco sai di farmachi,
e del dolore una narcosi tenti
nella Parola e nella Fantasia.

È una ferita d'orrido coltello.
Oh, recami i tuoi farmachi, Arte della Poesia,
che inavvertita rendono – per poco – la ferita.

DALLA SCUOLA DEL CELEBRE FILOSOFO

Fu scolaro per due anni d'Ammonio Sacca.
Poi gli vennero a noia Sacca e filosofia.

Si diede alla politica. Lasciò.
Il prefetto, uno stupido. E quelli attorno a lui,
manichini ufficiali con gran prosopopea
e il loro greco mille volte barbaro – sciagurati!

Anche la Chiesa attrasse
per un poco la sua curiosità.
Ricevere il battesimo, farsi cristiano. Presto
mutò idea. Si sarebbe guastato con i suoi,
che ostentavano il loro paganesimo,
e gli avrebbero súbito tagliato (non sia mai!)

εὐθὺς τὰ λίαν γενναῖα δοσίματα.

Ἔπρεπεν ὅμως καὶ νὰ κάμει κάτι. Ἔγινε ὁ θαμὼν
τῶν διεφθαρμένων οἴκων τῆς Ἀλεξανδρείας,
κάθε κρυφοῦ καταγωγίου κραιπάλης.

Ἡ τύχη τοῦ ἐφάν' εἰς τοῦτο εὐμενής·
τὸν ἔδωσε μορφὴν εἰς ἄκρον εὐειδῆ.
Καὶ χαίρονταν τὴν θείαν δωρεάν.

Τουλάχιστον γιὰ δέκα χρόνια ἀκόμη
ἡ καλλονή του θὰ διαρκοῦσεν. Ἔπειτα –
ἴσως ἐκ νέου στὸν Σακκᾶ νὰ πήγαινε.
Κι ἂν ἐν τῷ μεταξὺ ἀπέθνησκεν ὁ γέρος,
πήγαινε σ' ἄλλου φιλοσόφου ἢ σοφιστοῦ·
πάντοτε βρίσκεται κατάλληλος κανείς.

Ἢ τέλος, δυνατὸν καὶ στὰ πολιτικὰ
νὰ ἐπέστρεφεν – ἀξιεπαίνως ἐνθυμούμενος
τὲς οἰκογενειακές του παραδόσεις,
τὸ χρέος πρὸς τὴν πατρίδα, κι ἄλλα ἠχηρὰ παρόμοια.

ΠΡΟΣ ΤΟΝ ΑΝΤΙΟΧΟΝ ΕΠΙΦΑΝΗ

Ὁ νέος Ἀντιοχεὺς εἶπε στὸν βασιλέα,
«Μὲς στὴν καρδιά μου πάλλει μιὰ προσφιλὴς ἐλπίς·
οἱ Μακεδόνες πάλι, Ἀντίοχε Ἐπιφανῆ,
οἱ Μακεδόνες εἶναι μὲς στὴν μεγάλη πάλη.
Ἂς ἦταν νὰ νικήσουν – καὶ σ' ὅποιον θέλει δίδω
τὸν λέοντα καὶ τοὺς ἵππους, τὸν Πᾶνα ἀπὸ κοράλλι,
καὶ τὸ κομψὸ παλάτι, καὶ τοὺς ἐν Τύρῳ κήπους,
κι ὅσ' ἄλλα μ' ἔχεις δώσει, Ἀντίοχε Ἐπιφανῆ».

i sussidi fin troppo generosi.

Ma doveva pur fare qualche cosa. Divenne
cliente abituale delle case perdute,
dei sordidi bordelli d'Alessandria.

La sorte in questo gli era stata amica:
gli aveva dato uno splendido corpo.
Di quel dono divino egli godeva.

Altri dieci anni almeno
gli sarebbe durata quella bellezza. Poi
sarebbe, forse, tornato da Sacca.
Se nel frattempo fosse morto, il vecchio,
via, da un altro filosofo o sofista:
qualcuno adatto se ne trova sempre.

O sarebbe tornato alla politica
(chissà?), lodevolmente ricordando
le tradizioni di famiglia, il debito
verso la patria, e simili bubbole reboanti.

AD ANTIOCO EPÍFANE

Disse, rivolto al re, il giovine Antiocheno:
« Sento il trasalimento d'una speranza amica:
i Macedoni sento, o sire Antioco Epífane,
i Macedoni ancora di fronte al gran cimento.
E vincano! – Se vincono, il palazzo, i giardini
di Tiro, i miei cavalli, li regalo contento
a chi vuole, e il leone, e il mio Pan di coralli,
e quanto m'hai donato, o sire Antioco Epífane ».

Ἴσως νὰ συγκινήθη κομμάτι ὁ βασιλεύς.
Μὰ πάραυτα θυμήθη πατέρα κι ἀδελφόν,
καὶ μήτε ἀπεκρίθη. Μποροῦσε ὠτακουστὴς
νὰ ἐπαναλάβει κάτι. – Ἄλλωστε, ὡς φυσικόν,
ταχέως ἐπῆλθε εἰς Πύδναν ἡ ἀπαισία λῆξις.

ΥΠΕΡ ΤΗΣ ΑΧΑΪΚΗΣ ΣΥΜΠΟΛΙΤΕΙΑΣ ΠΟΛΕΜΗΣΑΝΤΕΣ

Ἀνδρεῖοι σεῖς πού πολεμήσατε καὶ πέσατ' εὐκλεῶς·
τοὺς πανταχοῦ νικήσαντας μὴ φοβηθέντες.
Ἄμωμοι σεῖς, ἂν ἔπταισαν ὁ Δίαιος κι ὁ Κριτόλαος.
Ὅταν θὰ θέλουν οἱ Ἕλληνες νὰ καυχηθοῦν,
«Τέτοιους βγάζει τὸ ἔθνος μας» θὰ λένε
γιὰ σᾶς. Ἔτσι θαυμάσιος θἆναι ὁ ἔπαινός σας. –

Ἐγράφη ἐν Ἀλεξανδρείᾳ ὑπὸ Ἀχαιοῦ·
ἕβδομον ἔτος Πτολεμαίου, Λαθύρου.

Σ' ΕΝΑ ΒΙΒΛΙΟ ΠΑΛΗΟ –

Σ'ἕνα βιβλίο παληὸ – περίπου ἑκατὸ ἐτῶν –
ἀνάμεσα στὰ φύλλα του λησμονημένη,
ηὗρα μιὰν ὑδατογραφία ἄνευ ὑπογραφῆς.
Θἆταν τὸ ἔργον καλλιτέχνου λίαν δυνατοῦ.
Ἔφερ' ὡς τίτλον, «Παρουσίασις τοῦ Ἔρωτος».

Πλὴν μᾶλλον ἥρμοζε, « – τοῦ ἔρωτος τῶν ἄκρως αἰσθητῶν».

Forse un poco turbò la commozione il re.
Ma la memoria andò a suo padre, al fratello,
E nulla replicò. (Timore che ridica
qualcosa uno spione?) Con l'infausto flagello
di Pidna, venne súbito (è naturale) l'esito.

COMBATTENTI PER LA LEGA ACHEA

– Strenui voi che pugnaste,
voi che cadeste generosamente.
Chi vinse ovunque non vi sbigottí.
Incensurati voi, se pur Dieo e Critolao fallarono.
Quando vorranno farsi vanto i Greci,
« Genera tali eroi la nostra stirpe »
di voi diranno. E splendida sarà la vostra lode. –

Fu scritto ad Alessandria da un acheo.
Anno, di Tolemeo Làtiro, VII.

IN UN VECCHIO LIBRO

Ho trovato in un vecchio libro, forse di cent'anni,
scordato fra le pagine,
un acquerello senza firma.
Opera certo d'artista valente.
Il titolo era questo: *Epifania d'Amore.*

Meglio dire: « d'amore dei sensuali estremi ».

Γιατὶ ἦταν φανερὸ σὰν ἔβλεπες τὸ ἔργον
(εὔκολα νοιώθονταν ἡ ἰδέα τοῦ καλλιτέχνου)
ποὺ γιὰ ὅσους ἀγαποῦνε κάπως ὑγιεινά,
μὲς στ' ὁπωσδήποτε ἐπιτετραμμένον μένοντες,
δὲν ἦταν προωρισμένος ὁ ἔφηβος
τῆς ζωγραφιᾶς – μὲ καστανά, βαθύχροα μάτια· –
μὲ τοῦ προσώπου του τὴν ἐκλεκτὴ ἐμορφιά,
τὴν ἐμορφιὰ τῶν ἀνωμάλων ἕλξεων·
μὲ τὰ ἰδεώδη χείλη του ποὺ φέρνουνε
τὴν ἡδονὴ εἰς ἀγαπημένο σῶμα·
μὲ τὰ ἰδεώδη μέλη του πλασμένα γιὰ κρεββάτια
ποὺ ἀναίσχυντα τ' ἀποκαλεῖ ἡ τρεχάμενη ἠθική.

ΕΠΙΤΥΜΒΙΟΝ ΑΝΤΙΟΧΟΥ ΒΑΣΙΛΕΩΣ ΚΟΜΜΑΓΗΝΗΣ

Μετὰ ποὺ ἐπέστρεψε, περίλυπη, ἀπ' τὴν κηδεία του,
ἡ ἀδελφὴ τοῦ ἐγκρατῶς καὶ πράως ζήσαντος,
τοῦ λίαν ἐγγραμμάτου 'Αντιόχου, βασιλέως
Κομμαγηνῆς, ἤθελ' ἕνα ἐπιτύμβιον γι' αὐτόν.
Κι ὁ 'Εφέσιος σοφιστὴς Καλλίστρατος – ὁ κατοικῶν
συχνὰ ἐν τῷ κρατιδίῳ τῆς Κομμαγηνῆς,
κι ἀπὸ τὸν οἶκον τὸν βασιλικὸν
ἀσμένως κ' ἐπανειλημμένως φιλοξενηθεὶς –
τὸ ἔγραψε, τῇ ὑποδείξει Σύρων αὐλικῶν,
καὶ τὸ ἔστειλε εἰς τὴν γραῖαν δέσποιναν.
«Τοῦ 'Αντιόχου τοῦ εὐεργέτου βασιλέως
νὰ ὑμνηθεῖ ἐπαξίως, ὦ Κομμαγηνοί, τὸ κλέος.
Ἦταν τῆς χώρας κυβερνήτης προνοητικός.
Ὑπῆρξε δίκαιος, σοφός, γενναῖος.
Ὑπῆρξεν ἔτι τὸ ἄριστον ἐκεῖνο, Ἑλληνικὸς –
ἰδιότητα δὲν ἔχ' ἡ ἀνθρωπότης τιμιοτέραν·
εἰς τοὺς θεοὺς εὑρίσκονται τὰ πέραν».

Era evidente nel guardare l'opera
(si coglieva l'intento dell'artista)
che non per quelli che d'amori sani
godono, fermi all'àmbito del lecito,
non per quelli era fatto il giovinetto
della pittura – coi suoi fondi occhi castani,
con la beltà squisita del suo viso
(la beltà dei trasporti innaturali),
con le labbra di sogno,
prodighe di piacere al corpo amato,
con le membra di sogno, per quei letti plasmate
che chiama infami l'etica corrente.

EPITAFIO D'ANTIOCO RE DELLA COMMAGENE

Dal funerale ritornò stravolta
la sorella d'Antioco, re della Commagene,
vissuto con mitezza e temperanza,
letteratissimo. E volle un epitafio.
Callistrato, un sofista d'Efeso (abitò spesso
in quello staterello, e fu piú volte
e con favore accolto in Commagene
dalla casa reale)
lo scrisse, su ragguagli di cortigiani siri,
e alla vecchia sovrana lo mandò:
« Commageni, rendete degno onore
alla gloria d'Antioco, il re benefattore.
Previdente nocchiero del paese, fu giusto,
e saggio, e di nobile cuore.
Fu greco – e questo è il merito piú augusto:
l'umanità non offre piú alta qualità;
solo gli dei posseggono quanto piú oltre sta ».

Ο ΙΟΥΛΙΑΝΟΣ, ΟΡΩΝ ΟΛΙΓΩΡΙΑΝ

«Ὁρῶν οὖν πολλὴν μὲν ὀλιγωρίαν οὖσαν
ἡμῖν πρὸς τοὺς θεούς» – λέγει μὲ ὕφος σοβαρόν.
Ὀλιγωρίαν. Μὰ τί περίμενε λοιπόν;
Ὅσο ἤθελεν ἂς ἔκαμνεν ὀργάνωσι θρησκευτική,
ὅσο ἤθελεν ἂς ἔγραφε στὸν ἀρχιερέα Γαλατίας,
ἢ εἰς ἄλλους τοιούτους, παροτρύνων κι ὁδηγῶν.
Οἱ φίλοι του δὲν ἦσαν Χριστιανοί·
αὐτὸ ἦταν θετικόν. Μὰ δὲν μποροῦσαν κιόλας
νὰ παίζουν σὰν κι αὐτόνα (τὸν Χριστιανομαθημένο)
μὲ σύστημα καινούριας ἐκκλησίας,
ἀστεῖον καὶ στὴν σύλληψι καὶ στὴν ἐφαρμογή.
Ἕλληνες ἦσαν ἐπὶ τέλους. Μηδὲν ἄγαν, Αὔγουστε.

ΘΕΑΤΡΟΝ ΤΗΣ ΣΙΔΩΝΟΣ

400 μ. Χ.

Πολίτου ἐντίμου υἱὸς – πρὸ πάντων, εὐειδὴς
ἔφηβος τοῦ θεάτρου, ποικίλως ἀρεστός,
ἐνίοτε συνθέτω ἐν γλώσσῃ ἑλληνικῇ
λίαν εὐτόλμους στίχους, ποὺ τοὺς κυκλοφορῶ
πολὺ κρυφά, ἐννοεῖται – θεοί! νὰ μὴν τοὺς δοῦν
οἱ τὰ φαιὰ φοροῦντες, περὶ ἠθικῆς λαλοῦντες –
στίχους τῆς ἡδονῆς τῆς ἐκλεκτῆς, ποὺ πιαίνει
πρὸς ἄγονην ἀγάπη κι ἀποδοκιμασμένη.

GIULIANO, CONSTATANDO NEGLIGENZA

« Io, constatando molta negligenza
in noi verso gli dei... » – dice con tono grave.
Negligenza. Ma dunque, che sperava?
Poteva riformare il clero nell'organico,
e scrivere al pontefice dei Galati e d'altrove,
dando istruzioni e moniti fin che desiderava.
Positivo: i suoi amici non erano cristiani.
Ma certo non potevano giocare, come lui
(tutto cristiano nell'educazione)
con il sistema d'una chiesa nuova,
grottesco nella pratica e nei piani.
Erano greci, infine. Augusto, *non esagerare!*

TEATRO DI SIDONE
400 d. C.

Figlio d'un ragguardevole cittadino, fo vita
di teatro. Bel giovine variamente piacevole,
mi diletto a comporre talora, in lingua greca,
versi assai temerari. Li faccio circolare
alla macchia, s'intende. Gran Dio! che non li vedano
quelli che in vesti nere cianciano di dovere.
Versi della squisita sensualità, che piega
verso gli amori sterili che la gente rinnega.

ΕΝ ΑΠΟΓΝΩΣΕΙ

Τὸν ἔχασ' ἐντελῶς. Καὶ τώρα πιὰ ζητεῖ
στὰ χείλη καθενὸς καινούριου ἐραστῆ
τὰ χείλη τὰ δικά του· στὴν ἕνωσι μὲ κάθε
καινούριον ἐραστὴ ζητεῖ νὰ πλανηθεῖ
πὼς εἶναι ὁ ἴδιος νέος, πὼς δίδεται σ' ἐκεῖνον.

Τὸν ἔχασ' ἐντελῶς, σὰν νὰ μὴ ὑπῆρχε κάν.
Γιατὶ ἤθελε – εἶπ' ἐκεῖνος – ἤθελε νὰ σωθεῖ
ἀπ' τὴν στιγματισμένη, τὴν νοσηρὰ ἡδονή·
ἀπ' τὴν στιγματισμένη, τοῦ αἴσχους ἡδονή.
Ἦταν καιρὸς ἀκόμη – ὡς εἶπε – νὰ σωθεῖ.

Τὸν ἔχασ' ἐντελῶς, σὰν νὰ μὴ ὑπῆρχε κάν.
Ἀπὸ τὴν φαντασίαν, ἀπὸ τὲς παραισθήσεις
στὰ χείλη ἄλλων νέων τὰ χείλη του ζητεῖ·
γυρεύει νὰ αἰσθανθεῖ ξανὰ τὸν ἔρωτά του.

Ο ΙΟΥΛΙΑΝΟΣ ΕΝ ΝΙΚΟΜΗΔΕΙΑ

Ἄστοχα πράγματα καὶ κινδυνώδη.
Οἱ ἔπαινοι γιὰ τῶν Ἑλλήνων τὰ ἰδεώδη.

Ἡ θεουργίες κ' ἡ ἐπισκέψεις στοὺς ναοὺς
τῶν ἐθνικῶν. Οἱ ἐνθουσιασμοὶ γιὰ τοὺς ἀρχαίους θεούς.

Μὲ τὸν Χρυσάνθιον ἡ συχνὲς συνομιλίες.
Τοῦ φιλοσόφου – τοῦ ἄλλωστε δεινοῦ – Μαξίμου ἡ θεωρίες.

Καὶ νά τὸ ἀποτέλεσμα. Ὁ Γάλλος δείχνει ἀνησυχία
μεγάλην. Ὁ Κωνστάντιος ἔχει κάποιαν ὑποψία.

DISPERAZIONE

L'ha perso. Ed ecco che non fa che ricercare
in altre labbra, se gli riesca trovare
quelle labbra d'amore. In ogni amplesso nuovo
non fa che ricercare. Si vorrebbe ingannare
che il giovinetto è sempre quello, che a lui si dà.

L'ha perso. Come se non fosse mai neppure
esistito. Voleva – cosí disse – scampare
al marchio d'un morboso piacere, alle sue tare,
al marchio vergognoso di quelle voglie amare.
Era – diceva – ancora a tempo per scampare.

L'ha perso. Come se non fosse mai neppure
esistito. Illudendosi, fantasticando, vuole
in altre labbra giovani quelle labbra trovare:
cerca di ridestare in sé l'antico amore.

GIULIANO A NICOMEDIA

Atti rischiosi e vani.
Celebrazioni, visite ai templi dei pagani.

Lodi per gl'ideali della grecità.
Esaltazioni di divinità.

Colloqui con Crisantio con un ritmo frequente.
E le teorie di Massimo (del resto, assai valente).

Ecco la conclusione. Gallo appare
molto inquieto. Costanzo comincia a sospettare.

Ἃ οἱ συμβουλεύσαντες δὲν ἦσαν διόλου συνετοί.
Παράγινε – λέγει ὁ Μαρδόνιος – ἡ ἱστορία αὐτή,

καὶ πρέπει ἐξ ἅπαντος νὰ παύσει ὁ θόρυβός της. –
Ὁ Ἰουλιανὸς πηγαίνει πάλιν ἀναγνώστης

στὴν ἐκκλησία τῆς Νικομηδείας,
ὅπου μεγαλοφώνως καὶ μετ' εὐλαβείας

πολλῆς τὲς ἱερὲς Γραφὲς διαβάζει,
καὶ τὴν χριστιανική του εὐσέβεια ὁ λαὸς θαυμάζει.

ΠΡΙΝ ΤΟΥΣ ΑΛΛΑΞΕΙ Ο ΧΡΟΝΟΣ

Λυπήθηκαν μεγάλως στὸν ἀποχωρισμό των.
Δὲν τὄθελαν αὐτοί· ἦταν ἡ περιστάσεις.
Βιοτικὲς ἀνάγκες ἐκάμνανε τὸν ἕνα
νὰ φύγει μακρυὰ – Νέα Ὑόρκη ἢ Καναδᾶ.
Ἡ ἀγάπη των βεβαίως δὲν ἦταν ἴδια ὡς πρίν·
εἶχεν ἐλαττωθεῖ ἡ ἕλξις βαθμηδόν,
εἶχεν ἐλαττωθεῖ ἡ ἕλξις της πολύ.
Ὅμως νὰ χωρισθοῦν, δὲν τὄθελαν αὐτοί.
Ἦταν ἡ περιστάσεις. – Ἢ μήπως καλλιτέχνις
ἐφάνηκεν ἡ Τύχη χωρίζοντάς τους τώρα
πρὶν σβύσει τὸ αἴσθημά των, πρὶν τοὺς ἀλλάξει ὁ Χρόνος
ὁ ἕνας γιὰ τὸν ἄλλον θὰ εἶναι ὡς νὰ μένει πάντα
τῶν εἴκοσι τεσσάρων ἐτῶν τ' ὡραῖο παιδί.

Ah! Chi lo consigliò non ebbe troppo ingegno.
Questa storia – Mardonio dice – ha passato il segno,

bisogna che finisca súbito il suo clamore.
Cosí Giuliano ritorna lettore

in chiesa, a Nicomedia, e là
a gran voce e con molta pietà

recita le Scritture; e desta ammirazione
nel popolo la sua cristiana divozione

PRIMA CHE LI MUTASSE IL TEMPO

Molto s'addolorarono nella separazione.
Non la vollero mai. Le circostanze, furono.
Uno di loro, un giorno, fu costretto ad andare
via, per necessità – Nuova York, Canadà.
Il loro amore, certo, non era piú lo stesso:
affievolito ormai il loro slancio, a gradi,
affievolito ormai il loro slancio, assai.
Ma la separazione non la vollero mai.
Le circostanze, furono. O forse si mostrò
artista la Fortuna, separandoli prima
che si spegnesse amore, che li mutasse il Tempo.
E l'uno resterà per l'altro il bel ragazzo
ventiquattrenne: gli anni non passeranno mai.

ΤΟ 31 π. Χ. ΣΤΗΝ ΑΛΕΞΑΝΔΡΕΙΑ

Ἀπ' τὴν μικρή του, στὰ περίχωρα πλησίον, κώμη,
καὶ σκονισμένος ἀπὸ τὸ ταξεῖδι ἀκόμη

ἔφθασεν ὁ πραματευτής. Καὶ «Λίβανον!» καὶ «Κόμμι!»
«Ἄριστον Ἔλαιον!» «Ἄρωμα γιὰ τὴν κόμη!»

στοὺς δρόμους διαλαλεῖ. Ἀλλ' ἡ μεγάλη ὀχλοβοή,
κ' ἡ μουσικές, κ' ἡ παρελάσεις ποῦ ἀφίνουν ν' ἀκουσθεῖ.

Τὸ πλῆθος τὸν σκουντᾶ, τὸν σέρνει, τὸν βροντᾶ.
Κι ὅταν πιὰ τέλεια σαστισμένος, τί εἶναι ἡ τρέλλα αὐτή; ρωτᾶ,

ἕνας τοῦ ρίχνει κι αὐτουνοῦ τὴν γιγαντιαία ψευτιὰ
τοῦ παλατιοῦ – πού στὴν Ἑλλάδα ὁ Ἀντώνιος νικᾶ.

Ο ΙΩΑΝΝΗΣ ΚΑΝΤΑΚΟΥΖΗΝΟΣ ΥΠΕΡΙΣΧΥΕΙ

Τοὺς κάμπους βλέπει ποὺ ἀκόμη ὁρίζει
μὲ τὸ σιτάρι, μὲ τὰ ζῶα, μὲ τὰ καρποφόρα
δένδρα. Καὶ πιὸ μακρυὰ τὸ σπίτι του τὸ πατρικό,
γεμάτο ροῦχα κ' ἔπιπλα πολύτιμα, κι ἀσημικό.

Θὰ τοῦ τὰ πάρουν – Ἰησοῦ Χριστέ! – θὰ τοῦ τὰ πάρουν τώρα.

Ἄραγε νὰ τὸν λυπηθεῖ ὁ Καντακουζηνὸς
ἂν πάει στὰ πόδια του νὰ πέσει. Λὲν πὼς εἶν' ἐπιεικής,
λίαν ἐπιεικής. Ἀλλ' οἱ περὶ αὐτόν; ἀλλ' ὁ στρατός; –
Ἤ, στὴν κυρία Εἰρήνη νὰ προσπέσει, νὰ κλαυθεῖ;

Κουτός! στὸ κόμμα νὰ μπλεχθεῖ τῆς Ἄννας –

31 a. C. AD ALESSANDRIA

Il venditore è giunto dal suo piccolo villaggio
presso il suburbio. È ancora impolverato dal viaggio.

«Gomma! Incenso! Squisito olio! Coraggio!
Ecco, per i capelli, i profumi di maggio!»

Cosí grida per via. Ma chi lo sente
nel tumulto di musiche, di parate, di gente?

«Che è questa follia?» chiede, in quel labirinto
di popolo, intronato, urtato, spinto.

E uno lancia l'enorme bugia, l'annuncio finto
del palazzo: che in Grecia Antonio ha vinto.

GIOVANNI CANTACUZENO PREVALE

Mira i campi che sono ancora suoi,
con gli animali, il grano, gli alberi da frutto.
E, piú lontano, la sua casa avita,
d'argenterie, di mobili, di vesti ben fornita.

Tutto – Cristo Gesú! – gli prenderanno tutto.

Forse Cantacuzeno avrà pietà
se gli si getta ai piedi? È clemente – si dice –
clemente assai. Ma gli altri? l'armata? O non sarà
meglio prostrarsi, in lacrime, alla regina Irene?

Che stupido! Invischiarsi nel partito di Anna.

πού νὰ μὴν ἔσωνε νὰ τὴν στεφανωθεῖ
ὁ κὺρ 'Ανδρόνικος ποτέ. Εἴδαμε προκοπὴ
ἀπὸ τὸ φέρσιμό της, εἴδαμε ἀνθρωπιά;
Μὰ ὡς κ' οἱ Φράγκοι δὲν τὴν ἐκτιμοῦνε πιά.
Γελοῖα τὰ σχέδιά της, μωρὰ ἡ ἑτοιμασία της ὅλη.
'Ενῶ φοβέριζαν τὸν κόσμο ἀπὸ τὴν Πόλι,
τοὺς ρήμαξεν ὁ Καντακουζηνός, τοὺς ρήμαξε ὁ κὺρ Γιάννης.

Καὶ ποὺ τὸ εἶχε σκοπὸ νὰ πάει μὲ τοῦ κὺρ Γιάννη
τὸ μέρος! Καὶ θὰ τὄκαμνε. Καὶ θἄταν τώρα εὐτυχισμένος,
μεγάλος ἄρχοντας πάντα, καὶ στεριωμένος,
ἂν ὁ δεσπότης δὲν τὸν ἔπειθε τὴν τελευταία στιγμή,
μὲ τὴν ἱερατική του ἐπιβολή,
μὲ τὲς ἀπὸ ἄκρου εἰς ἄκρον ἐσφαλμένες του πληροφορίες,
καὶ μὲ τὲς ὑποσχέσεις του, καὶ τὲς βλακεῖες.

ΗΛΘΕ ΓΙΑ ΝΑ ΔΙΑΒΑΣΕΙ –

Ἦλθε γιὰ νὰ διαβάσει. Εἶν' ἀνοιχτὰ
δυό, τρία βιβλία· ἱστορικοὶ καὶ ποιηταί.
Μὰ μόλις διάβασε δέκα λεπτά,
καὶ τὰ παραίτησε. Στὸν καναπὲ
μισοκοιμᾶται. 'Ανήκει πλήρως στὰ βιβλία –
ἀλλ' εἶναι εἴκοσι τριῶ ἐτῶν, κ' εἶν' ἔμορφος πολύ·
καὶ σήμερα τὸ ἀπόγευμα πέρασ' ὁ ἔρως
στὴν ἰδεώδη σάρκα του, στὰ χείλη.
Στὴ σάρκα του ποὺ εἶναι ὅλο καλλονὴ
ἡ θέρμη πέρασεν ἡ ἐρωτική·
χωρὶς ἀστείαν αἰδὼ γιὰ τὴν μορφὴ τῆς ἀπολαύσεως...

Oh, non l'avesse mai sposata, almeno,
Andronico! S'è mai visto un poco di bene
dal suo contegno senza cuore né virtú?
Ora, persino i Franchi non la stimano piú.
Buffi piani, apparati stolti. Dalla Metropoli
mettevano paura a tutti i popoli.
Cantacuzeno intanto li annientò, li annientò messer
Gianni.
E pensare che lui proprio con messer Gianni
voleva andare. Adesso avrebbe rinsaldato
il potere, sarebbe un uomo fortunato.
Sennonché il vescovo forzò, all'ultimo momento,
col prestigio dell'abito, il suo convincimento,
e con quelle notizie da cima a fondo errate
e con tante promesse e baggianate.

È VENUTO PER LEGGERE

È venuto per leggere. Aperti,
due, tre libri, di storici e poeti.
Ha letto appena per dieci minuti.
Poi basta. Sul divano
sonnecchia. È tutto intero dei suoi libri
– pure, ha ventitré anni; è molto bello.
E questo pomeriggio è passato l'amore
nella carne stupenda, nella bocca.
Nella sua carne ch'è tutta beltà
corsa è la febbre della voluttà.
Senza grottesche remore alla forma del piacere...

ΕΙΣ ΙΤΑΛΙΚΗΝ ΠΑΡΑΛΙΑΝ

Ὁ Κῆμος Μενεδώρου, Ἰταλιώτης νέος,
τὸν βίον του περνᾶ μέσα στὲς διασκεδάσεις·
ὡς συνειθίζουν τοῦτοι οἱ ἀπ' τὴν Μεγάλη Ἑλλάδα
μὲς στὰ πολλὰ τὰ πλούτη ἀναθρεμένοι νέοι.

Μὰ σήμερα εἶναι λίαν, παρὰ τὸ φυσικό του,
σύννους καὶ κατηφής. Κοντὰ στὴν παραλίαν,
μὲ ἄκραν μελαγχολίαν βλέπει ποὺ ἐκφορτώνουν
τὰ πλοῖα μὲ τὴν λείαν ἐκ τῆς Πελοποννήσου.

Λάφυρα ἑλληνικά· ἡ λεία τῆς Κορίνθου.

Ἆ σήμερα βεβαίως δὲν εἶναι θεμιτόν,
δὲν εἶναι δυνατὸν ὁ Ἰταλιώτης νέος
νἄχει γιὰ διασκεδάσεις καμιὰν ἐπιθυμίαν.

ΑΠΟ ΥΑΛΙ ΧΡΩΜΑΤΙΣΤΟ

Πολὺ μὲ συγκινεῖ μιὰ λεπτομέρεια
στὴν στέψιν, ἐν Βλαχέρναις, τοῦ Ἰωάννη Καντακουζηνοῦ
καὶ τῆς Εἰρήνης Ἀνδρονίκου Ἀσάν.
Ὅπως δὲν εἶχαν παρὰ λίγους πολυτίμους λίθους
(τοῦ ταλαιπώρου κράτους μας ἦταν μεγάλ' ἡ πτώχεια)
φόρεσαν τεχνητούς. Ἕνα σωρὸ κομμάτια ἀπὸ ὑαλί,
κόκκινα, πράσινα ἢ γαλάζια. Τίποτε
τὸ ταπεινὸν ἢ τὸ ἀναξιοπρεπὲς
δὲν ἔχουν κατ' ἐμὲ τὰ κομματάκια αὐτὰ
ἀπὸ ὑαλὶ χρωματιστό. Μοιάζουνε τουναντίον
σὰν μιὰ διαμαρτυρία θλιβερὴ
κατὰ τῆς ἄδικης κακομοιριᾶς τῶν στεφομένων.

SU UN LITORALE ITALICO

Kimos di Menedoro, un giovine Italiota,
trascorre la sua vita fra le dissipazioni,
come sono avvezzati, qui nella Magna Grecia,
i giovani allevati fra cospicue ricchezze.

Contro il suo naturale, oggi è troppo avvilito,
rannuvolato, grave. Guarda, sul litorale,
con tristezza mortale, le navi: ecco, si scarica
il bottino regale fatto in Peloponneso.

Spoglie elleniche: tutta la preda di Corinto.

Ah! oggi non si nota nessuna inclinazione
per la dissipazione, nel giovine Italiota.
Godere non è lecito, no, non è naturale.

VETRO COLORATO

Nell'incoronazione, alle Blacherne, di Giovanni
Cantacuzeno e Irene d'Andronico Asàn,
mi fa grande impressione questo particolare.
Avevano soltanto poche pietre preziose
(grande la povertà del nostro Stato)
e cosí ne portarono di false. Un cumulo
di pezzetti di vetro, rossi, verdi, celesti.
Non c'è nulla d'indegno e disdicevole,
io credo, in quei frammenti
di vetro colorato. Anzi somigliano
una protesta amara
contro l'ingiusta sorte dei sovrani.

Εἶναι τὰ σύμβολα τοῦ τί ἥρμοζε νὰ ἔχουν,
τοῦ τί ἐξ ἅπαντος ἦταν ὀρθὸν νὰ ἔχουν
στὴν στέψι των ἕνας Κὺρ 'Ιωάννης Καντακουζηνός,
μιὰ Κυρία Εἰρήνη 'Ανδρονίκου 'Ασάν.

ΤΕΜΕΘΟΣ ΑΝΤΙΟΧΕΥΣ
400 μ. Χ.

Στίχοι τοῦ νέου Τεμέθου τοῦ ἐρωτοπαθοῦς.
Μὲ τίτλον «'Ο 'Εμονίδης» – τοῦ 'Αντιόχου 'Επιφανοῦς
ὁ προσφιλὴς ἑταῖρος· ἕνας περικαλλὴς
νέος ἐκ Σαμοσάτων. Μὰ ἂν ἔγιναν οἱ στίχοι
θερμοί, συγκινημένοι εἶναι ποὺ ὁ 'Εμονίδης
(ἀπὸ τὴν παλαιὰν ἐκείνην ἐποχή·
τὸ ἑκατὸν τριάντα ἑπτὰ τῆς βασιλείας 'Ελλήνων! –
ἴσως καὶ λίγο πρὶν) στὸ ποίημα ἐτέθη
ὡς ὄνομα ψιλόν· εὐάρμοστον ἐν τούτοις.
Μιὰ ἀγάπη τοῦ Τεμέθου τὸ ποίημα ἐκφράζει,
ὡραίαν κι ἀξίαν αὐτοῦ. 'Εμεῖς οἱ μυημένοι
οἱ φίλοι του οἱ στενοί· ἐμεῖς οἱ μυημένοι
γνωρίζουμε γιὰ ποιόνα ἐγράφησαν οἱ στίχοι.
Οἱ ἀνίδεοι 'Αντιοχεῖς διαβάζουν, 'Εμονίδην.

ΑΠΟΛΛΩΝΙΟΣ Ο ΤΥΑΝΕΥΣ ΕΝ ΡΟΔΩ

Γιὰ τὴν ἁρμόζουσα παίδευσι κι ἀγωγὴ
ὁ 'Απολλώνιος ὁμιλοῦσε μ' ἕναν
νέον ποὺ ἔκτιζε πολυτελῆ
οἰκίαν ἐν Ρόδῳ. «'Εγὼ δὲ ἐς ἱερὸν»
εἶπεν ὁ Τυανεὺς στὸ τέλος «παρελθὼν

Simboli di quanto conveniva
che avessero, di quanto era giusto che avessero
all'incoronazione, lui, messer Giovanni
Cantacuzeno, lei, madama Irene d'Andronico Asàn.

TÈMETO D'ANTIOCHIA

400 d. C.

Sono versi di Tèmeto, amante giovinetto.
S'intitolano: *Emònide.* Era questi il diletto
amasio del re Antioco Epífane, una rara
beltà di Samosata. Ardenti sono i versi,
e palpitanti. C'è un perché. Quell'Emònide
(visse all'epoca antica, nel 137
di quella monarchia ellenica, o chissà,
un poco prima) è stato messo nella poesia
come un nome soltanto, scelto, del resto, bene.
Un amore di Tèmeto canta quella poesia:
amore bello, e degno di lui. Noi, gl'iniziati,
noi, che siamo i piú stretti amici, gl'iniziati,
lo sappiamo, per chi furono scritti i versi.
Ma gli Antiocheni, ignari leggono solo: Emònide.

APOLLONIO DI TIANA A RODI

Sopra l'educazione acconcia e la cultura
conversava Apollonio, con un giovine
che s'occupava dell'architettura
d'una casa sontuosa a Rodi. «Nell'entrare
– disse infine – in un tempio, mi pare

πολλῷ ἂν ἥδιον ἐν αὐτῷ μικρῷ
ὄντι ἄγαλμα ἐλέφαντός τε καὶ χρυσοῦ
ἴδοιμι ἢ ἐν μεγάλῳ κεραμεοῦν τε καὶ φαῦλον».

Τὸ «κεραμεοῦν» καὶ «φαῦλον»· τὸ σιχαμερό:
ποὺ κιόλας μερικοὺς (χωρὶς προπόνησι ἀρκετὴ)
ἀγυρτικῶς ἐξαπατᾶ. Τὸ κεραμεοῦν καὶ φαῦλον.

ΣΤΟ ΠΛΗΚΤΙΚΟ ΧΩΡΙΟ

Στὸ πληκτικὸ χωριὸ ποὺ ἐργάζεται –
ὑπάλληλος σ' ἕνα κατάστημα
ἐμπορικό· νεότατος – καὶ ποὺ ἀναμένει
ἀκόμη δυὸ τρεῖς μῆνες νὰ περάσουν,
ἀκόμη δυὸ τρεῖς μῆνες γιὰ νὰ λιγοστέψουν ἡ δουλειές,
κ' ἔτσι νὰ μεταβεῖ στὴν πόλιν νὰ ριχθεῖ
στὴν κίνησι καὶ στὴν διασκέδασιν εὐθύς·
στὸ πληκτικὸ χωριὸ ὅπου ἀναμένει –
ἔπεσε στὸ κρεββάτι ἀπόψι ἐρωτοπαθής,
ὅλ' ἡ νεότης του στὸν σαρκικὸ πόθο ἀναμένη,
εἰς ἔντασιν ὡραίαν ὅλ' ἡ ὡραία νεότης του.
Καὶ μὲς στὸν ὕπνον ἡ ἡδονὴ προσῆλθε· μέσα
στὸν ὕπνο βλέπει κ' ἔχει τὴν μορφή, τὴν σάρκα ποὺ ἤθελε...

ΤΟ 25ΟΝ ΕΤΟΣ ΤΟΥ ΒΙΟΥ ΤΟΥ

Πηγαίνει στὴν ταβέρνα τακτικὰ
ποὺ εἶχανε γνωρισθεῖ τὸν περασμένο μῆνα.
Ρώτησε· μὰ δὲν ἤξεραν τίποτε νὰ τὸν ποῦν.
'Απὸ τὰ λόγια των, κατάλαβε πὼς εἶχε γνωρισθεῖ

assai meglio vedere ch'è angusto,
ma c'è una statua d'oro e avorio, anzi che scorgere
grande il tempio, e la statua fatta d'argilla e vile».

«Fatta d'argilla» e «vile»: che disgusto!
Ciarlatanesca turlupinatura
per molti, sprovveduti. Fatta d'argilla, e vile.

OPPRESSIVO PAESE

Oppressivo paese, dove lavora. Fa
l'impiegato in un grande magazzino.
Giovanissimo. Attende
due mesi o tre,
due mesi o tre perché il lavoro cali,
per correre in città, tuffarsi subito
nel movimento, nel divertimento.
Oppressivo paese, dove attende.
È piombato sul letto, stasera, preso d'amore. E tutta
arde la giovinezza nelle carnali brame,
nella tensione bella la bella giovinezza.
Poi, nel sonno, s'accosta la voluttà: nel sonno
vede e gode la forma, la sospirata carne...

L'ANNO 25° DELLA SUA VITA

Sempre ritorna alla taverna, dove
si conobbero, circa un mese fa.
Ha chiesto: nulla hanno saputo dirgli.
Dalle parole, ha inteso d'essersi imbattuto

μ' ἕνα ὅλως ἄγνωστο ὑποκείμενον·
μιὰ ἀπ' τὲς πολλὲς ἄγνωστες κ' ὕποπτες
νεανικὲς μορφὲς ποὺ ἀπ' ἐκεῖ περνοῦσαν.
Πηγαίνει ὅμως στὴν ταβέρνα τακτικά, τὴν νύχτα,
καὶ κάθεται καὶ βλέπει πρὸς τὴν εἴσοδο·
μέχρι κοπώσεως βλέπει πρὸς τὴν εἴσοδο.
Ἴσως νὰ μπεῖ. Ἀπόψ' ἴσως ναρθεῖ.

Κοντὰ τρεῖς ἑβδομάδες ἔτσι κάμνει.
Ἀρρώστησεν ὁ νοῦς του ἀπὸ λαγνεία.
Στὸ στόμα του μείνανε τὰ φιλιά.
Παθαίνεται ἀπ' τὸν διαρκῆ πόθον ἡ σάρκα του ὅλη.
Τοῦ σώματος ἐκείνου ἡ ἁφὴ εἶν' ἐπάνω του.
Θέλει τὴν ἕνωσι μαζύ του πάλι.

Νὰ μὴν προδίδεται, τὸ προσπαθεῖ ἐννοεῖται.
Μὰ κάποτε σχεδὸν ἀδιαφορεῖ.
Ἐξ ἄλλου, σὲ τί ἐκτίθεται τὸ ξέρει,
τὸ πῆρε ἀπόφασι. Δὲν εἶν' ἀπίθανον ἡ ζωὴ του αὐτὴ
σὲ σκάνδαλον ὀλέθριο νὰ τὸν φέρει.

Η ΑΡΡΩΣΤΙΑ ΤΟΥ ΚΛΕΙΤΟΥ

Ὁ Κλεῖτος, ἕνα συμπαθητικὸ
παιδί, περίπου εἴκοσι τριῶ ἐτῶν –
μὲ ἀρίστην ἀγωγή, μὲ σπάνια ἑλληνομάθεια –
εἶν' ἄρρωστος βαρειά. Τὸν ηὗρε ὁ πυρετὸς
ποὺ φέτος θέρισε στὴν Ἀλεξάνδρεια.

Τὸν ηὗρε ὁ πυρετὸς ἐξαντλημένο κιόλας ἠθικῶς
ἀπ' τὸν καϋμὸ ποὺ ὁ ἑταῖρος του, ἕνας νέος ἠθοποιός,
ἔπαυσε νὰ τὸν ἀγαπᾶ καὶ νὰ τὸν θέλει.

in un soggetto ignoto, uno dei tanti
volti d'efebi, equivoci
e ignoti, che passavano di là.
Pure, sempre ritorna, la notte, alla taverna.
Fissa immoto la soglia:
fino a stremare l'occhio fissa la soglia. Forse
verrà. Forse entrerà, stasera.

Sempre cosí: quasi tre settimane.
La mente s'è ammalata di lussuria.
Ancora stanno sulla bocca i baci.
Si macera nel diuturno desiderio la carne.
Il tatto di quel corpo è su di lui.
Vuole ancora congiungersi con lui.

Di non tradirsi cerca, s'intende.
Ma quasi incurante, talora.
Il rischio lo conosce,
l'ha scontato. Chissà che quella vita
non lo porti a uno scandalo fatale.

LA MALATTIA DI CLITO

Clito, un affascinante
ragazzo – ventitré anni, squisita
educazione, e una rara cultura
greca – sta molto male. La febbre, che infierisce
quest'anno ad Alessandria, l'ha colpito.

L'ha colpito la febbre, già sfinito
dall'abbandono del giovine attore (non ambisce
d'averlo piú; per lui piú nulla vale).

Εἶν' ἄρρωστος βαρειά, καὶ τρέμουν οἱ γονεῖς του.

Καὶ μιὰ γρηὰ ὑπηρέτρια ποὺ τὸν μεγάλωσε,
τρέμει κι αὐτὴ γιὰ τὴν ζωὴ τοῦ Κλείτου.
Μὲς στὴν δεινὴν ἀνησυχία της
στὸν νοῦ της ἔρχεται ἕνα εἴδωλο
ποὺ λάτρευε μικρή, πρὶν μπεῖ αὐτοῦ, ὑπηρέτρια,
σὲ σπίτι Χριστιανῶν ἐπιφανῶν, καὶ χριστιανέψει.
Παίρνει κρυφὰ κάτι πλακούντια, καὶ κρασί, καὶ μέλι.
Τὰ πάει στὸ εἴδωλο μπροστά. Ὅσα θυμᾶται μέλη
τῆς ἱκεσίας ψάλλει, ἄκρες, μέσες. Ἡ κουτὴ
δὲν νοιώθει ποὺ τὸν μαῦρον δαίμονα λίγο τὸν μέλει
ἂν γιάνει ἢ ἂν δὲν γιάνει ἕνας Χριστιανός.

ΜΕΣΑ ΣΤΑ ΚΑΠΗΛΕΙΑ –

Μέσα στὰ καπηλειὰ   καὶ τὰ χαμαιτυπεῖα
τῆς Βηρυτοῦ κυλιέμαι.   Δὲν ἤθελα νὰ μένω
στὴν Ἀλεξάνδρεια ἐγώ.   Μ' ἄφισεν ὁ Ταμίδης·
κ' ἐπῆγε μὲ τοῦ Ἐπάρχου   τὸν υἱὸ γιὰ ν' ἀποκτήσει
μιὰ ἔπαυλι στὸν Νεῖλο,   ἕνα μέγαρον στὴν πόλιν.
Δὲν ἔκανε νὰ μένω   στὴν Ἀλεξάνδρεια ἐγώ. –
Μέσα στὰ καπηλειὰ   καὶ τὰ χαμαιτυπεῖα
τῆς Βηρυτοῦ κυλιέμαι.   Μὲς σ' εὐτελῆ κραιπάλη
διάγω ποταπῶς.   Τὸ μόνο ποὺ μὲ σώζει
σὰν ἐμορφιὰ διαρκής,   σὰν ἄρωμα ποὺ ἐπάνω
στὴν σάρκα μου ἔχει μείνει,   εἶναι ποὺ εἶχα δυὸ χρόνια
δικό μου τὸν Ταμίδη,   τὸν πιὸ ἐξαίσιο νέο,
δικό μου ὄχι γιὰ σπίτι   ἢ γιὰ ἔπαυλι στὸν Νεῖλο.

Sta molto male. I genitori tremano.

E trema, per la vita del suo Clito,
una vecchia fantesca che lo crebbe.
Nell'angoscia terribile,
le viene a mente un idolo che venerò piccina,
prima d'entrare in quella casa illustre
di cristiani e abbracciare il cristianesimo.
Reca furtiva all'idolo le focacce sacrali,
e vino, e miele. Recita suppliche rituali,
come ricorda, a briciole. E non capisce, stolta,
che a quell'idolo nero nulla cale
se un cristiano guarisce o non guarisce.

IN MEZZO ALLE TAVERNE

In mezzo alle taverne e ai bordelli di Bèrito
mi vado rotolando. Non volevo restare
ad Alessandria, io. Tamide m'ha lasciato:
se n'è andato col figlio del prefetto, per prendersi
una villa sul Nilo, un palazzo in città.
Non potevo restare ad Alessandria, io.
In mezzo alle taverne e ai bordelli di Bèrito
mi vado rotolando. In una vile crapula
vivo, come che sia. Una cosa mi salva,
come beltà durevole, come aroma superstite
sulle mie carni; ed è che fu mio, per due anni,
Tamide, il giovinetto piú splendido, fu mio,
e non per una casa o una villa sul Nilo.

ΣΟΦΙΣΤΗΣ ΑΠΕΡΧΟΜΕΝΟΣ ΕΚ ΣΥΡΙΑΣ

Δόκιμε σοφιστὴ ποὺ ἀπέρχεσαι ἐκ Συρίας
καὶ περὶ Ἀντιοχείας σκοπεύεις νὰ συγγράψεις,
ἐν τῷ ἔργῳ σου τὸν Μέβη ἀξίζει ν' ἀναφέρεις.
Τὸν φημισμένο Μέβη ποὺ ἀναντιρρήτως εἶναι
ὁ νέος ὁ πιὸ εὐειδής, κι ὁ πιὸ ἀγαπηθεὶς
σ' ὅλην τὴν Ἀντιόχεια. Κανέν' ἀπὸ τοὺς ἄλλους
τοῦ ἰδίου βίου νέους, κανένα δὲν πληρώνουν
τόσο ἀκριβὰ ὡς αὐτόν. Γιὰ νἄχουνε τὸν Μέβη
μονάχα δυό, τρεῖς μέρες πολὺ συχνὰ τὸν δίνουν
ὡς ἑκατὸ στατῆρας. – Εἶπα, Στὴν Ἀντιόχεια·
μὰ καὶ στὴν Ἀλεξάνδρεια, μὰ καὶ στὴν Ρώμη ἀκόμη,
δὲν βρίσκετ' ἕνας νέος ἐράσμιος σὰν τὸν Μέβη.

ΕΝ ΔΗΜΩ ΤΗΣ ΜΙΚΡΑΣ ΑΣΙΑΣ

Ἡ εἰδήσεις γιὰ τὴν ἔκβασι τῆς ναυμαχίας, στὸ Ἄκτιον,
ἦσαν βεβαίως ἀπροσδόκητες.
Ἀλλὰ δὲν εἶναι ἀνάγκη νὰ συντάξουμε νέον ἔγγραφον.
Τ' ὄνομα μόνον ν' ἀλλαχθεῖ. Ἀντίς, ἐκεῖ
στὲς τελευταῖες γραμμές, «Λυτρώσας τοὺς Ρωμαίους
ἀπ' τὸν ὀλέθριον Ὀκτάβιον,
τὸν δίκην παρῳδίας Καίσαρα»,
τώρα θὰ βάλουμε «Λυτρώσας τοὺς Ρωμαίους
ἀπ' τὸν ὀλέθριον Ἀντώνιον».
Ὅλο τὸ κείμενον ταιριάζει ὡραῖα.

«Στὸν νικητήν, τὸν ἐνδοξότατον,
τὸν ἐν παντὶ πολεμικῷ ἔργῳ ἀνυπέρβλητον,
τὸν θαυμαστὸν ἐπὶ μεγαλουργίᾳ πολιτικῇ,
ὑπὲρ τοῦ ὁποίου ἐνθέρμως εὔχονταν ὁ δῆμος

SOFISTA CHE LASCIA LA SIRIA

O sofista illustrissimo che lasci ora la Siria
e mediti di scrivere sopra Antiochia, bada!
Nel tuo libro, di Mevis devi fare menzione,
di quel famoso Mevis che, senza discussione,
è il piú bel giovinetto, sugli altri prediletto
in Antiochia tutta. Nessun altro, fra i giovani
che fanno la medesima vita, costa sí caro
prezzo. Dànno persino, per possedere Mevis
solo due giorni o tre, gli dànno, molto spesso,
fino a 100 stateri. Ad Antiochia, ho detto.
Ma se frughi Alessandria e vai finanche a Roma,
non trovi un altro amabile giovine come Mevis.

IN UN DEMO DELL'ASIA MINORE

Le notizie sull'esito della battaglia d'Azio
erano inaspettate.
Ma non è necessario comporre un testo nuovo.
Basta cambiare il nome. Cosí, là
nelle ultime righe: « Liberati i Romani
da quel nefasto Ottavio,
dal Cesare da burla »,
metteremo cosí: « Liberati i Romani
da quel nefasto Antonio ».
Tutto il resto va bene.

« Al vincitore, al gloriosissimo,
in ogni evento bellico invincibile,
stupendo per grandezza di politiche gesta,
per cui di cuore il demo s'augurava

τὴν ἐπικράτησι τοῦ ᾽Αντωνίου»
ἐδῶ, ὅπως εἴπαμεν, ἡ ἀλλαγή: «τοῦ Καίσαρος
ὡς δῶρον τοῦ Διὸς κάλλιστον θεωρῶν –
στὸν κραταιὸ προστάτη τῶν Ἑλλήνων,
τὸν ἔθη ἑλληνικὰ εὐμενῶς γεραίροντα·
τὸν προσφιλῆ ἐν πάσῃ χώρᾳ ἑλληνικῇ,
τὸν λίαν ἐνδεδειγμένον γιὰ ἔπαινο περιφανῆ,
καὶ γιὰ ἐξιστόρησι τῶν πράξεών του ἐκτενῆ
ἐν λόγῳ ἑλληνικῷ κ᾽ ἐμμέτρῳ καὶ πεζῷ·
ἐ ν λ ό γ ῳ ἑ λ λ η ν ι κ ῷ ποὺ εἶν᾽ ὁ φορεὺς τῆς φήμης»,
καὶ τὰ λοιπά, καὶ τὰ λοιπά. Λαμπρὰ ταιριάζουν ὅλα.

Ο ΙΟΥΛΙΑΝΟΣ ΚΑΙ ΟΙ ΑΝΤΙΟΧΕΙΣ

῏Ητανε δυνατὸν ποτὲ ν᾽ ἀπαρνηθοῦν
τὴν ἔμορφή τους διαβίωσι· τὴν ποικιλία
τῶν καθημερινῶν τους διασκεδάσεων· τὸ λαμπρό τους
θέατρον ὅπου μιὰ ἕνωσις ἐγένονταν τῆς Τέχνης
μὲ τὲς ἐρωτικὲς τῆς σάρκας τάσεις!

᾽Ανήθικοι μέχρι τινὸς – καὶ πιθανὸν μέχρι πολλοῦ –
ἦσαν. ᾽Αλλ᾽ εἶχαν τὴν ἱκανοποίησι ποὺ ὁ βίος τους
ἦταν ὁ π ε ρ ι λ ά λ η τ ο ς βίος τῆς ᾽Αντιοχείας,
ὁ ἐνήδονος, ὁ ἀπόλυτα καλαίσθητος.
Νὰ τ᾽ ἀρνηθοῦν αὐτά, γιὰ νὰ προσέξουν κιόλας τί;

Τὲς περὶ τῶν ψευδῶν θεῶν ἀερολογίες του,
τὲς ἀνιαρὲς περιαυτολογίες·
τὴν παιδαριώδη του θεατροφοβία·
τὴν ἄχαρι σεμνοτυφία του· τὰ γελοῖα του γένεια.

῏Α βέβαια προτιμούσανε τὸ Χῖ,
ἃ βέβαια προτιμούσανε τὸ Κάππα· ἑκατὸ φορές.

la vittoria d'Antonio »
– qui si cambia – « di Cesare
come superbo dono degli dei –
al possente patrono degli Elleni
che benigno protegge le tradizioni elleniche,
al beneamato in ogni terra ellenica,
eccelso segno di cospicue lodi
e di diffuse narrazioni storiche
in ellenica lingua, in versi e prosa,
in ellenica lingua, che nunzia è della fama »
eccetera, eccetera. Va tutto a meraviglia.

GIULIANO E GLI ANTIOCHENI

Ma possibile mai che rinnegassero
la loro vita splendida, la varietà dei loro
quotidiani diletti, il loro fulgido
teatro, dove l'Arte era una cosa sola
con i trasporti erotici?

Immorali lo erano, non poco (forse molto).
Pure, avevano un vanto: quella vita
era la decantata vita d'Antiochia,
di voluttà, di gusto inimitabile.
E ora, rinnegare tutto? E dove rivolgersi?

Ai vaniloqui sugli dei falsi e bugiardi,
alle sue ciance uggiose su se stesso,
alla puerile fobia del teatro, alla sua
austerità sgraziata, alla barba ridicola?

Oh, certo, meglio il Chi.
Oh, certo, meglio il Cappa. Cento volte.

ΜΕΓΑΛΗ ΣΥΝΟΔΕΙΑ ΕΞ ΙΕΡΕΩΝ ΚΑΙ ΛΑΪΚΩΝ

Ἐξ ἱερέων καὶ λαϊκῶν μιὰ συνοδεία,
ἀντιπροσωπευμένα πάντα τὰ ἐπαγγέλματα,
διέρχεται ὁδούς, πλατέες, καὶ πύλες
τῆς περιωνύμου πόλεως Ἀντιοχείας.

Στῆς ἐπιβλητικῆς, μεγάλης συνοδείας τὴν ἀρχὴ
ὡραῖος, λευκοντυμένος ἔφηβος βαστᾶ
μὲ ἀνυψωμένα χέρια τὸν Σταυρόν,
τὴν δύναμιν καὶ τὴν ἐλπίδα μας, τὸν ἅγιον Σταυρόν.

Οἱ ἐθνικοί, οἱ πρὶν τοσοῦτον ὑπερφίαλοι,
συνεσταλμένοι τώρα καὶ δειλοὶ μὲ βίαν
ἀπομακρύνονται ἀπὸ τὴν συνοδείαν.
Μακρὰν ἡμῶν, μακρὰν ἡμῶν νὰ μένουν πάντα
(ὅσο τὴν πλάνη τους δὲν ἀπαρνοῦνται). Προχωρεῖ
ὁ ἅγιος Σταυρός. Εἰς κάθε συνοικίαν
ὅπου ἐν θεοσεβείᾳ ζοῦν οἱ Χριστιανοὶ
φέρει παρηγορίαν καὶ χαρά:
βγαίνουν, οἱ εὐλαβεῖς, στὲς πόρτες τῶν σπιτιῶν τους
καὶ πλήρεις ἀγαλλιάσεως τὸν προσκυνοῦν –
τὴν δύναμιν, τὴν σωτηρίαν τῆς οἰκουμένης, τὸν Σταυρόν. –

Εἶναι μιὰ ἐτήσια ἑορτὴ Χριστιανική.
Μὰ σήμερα τελεῖται, ἰδού, πιὸ ἐπιφανῶς.
Λυτρώθηκε τὸ κράτος ἐπὶ τέλους.
Ὁ μιαρότατος, ὁ ἀποτρόπαιος
Ἰουλιανὸς δὲν βασιλεύει πιά.

Ὑπὲρ τοῦ εὐσεβεστάτου Ἰοβιανοῦ εὐχηθῶμεν.

GRAN PROCESSIONE D'ECCLESIASTICI E LAICI

D'ecclesiastici e laici una gran processione
(rappresentate tutte le categorie)
sfila per strade e piazze e porte
della famosa città d'Antiochia.

In testa all'imponente processione
un efebo bellissimo biancovestito regge
con le mani levate la Croce,
nostra forza e speranza, la Santissima Croce.

I pagani, già tanto tracotanti,
e ora tutti riservati e timidi,
s'allontanano in fretta dal corteo.
E lontano, lontano da noi restino sempre
(fino a che non abiurino il loro errore). Avanza
la Santissima Croce. E per ogni quartiere
dove divotamente vivono i cristiani
reca conforto e gioia:
escono, i pii, sugli usci
e pieni d'esultanza adorano
la forza, la salute del mondo, la Croce.

È una festa annuale dei cristiani.
Ma oggi, ecco, si celebra con piú cospicua pompa.
È libero lo Stato, finalmente!
Il sozzo, abominevole Giuliano
ormai non regna piú.

Preghiamo per il piissimo Gioviano.

ΙΕΡΕΥΣ ΤΟΥ ΣΕΡΑΠΙΟΥ

Τὸν γέροντα καλὸν πατέρα μου,
τὸν ἀγαπῶντα με τὸ ἴδιο πάντα·
τὸν γέροντα καλὸν πατέρα μου θρηνῶ
ποὺ πέθανε προχθές, ὀλίγο πρὶν χαράξει.

Ἰησοῦ Χριστέ, τὰ παραγγέλματα
τῆς ἱεροτάτης ἐκκλησίας σου νὰ τηρῶ
εἰς κάθε πρᾶξιν μου, εἰς κάθε λόγον,
εἰς κάθε σκέψι εἶν' ἡ προσπάθεια μου
ἡ καθημερινή. Κι ὅσους σὲ ἀρνοῦνται
τοὺς ἀποστρέφομαι. – Ἀλλὰ τώρα θρηνῶ·
ὀδύρομαι, Χριστέ, γιὰ τὸν πατέρα μου
μ' ὅλο ποὺ ἦτανε – φρικτὸν εἰπεῖν –
στὸ ἐπικατάρατον Σεράπιον ἱερεύς.

ΑΝΝΑ ΔΑΛΑΣΣΗΝΗ

Εἰς τὸ χρυσόβουλλον ποὺ ἔβγαλ' ὁ Ἀλέξιος Κομνηνὸς
γιὰ νὰ τιμήσει τὴν μητέρα του ἐπιφανῶς,
τὴν λίαν νοήμονα Κυρίαν Ἄννα Δαλασσηνὴ –
τὴν ἀξιόλογη στὰ ἔργα της, στὰ ἤθη –
ὑπάρχουν διάφορα ἐγκωμιαστικά:
ἐδῶ ἂς μεταφέρουμε ἀπὸ αὐτὰ
μιὰ φράσιν ἔμορφην, εὐγενικὴ
«Οὐ τὸ ἐμὸν ἢ τὸ σόν, τὸ ψυχρὸν τοῦτο ρῆμα, ἐρρήθη».

SACERDOTE DI SERAPIDE

Mio padre, il vecchio buono,
che mi volle lo stesso bene sempre,
mio padre, il vecchio buono piango,
che ieri l'altro è morto, avanti l'alba.

Cristo Gesú! Fa che sempre ai dettami
della tua Santa Chiesa io tenga fede,
in ogni azione e parola e pensiero.
È questo il mio quotidiano sforzo.
E quanti ti rinnegano
li aborro. Eppure gemo:
Cristo, piango la morte di mio padre,
sebbene fosse (è spaventoso a dirsi) sacerdote
nell'esecrando tempio di Serapide.

ANNA DALASSENA

Alessio Comneno promulgò una bolla d'oro
per rendere alla madre un alto onore,
alla saggissima sovrana, ad Anna Dalassena,
nei costumi e nell'opere perfetta.
Vi sono elogi a iosa.
Riporto una preziosa
e bella frase: ne vale la pena:
« *Il mio* o *il tuo*: parola gelida: tra noi non fu mai detta ».

ΠΑΛΑΙΟΘΕΝ ΕΛΛΗΝΙΣ

Καυχιέται ἡ 'Αντιόχεια   γιὰ τὰ λαμπρά της κτίρια,
καὶ τοὺς ὡραίους της δρόμους· γιὰ τὴν περὶ αὐτὴν
θαυμάσιαν ἐξοχήν,   καὶ γιὰ τὸ μέγα πλῆθος
τῶν ἐν αὐτῇ κατοίκων.   Καυχιέται ποὺ εἶν' ἡ ἕδρα
ἐνδόξων βασιλέων·   καὶ γιὰ τοὺς καλλιτέχνας
καὶ τοὺς σοφοὺς ποὺ ἔχει,   καὶ γιὰ τοὺς βαθυπλούτους
καὶ γνωστικοὺς ἐμπόρους.   Μὰ πιὸ πολὺ ἀσυγκρίτως
ἀπ' ὅλα, ἡ 'Αντιόχεια   καυχιέται ποὺ εἶναι πόλις
παλαιόθεν ἑλληνίς·   τοῦ ῎Αργους συγγενής:
ἀπ' τὴν 'Ιώνη ποὺ   ἱδρύθη ὑπὸ 'Αργείων
ἀποίκων πρὸς τιμὴν   τῆς κόρης τοῦ 'Ινάχου.

ΜΕΡΕΣ ΤΟΥ 1901

Τοῦτο εἰς αὐτὸν ὑπῆρχε τὸ ξεχωριστό,
ποὺ μέσα σ' ὅλην του τὴν ἔκλυσι
καὶ τὴν πολλήν του πεῖραν ἔρωτος,
παρ' ὅλην τὴν συνειθισμένη του
στάσεως καὶ ἡλικίας ἐναρμόνισιν,
ἐτύχαιναν στιγμὲς – πλὴν βέβαια
σπανιότατες – ποὺ τὴν ἐντύπωσιν
ἔδιδε σάρκας σχεδὸν ἄθικτης.

Τῶν εἴκοσι ἐννιά του χρόνων ἡ ἐμορφιὰ
ἡ τόσο ἀπὸ τὴν ἡδονὴ δοκιμασμένη,
ἦταν στιγμὲς ποὺ θύμιζε παράδοξα
ἔφηβο ποὺ – κάπως ἀδέξια – στὴν ἀγάπη
πρώτη φορὰ τὸ ἁγνό του σῶμα παραδίδει.

DA TEMPO ANTICO ELLENICA

Antiochia si vanta delle sue case fulgide,
delle sue belle strade, della campagna splendida
che la cinge, del numero sterminato di gente
che l'abita. Si vanta d'essere la dimora
di gloriosi re, e di tutti gli artisti
e saggi che possiede, e dei suoi sagacissimi,
opulenti mercanti. Ma incomparabilmente
di piú, di piú si vanta d'essere una città
da tempo antico ellenica, e consanguinea d'Argo:
per tramite di Ione, che da coloni argivi
fu fondata, in onore della figliola d'Ínaco.

GIORNI DEL 1901

Questo c'era di singolare in lui:
in mezzo a tutta la dissolutezza
e alla copiosa pratica d'amore,
e sebbene il contegno in consueta
armonia con l'età si componesse,
c'erano istanti – certo, estremamente
rari – che dava il senso
di quasi intatte carni.

Dei suoi ventinove anni la bellezza,
tanto provata dalla voluttà,
stranamente evocava, per attimi, un efebo
che, un po' goffo, all'amore
la prima volta il casto corpo cede.

ΔΥΟ ΝΕΟΙ, 23 ΕΩΣ 24 ΕΤΩΝ

Ἀπ' τὲς δεκάμιση ἤτανε στὸ καφενεῖον,
καὶ τὸν περίμενε σὲ λίγο νὰ φανεῖ.
Πῆγαν μεσάνυχτα – καὶ τὸν περίμενεν ἀκόμη.
Πῆγεν ἡ ὥρα μιάμιση· εἶχε ἀδειάσει
τὸ καφενεῖον ὁλοτελῶς σχεδόν.
Βαρέθηκεν ἐφημερίδες νὰ διαβάζει
μηχανικῶς. Ἀπ' τὰ ἔρημα, τὰ τρία σελίνια του
ἔμεινε μόνον ἕνα: τόση ὥρα ποὺ περίμενε
ξόδιασε τ' ἄλλα σὲ καφέδες καὶ κονιάκ.
Κάπνισεν ὅλα του τὰ σιγαρέτα.
Τὸν ἐξαντλοῦσε ἡ τόση ἀναμονή. Γιατὶ
κιόλας μονάχος ὅπως ἦταν γιὰ ὧρες, ἄρχισαν
νὰ τὸν καταλαμβάνουν σκέψεις ὀχληρὲς
τῆς παραστρατημένης του ζωῆς.

Μὰ σὰν εἶδε τὸν φίλο του νὰ μπαίνει – εὐθὺς
ἡ κούρασις, ἡ ἀνία, ἡ σκέψεις φύγανε.

Ὁ φίλος του ἔφερε μιὰ ἀνέλπιστη εἴδησι.
Εἶχε κερδίσει στὸ χαρτοπαικτεῖον ἑξήντα λίρες.

Τὰ ἔμορφά τους πρόσωπα, τὰ ἐξαίσια τους νειάτα,
ἡ αἰσθητικὴ ἀγάπη ποὺ εἶχαν μεταξύ τους,
δροσίσθηκαν, ζωντάνεψαν, τονώθηκαν
ἀπ' τὲς ἑξήντα λίρες τοῦ χαρτοπαικτείου.

Κι ὅλο χαρὰ καὶ δύναμις, αἴσθημα κι ὡραιότης
πῆγαν – ὄχι στὰ σπίτια τῶν τιμίων οἰκογενειῶν τους
(ὅπου, ἄλλωστε, μήτε τοὺς θέλαν πιά):
σ' ἕνα γνωστό τους, καὶ λίαν εἰδικό,
σπίτι τῆς διαφθορᾶς πήγανε καὶ ζητῆσαν
δωμάτιο ὕπνου, κι ἀκριβὰ πιοτά, καὶ ξαναήπιαν.

DUE GIOVANI FRA I 23 E I 24 ANNI

Fin dalle dieci e mezza stava nel caffè.
L'aspettava: fra poco, certo sarebbe entrato...
Mezzanotte: aspettava ancora. L'una
e mezza: s'era vuotato
il caffè, quasi tutto.
E si stancò di leggere i giornali
macchinalmente. Dei tre miseri scellini
ne restò uno: in tutta quell'attesa
spese gli altri in liquori e caffè.
E fumò tutte le sue sigarette.
Lo stremava l'attesa tanto lunga. Da solo,
cosí, per ore e ore...
lo presero le riflessioni amare
della vita sviata.

Ma, come vide entrare l'amico suo, d'un tratto
stanchezza, crucci, riflessioni dileguarono.

Recò, l'amico, una notizia inaspettata: aveva
vinto sessanta lire nella bisca.

Ed ecco, i loro visi belli, le giovinezze
squisite, il loro sensuoso amore
s'avvivano, s'accendono, s'esaltano
con le sessanta lire della bisca.

E, tutti gioia e forza, sentimento e beltà,
andarono - non già alle loro onorate
case (non li volevano, del resto, piú): in un luogo
che sapevano loro, e molto riservato,
di malaffare. Andarono, e chiesero una camera,
e bevande costose, e bevvero, di nuovo.

Καὶ σὰν σωθῆκαν τ' ἀκριβὰ πιοτά,
καὶ σὰν πλησίαζε πιὰ ἡ ὥρα τέσσερες,
στὸν ἔρωτα δοθῆκαν εὐτυχεῖς.

ΜΕΡΕΣ ΤΟΥ 1896

Ἐξευτελίσθη πλήρως. Μιὰ ἐρωτικὴ ροπή του
λίαν ἀπαγορευμένη καὶ περιφρονημένη
(ἔμφυτη μολοντοῦτο) ὑπῆρξεν ἡ αἰτία:
ἦταν ἡ κοινωνία σεμνότυφη πολύ.
Ἔχασε βαθμηδὸν τὸ λιγοστό του χρῆμα·
κατόπι τὴ σειρά, καὶ τὴν ὑπόληψί του.
Πλησίαζε τὰ τριάντα χωρὶς ποτὲ ἕναν χρόνο
νὰ βγάλει σὲ δουλειά, τουλάχιστον γνωστή.
Ἐνίοτε τὰ ἔξοδά του τὰ κέρδιζεν ἀπὸ
μεσολαβήσεις ποὺ θεωροῦνται ντροπιασμένες.
Κατήντησ' ἕνας τύπος ποὺ ἂν σ' ἔβλεπαν μαζύ του
συχνά, ἦταν πιθανὸν μεγάλως νὰ ἐκτεθεῖς.

Ἀλλ' ὄχι μόνον τοῦτα· δὲν θάτανε σωστό.
Ἀξίζει παραπάνω τῆς ἐμορφιᾶς του ἡ μνήμη.
Μιὰ ἄποψις ἄλλη ὑπάρχει ποὺ ἂν ἰδωθεῖ ἀπὸ αὐτὴν
φαντάζει, συμπαθής· φαντάζει, ἁπλὸ καὶ γνήσιο
τοῦ ἔρωτος παιδί, ποὺ ἄνω ἀπ' τὴν τιμή,
καὶ τὴν ὑπόληψί του ἔθεσε ἀνεξετάστως
τῆς καθαρῆς σαρκός του τὴν καθαρὴ ἡδονή.

Ἀπ' τὴν ὑπόληψί του; Μὰ ἡ κοινωνία ποὺ ἦταν
σεμνότυφη πολὺ συσχέτιζε κουτά.

Finite le bevande costose – erano prossime
ormai le quattro –
nell'amore s'immersero felici.

GIORNI DEL 1896

Si degradò, del tutto. Una tendenza erotica
anche troppo vietata, anche troppo spregiata
(insita, tuttavia), ne fu cagione vera.
Puritana e severa era la società.
Perse gradatamente tutti gli esigui averi,
e anche il posto, in seguito, e la riputazione.
S'avvicinava ai trenta. Nessuna attività
per un anno di seguito (confessabile, almeno).
A sbarcare il lunario ci riusciva, talora,
con qualche senseria considerata infame.
Si rischiava d'esporre parecchio il proprio nome,
mostrandosi sovente con un soggetto simile.

Eppure, non è tutto, non è giusto. Piú ancora
giova fare parola, qui, della sua bellezza.
Se si guardi in un'altra prospettiva, egli allora
apparirà simpatico: creatura schietta, autentica
d'amore apparirà: quasi inconscio, di là
dalla riputazione e dall'onore, pose
della sua pura carne la pura voluttà.

Ma la riputazione? Puritana e severa
era la società. E commentava, a vanvera.

ΕΝΑΣ ΝΕΟΣ ΤΗΣ ΤΕΧΝΗΣ ΤΟΥ ΛΟΓΟΥ – ΣΤΟ 24ΟΝ ΕΤΟΣ ΤΟΥ

Ὅπως μπορεῖς πιὰ δούλεψε, μυαλό. –
Τὸν φθείρει αὐτὸν μιὰ ἀπόλαυσις μισή.
Εἶναι σὲ μιὰ κατάστασι ἐκνευριστική.
Φιλεῖ τὸ πρόσωπο τὸ ἀγαπημένο κάθε μέρα,
τὰ χέρια του εἶναι πάνω στὰ πιὸ ἐξαίσια μέλη.
Ποτέ του δὲν ἀγάπησε μὲ τόσο μέγα
πάθος. Μὰ λείπει ἡ ὡραία πραγμάτωσις
τοῦ ἔρωτος· λείπει ἡ πραγμάτωσις
ποὺ πρέπει νἆναι κι ἀπ' τοὺς δυὸ μ' ἔντασιν ἐπιθυμητή.

(Δὲν εἶν' ὁμοίως δοσμένοι στὴν ἀνώμαλη ἡδονὴ κ' οἱ δυό.
Μονάχ' αὐτὸν κυρίεψε ἀπολύτως).

Καὶ φθείρεται, καὶ νεύριασε ἐντελῶς.
'Εξ ἄλλου εἶναι κι ἄεργος· κι αὐτὸ πολὺ συντείνει.
Κάτι μικρὰ χρηματικὰ ποσὰ
μὲ δυσκολία δανείζεται (σχεδὸν
τὰ ζητιανεύει κάποτε) καὶ ψευτοσυντηρεῖται.
Φιλεῖ τὰ λατρεμένα χείλη· πάνω
στὸ ἐξαίσιο σῶμα – ποὺ ὅμως τώρα νοιώθει
πὼς στέργει μόνον – ἡδονίζεται.
Κ' ἔπειτα πίνει καὶ καπνίζει· πίνει καὶ καπνίζει·
καὶ σέρνεται στὰ καφενεῖα ὁλημερίς,
σέρνει μὲ ἀνία τῆς ἐμορφιᾶς του τὸ μαράζι. –
Ὅπως μπορεῖς πιὰ δούλεψε, μυαλό.

GIOVINE DELL'ARTE DELLA PAROLA NEL SUO 24° ANNO

Anima, e ora come puoi lavora.
Un godimento mutilo lo màcera.
Condizione snervante.
Ogni giorno l'amato viso bacia,
e le sue mani sono là, sulle squisite membra.
Mai, nella vita, amò con tanto forte
febbre. Eppure gli manca la pienezza
dell'amore; gli manca la pienezza
che mutua brama e pari ardore esige.

(Cedimento ineguale a quel piacere anomalo.
Uno soltanto n'è passiva preda).

Si màcera, snervato.
Disoccupato, inoltre: e anche questo fa molto.
Certe piccole somme
ottiene a stento in prestito
(talora quasi mèndica). Vivacchia.
Bacia le labbra adorate: sul corpo
eccelso, che si limita (l'avverte) a consentire,
di voluttà si pasce.
E beve, e fuma. Beve e fuma.
E tutto il giorno si trascina nei caffè:
accorato trascina lo struggimento della sua beltà. –
Anima, e ora come puoi lavora.

ΕΝ ΜΕΓΑΛῌ ΕΛΛΗΝΙΚῌ ΑΠΟΙΚΙᾼ, 200 π. Χ.

Ὅτι τὰ πράγματα δὲν βαίνουν κατ' εὐχὴν στὴν 'Αποικία
δὲν μέν' ἡ ἐλαχίστη ἀμφιβολία,
καὶ μ' ὅλο ποὺ ὁπωσοῦν τραβοῦμ' ἐμπρός,
ἴσως, καθὼς νομίζουν οὐκ ὀλίγοι, νὰ ἔφθασε ὁ καιρὸς
νὰ φέρουμε Πολιτικὸ 'Αναμορφωτή.

Ὅμως τὸ πρόσκομμα κ' ἡ δυσκολία
εἶναι ποὺ κάμνουνε μιὰ ἱστορία
μεγάλη κάθε πρᾶγμα οἱ 'Αναμορφωταὶ
αὐτοί. (Εὐτύχημα θὰ ἦταν ἂν ποτὲ
δὲν τοὺς χρειάζονταν κανείς). Γιὰ κάθε τί,
γιὰ τὸ παραμικρὸ ρωτοῦνε κ' ἐξετάζουν,
κ' εὐθὺς στὸν νοῦ τους ριζικὲς μεταρρυθμίσεις βάζουν,
μὲ τὴν ἀπαίτησι νὰ ἐκτελεσθοῦν ἄνευ ἀναβολῆς.

Ἔχουνε καὶ μιὰ κλίσι στὲς θυσίες.
ΠΑΡΑΙΤΗΘΕΙΤΕ ΑΠΟ ΤΗΝ ΚΤΗΣΙΝ ΣΑΣ ΕΚΕΙΝΗ·
Η ΚΑΤΟΧΗ ΣΑΣ ΕΙΝ' ΕΠΙΣΦΑΛΗΣ:
Η ΤΕΤΟΙΕΣ ΚΤΗΣΕΙΣ ΑΚΡΙΒΩΣ ΒΛΑΠΤΟΥΝ ΤΕΣ ΑΠΟΙΚΙΕΣ.
ΠΑΡΑΙΤΗΘΕΙΤΕ ΑΠΟ ΤΗΝ ΠΡΟΣΟΔΟΝ ΑΥΤΗ,
ΚΙ ΑΠΟ ΤΗΝ ΑΛΛΗΝΑ ΤΗΝ ΣΥΝΑΦΗ,
ΚΙ ΑΠΟ ΤΗΝ ΤΡΙΤΗ ΤΟΥΤΗΝ: ΩΣ ΣΥΝΕΠΕΙΑ ΦΥΣΙΚΗ·
ΕΙΝΑΙ ΜΕΝ ΟΥΣΙΩΔΕΙΣ, ΑΛΛΑ ΤΙ ΝΑ ΓΙΝΕΙ;
ΣΑΣ ΔΗΜΙΟΥΡΓΟΥΝ ΜΙΑ ΕΠΙΒΛΑΒΗ ΕΥΘΥΝΗ.

Κι ὅσο στὸν ἔλεγχό τους προχωροῦνε,
βρίσκουν καὶ βρίσκουν περιττά, καὶ νὰ παυθοῦν ζητοῦνε·
πράγματα ποὺ ὅμως δύσκολα τὰ καταργεῖ κανείς.

Κι ὅταν, μὲ τὸ καλό, τελειώσουνε τὴν ἐργασία,
κι ὁρίσαντες καὶ περικόψαντες τὸ πᾶν λεπτομερῶς,

IN UNA GRANDE COLONIA GRECA, 200 a. C.

Non c'è il minimo dubbio, è palese
che le cose non vanno bene in questo Paese.
Benché tiriamo in qualche modo avanti,
è forse giunto il tempo – come pensano tanti –
di far venire un Gran Riformatore.

Ma qualcosa è d'ostacolo all'impresa:
questi Riformatori hanno pretesa
di fare grandi storie di ciascuna
cosa (poterne fare a meno, che fortuna!).
Sopra questioni di nessun valore
fanno indagini, lunghe inquisizioni,
piani di radicali modificazioni,
e d'attuarli senza remore hanno cura.

Hanno poi una tendenza al sacrifizio:
« *A quel possesso rinunziate: lo dovete!*
La vostra occupazione è malsicura.
Certo, tali possessi recano pregiudizio.
Dovete rinunziare a quest'entrata
e a quest'altra, alla prima strettamente legata,
e a questa pure, che da quelle è derivata.
Sono essenziali, sí. Ma che volete?
Responsabilità ne vengono, e non liete ».

E quanto piú procedono, eccoli reperire
cose e cose superflue, che vogliono abolire.
Sopprimerle, peraltro, è cosa dura.

Partono, se Dio vuole, fatta l'opera attesa,
dopo avere fissato e potato (in contanti

ἀπέλθουν, παίρνοντας καὶ τὴν δικαία μισθοδοσία,
νὰ δοῦμε τί ἀπομένει πιά, μετὰ
τόση δεινότητα χειρουργική. –

Ἴσως δὲν ἔφθασεν ἀκόμη ὁ καιρός.
Νὰ μὴ διαζόμεθα· εἶν' ἐπικίνδυνον πρᾶγμα ἡ δία.
Τὰ πρόωρα μέτρα φέρνουν μεταμέλεια.
Ἔχει ἄτοπα πολλά, δεβαίως καὶ δυστυχῶς, ἡ Ἀποικία.
Ὅμως ὑπάρχει τι τὸ ἀνθρώπινον χωρὶς ἀτέλεια;
Καὶ τέλος πάντων, νά, τραδοῦμ' ἐμπρός.

ΕΙΚΩΝ ΕΙΚΟΣΙΤΡΙΕΤΟΥΣ ΝΕΟΥ ΚΑΜΩΜΕΝΗ ΑΠΟ ΦΙΛΟΝ ΤΟΥ ΟΜΗΛΙΚΑ, ΕΡΑΣΙΤΕΧΝΗΝ

Τελείωσε τὴν εἰκόνα χθὲς μεσημέρι. Τώρα
λεπτομερῶς τὴν δλέπει. Τὸν ἔκανε μὲ γκρίζο
ροῦχο ξεκουμπωμένο, γκρίζο δαθύ· χωρὶς
γελέκι καὶ κραβάτα. Μ' ἕνα τριανταφυλλὶ
πουκάμισο· ἀνοιγμένο, γιὰ νὰ φανεῖ καὶ κάτι
ἀπὸ τὴν ἐμορφιὰ τοῦ στήθους, τοῦ λαιμοῦ.
Τὸ μέτωπο δεξιὰ ὁλόκληρο σχεδὸν
σκεπάζουν τὰ μαλλιά του, τὰ ὡραῖα του μαλλιὰ
(ὡς εἶναι ἡ χτενισιὰ ποὺ προτιμᾶ ἐφέτος).
Ὑπάρχει ὁ τόνος πλήρως ὁ ἡδονιστικὸς
ποὺ θέλησε νὰ δάλει σὰν ἔκανε τὰ μάτια,
σὰν ἔκανε τὰ χείλη... Τὸ στόμα του, τὰ χείλη
ποὺ γιὰ ἐκπληρώσεις εἶναι ἐρωτισμοῦ ἐκλεκτοῦ.

ricevono un compenso giusto, come d'intesa):
vedremo adesso cosa resta, dopo
l'intervento chirurgico saggio e risolutore.

Forse non era il tempo. Via, non siamo zelanti
oltre misura! È un rischio la fretta, nelle imprese.
E dei provvedimenti prematuri ci si pente.
Sono molte le cose storte, ahimè, nel Paese:
ma di perfetto, al mondo, non c'è niente.
E dopo tutto, via, tiriamo avanti.

RITRATTO D'UN GIOVINE VENTITREENNE FATTO DA UN AMICO DILETTANTE, COETANEO

Ha compiuto il ritratto a mezzogiorno, ieri.
L'esamina con cura. L'ha dipinto in un abito
grigio, d'un grigio cupo, e sbottonato, senza
gilè, senza cravatta. Una camicia rosa
tutta aperta, perché tralucesse qualcosa
di quel grande splendore del suo petto, del collo.
Quasi tutta la parte destra della sua fronte
la coprono i capelli, i suoi capelli belli
(con la pettinatura che predilige adesso).
È pienamente reso quel tono sensuale
che si sforzò d'imprimere quando dipinse gli occhi,
quando fece le labbra. La sua bocca, le labbra
fatte per la pienezza di scelte voluttà.

ΟΥΚ ΕΓΝΩΣ

Γιὰ τὲς θρησκευτικές μας δοξασίες –
ὁ κοῦφος Ἰουλιανὸς εἶπεν «Ἀνέγνων, ἔγνων,
κατέγνων». Τάχατες μᾶς ἐκμηδένισε
μὲ τὸ «κατέγνων» του, ὁ γελοιωδέστατος.

Τέτοιες ξυπνάδες ὅμως πέρασι δὲν ἔχουνε σ' ἐμᾶς
τοὺς Χριστιανούς. «Ἀνέγνως, ἀλλ' οὐκ ἔγνως· εἰ γὰρ ἔγνως,
οὐκ ἂν κατέγνως» ἀπαντήσαμεν ἀμέσως.

ΚΙΜΩΝ ΛΕΑΡΧΟΥ, 22 ΕΤΩΝ, ΣΠΟΥΔΑΣΤΗΣ ΕΛΛΗΝΙΚΩΝ ΓΡΑΜΜΑΤΩΝ (ΕΝ ΚΥΡΗΝῌ)

«Τὸ τέλος μου ἐπῆλθε ὅτε ἤμουν εὐτυχής.
Ὁ Ἑρμοτέλης μὲ εἶχε ἀχώριστόν του φίλον.
Τὲς ὕστατές μου μέρες, μ' ὅλο ποὺ προσποιοὔνταν
πὼς δὲν ἀνησυχοῦσε, ἔνοιωνα ἐγὼ συχνὰ
τὰ μάτια του κλαμένα. Σὰν νόμιζε ποὺ λίγο
εἶχ' ἀποκοιμηθεῖ, ἔπεφτεν ὡς ἀλλόφρων
στῆς κλίνης μου τὸ ἄκρον. Ἀλλ' ἤμεθαν κ' οἱ δυὸ
νέοι μιᾶς ἡλικίας, εἴκοσι τριῶ ἐτῶν.
Προδότις εἶναι ἡ Μοῖρα. Ἴσως κανένα πάθος
ἄλλο τὸν Ἑρμοτέλη νἄπαιρνεν ἀπὸ μένα.
Τελείωσα καλῶς· ἐν τῇ ἀμερίστῳ ἀγάπῃ». –

Τὸ ἐπιτύμβιον τοῦτο Μαρύλου Ἀριστοδήμου
ἀποθανόντος πρὸ μηνὸς στὴν Ἀλεξάνδρεια,
ἔλαβα ἐγὼ πενθῶν, ὁ ἐξάδελφός του Κίμων.
Μὲ τὸ ἔστειλεν ὁ γράψας, γνωστός μου ποιητής.
Μὲ τὸ ἔστειλ' ἐπειδὴ ἤξερε συγγενὴς
ὅτ' ἤμουν τοῦ Μαρύλου: δὲν ἤξερε ἄλλο τί.

INTESO, NO

Sulle nostre credenze religiose, il fatuo
Giuliano disse: « Ho letto, ho inteso,
ho condannato ». Quasi ci avesse annichilito
con quel suo « condannato ». Che buffone!

Tali motti non hanno presa su noi cristiani.
Súbito rispondemmo: « Hai letto; inteso, no:
se avessi inteso non avresti condannato ».

CIMONE, FIGLIO DI LEARCO, VENTIDUENNE, STUDIOSO DI LETTERE GRECHE (A CIRENE)

« Venuta è la mia fine quand'ero pienamente
felice. Inseparabile amico fui d'Ermòtele.
Se fingeva, negli ultimi giorni della mia vita,
di non essere in pena, io gli vedevo spesso
le lacrime negli occhi. Se mi credeva un poco
addormentato, súbito piombava, come pazzo,
ai piedi del mio letto. Giovani tutti e due:
avevamo la stessa età, ventitré anni.
La Sorte è traditora. Qualche altra passione
forse avrebbe strappato Ermòtele da me.
Io sono morto bene: nell'indiviso amore ».

Epitafio di Màrilo figlio d'Aristodemo,
che in Alessandria è morto un mese fa. Piangendo
l'ho ricevuto io, Cimone, suo cugino.
L'ha mandato l'autore, un poeta a me noto.
E l'ha mandato a me, perché sapeva ch'ero
un parente di Màrilo; e altro non sapeva.

Εἶν' ἡ ψυχή μου πλήρης λύπης γιὰ τὸν Μαρύλο.
Εἴχαμε μεγαλώσει μαζύ, σὰν ἀδελφοί.
Βαθυὰ μελαγχολῶ. Ὁ πρόωρος θάνατός του
κάθε μνησικακίαν μοῦ ἔσβυσ' ἐντελῶς...
κάθε μνησικακίαν γιὰ τὸν Μαρύλο — μ' ὅλο
ποὺ μὲ εἶχε κλέψει τὴν ἀγάπη τοῦ Ἑρμοτέλη,
ποὺ κι ἂν μὲ θέλει τώρα ὁ Ἑρμοτέλης πάλι
δὲν θἆναι διόλου τὸ ἴδιο. Ξέρω τὸν χαρακτῆρα
τὸν εὐπαθῆ ποὺ ἔχω. Τὸ ἴνδαλμα τοῦ Μαρύλου
θἄρχεται ἀνάμεσό μας, καὶ θὰ νομίζω πού
μὲ λέγει, Ἰδοὺ εἶσαι τώρα ἱκανοποιημένος.
Ἰδοὺ τὸν ξαναπῆρες ὡς ἐποθοῦσες, Κίμων.
Ἰδοὺ δὲν ἔχεις πιὰ ἀφορμὴ νὰ μὲ διαβάλλεις.

ΕΝ ΣΠΑΡΤΗ

Δὲν ἤξερεν ὁ βασιλεὺς Κλεομένης, δὲν τολμοῦσε –
δὲν ἤξερε ἕναν τέτοιον λόγο πῶς νὰ πεῖ
πρὸς τὴν μητέρα του: ὅτι ἀπαιτοῦσε ὁ Πτολεμαῖος
γιὰ ἐγγύησιν τῆς συμφωνίας των ν' ἀποσταλεῖ κι αὐτὴ
εἰς Αἴγυπτον καὶ νὰ φυλάττεται·
λίαν ταπεινωτικόν, ἀνοίκειον πρᾶγμα.
Κι ὅλο ἤρχονταν γιὰ νὰ μιλήσει· κι ὅλο δίσταζε.
Κι ὅλο ἄρχιζε νὰ λέγει· κι ὅλο σταματοῦσε.

Μὰ ἡ ὑπέροχη γυναῖκα τὸν κατάλαβε
(εἶχεν ἀκούσει κιόλα κάτι διαδόσεις σχετικές),
καὶ τὸν ἐνθάρρυνε νὰ ἐξηγηθεῖ.
Καὶ γέλασε· κι εἶπε βεβαίως πιαίνει.
Καὶ μάλιστα χαίρονταν ποὺ μποροῦσε νἆναι
στὸ γῆρας της ὠφέλιμη στὴν Σπάρτη ἀκόμη.

Tutta l'anima ho piena di dolore per Màrilo.
Eravamo cresciuti come fratelli, insieme.
Sono profondamente triste, la sua precoce
scomparsa ha cancellato dal mio cuore per sempre
i rancori per Màrilo, tutti i rancori – eppure
lui mi rubò l'amore d'Ermòtele, per sempre.
Oramai, se mi vuole Ermòtele di nuovo,
oh! non sarà mai piú lo stesso. Mi conosco:
sono troppo sensibile. Il fantasma di Màrilo
in mezzo a noi verrà. Mi sembrerà d'udirlo
dire: Sei soddisfatto finalmente, Cimone.
Tu te lo sei ripreso, ecco, come volevi.
Ecco, non hai piú scuse per dir male di me.

A SPARTA

Non sapeva, Cleòmene, non aveva coraggio –
non sapeva, un discorso simile, come farlo
alla madre: a suggello dell'accordo
Tolemeo richiedeva ch'ella fosse inviata
in Egitto, e tenuta sotto custodia: clausola
troppo umiliante, indegna.
E sempre, come andava per dirglielo, esitava.
E sempre cominciava a parlare e si fermava.

Ma quella donna eletta lo capí
(qualche voce era giunta fino a lei),
e gli fece coraggio, perché dicesse tutto.
E rise. E disse che sí, andava, certamente.
Anzi, si rallegrava di potere
essere ancora utile, nella vecchiezza, a Sparta.

Όσο γιὰ τὴν ταπείνωσι — μὰ ἀδιαφοροῦσε.
Τὸ φρόνημα τῆς Σπάρτης ἀσφαλῶς δὲν ἦταν ἱκανὸς
νὰ νοιώσει ἕνας Λαγίδης χθεσινός·
ὅθεν κ' ἡ ἀπαίτησίς του δὲν μποροῦσε
πραγματικῶς νὰ ταπεινώσει Δέσποιναν
Ἐπιφανῆ ὡς αὐτήν· Σπαρτιάτου βασιλέως μητέρα.

ΜΕΡΕΣ ΤΟΥ 1909, '10 ΚΑΙ '11

Ἑνὸς τυραννισμένου, πτωχοτάτου ναυτικοῦ
(ἀπὸ νησὶ τοῦ Αἰγαίου Πελάγους) ἦταν υἱός.
Ἐργάζονταν σὲ σιδερᾶ. Παληόρουχα φοροῦσε.
Σχισμένα τὰ ποδήματά του τῆς δουλειᾶς κ' ἐλεεινά.
Τὰ χέρια του ἦσαν λερωμένα ἀπὸ σκουριὲς καὶ λάδια.

Τὸ βραδυνό, σὰν ἔκλειε τὸ μαγαζί,
ἂν ἦταν τίποτε νὰ ἐπιθυμεῖ πολύ,
καμιὰ κραβάτα κάπως ἀκριβή,
καμιὰ κραβάτα γιὰ τὴν Κυριακή,
ἢ σὲ βιτρίνα ἂν εἶχε δεῖ καὶ λαχταροῦσε
κανένα ὡραῖο πουκάμισο μαβί,
τὸ σῶμα του γιὰ ἕνα τάλληρο ἢ δυὸ πουλοῦσε.

Διερωτῶμαι ἂν στοὺς ἀρχαίους καιροὺς
εἶχεν ἡ ἔνδοξη Ἀλεξάνδρεια νέον πιὸ περικαλλῆ,
πιὸ τέλειο ἀγόρι ἀπὸ αὐτὸν — ποὺ πῆε χαμένος:
δὲν ἔγινε, ἐννοεῖται, ἄγαλμά του ἢ ζωγραφιά·
στὸ παληομάγαζο ἑνὸς σιδερᾶ ριχμένος,
γρήγορ' ἀπ' τὴν ἐπίπονη δουλειά,
κι ἀπὸ λαϊκὴ κραιπάλη, ταλαιπωρημένη, εἶχε φθαρεῖ.

Quanto all'umiliazione – che importava?
Che poteva capire, della mentalità
di Sparta, quel sovrano Làgide nato ieri?
La richiesta, perciò, non umiliava
una Sovrana Augusta
com'era lei, d'un re di Sparta madre.

GIORNI DEL 1909, '10 e '11

D'un marinaio d'un'isola egea,
povero, miserabile, era figlio.
Lavorava da un fabbro. Si vestiva
male; pietose, rotte, le scarpe da lavoro.
Le mani sporche di ruggine e d'olio.

A sera, quando – chiusa l'officina –
l'assaliva una voglia peregrina
d'una cravatta fina,
d'una cravatta per la festa, o se in vetrina
aveva visto, e tanto l'invaghiva,
una bella camicia azzurrina,
il corpo per un tallero o due prostituiva.

Io mi domando se nei tempi antichi
la gloriosa Alessandria ebbe piú sopraffina
bellezza, piú perfetto ragazzo. Andò sciupato:
certo, di lui non fecero né statua né pittura.
Rimase in quella squallida bottega, confinato;
e molto presto la fatica dura
e la crapula grama lo trassero a rovina.

ΗΓΕΜΩΝ ΕΚ ΔΥΤΙΚΗΣ ΛΙΒΥΗΣ

Ἄρεσε γενικῶς στὴν Ἀλεξάνδρεια,
τὲς δέκα μέρες ποὺ διέμεινεν αὐτοῦ,
ὁ ἡγεμὼν ἐκ Δυτικῆς Λιβύης
Ἀριστομένης, υἱὸς τοῦ Μενελάου.
Ὡς τ' ὄνομά του, κ' ἡ περιβολή, κοσμίως, ἑλληνική.
Δέχονταν εὐχαρίστως τὲς τιμές, ἀλλὰ
δὲν τὲς ἐπιζητοῦσεν· ἦταν μετριόφρων.
Ἀγόραζε βιβλία ἑλληνικά,
ἰδίως ἱστορικὰ καὶ φιλοσοφικά.
Πρὸ πάντων δὲ ἄνθρωπος λιγομίλητος.
Θἄταν βαθὺς στὲς σκέψεις, διεδίδετο,
κ' οἱ τέτοιοι τὄχουν φυσικὸ νὰ μὴ μιλοῦν πολλά.

Μήτε βαθὺς στὲς σκέψεις ἦταν, μήτε τίποτε.
Ἕνας τυχαῖος, ἀστεῖος ἄνθρωπος.
Πῆρε ὄνομα ἑλληνικό, ντύθηκε σὰν τοὺς Ἕλληνας,
ἔμαθ' ἐπάνω κάτω σὰν τοὺς Ἕλληνας νὰ φέρεται·
κ' ἔτρεμεν ἡ ψυχή του μὴ τυχὸν
χαλάσει τὴν καλούτσικην ἐντύπωσι
μιλῶντας μὲ βαρβαρισμοὺς δεινοὺς τὰ ἑλληνικά,
κ' οἱ Ἀλεξανδρινοὶ τὸν πάρουν στὸ ψιλό,
ὡς εἶναι τὸ συνήθειο τους, οἱ ἀπαίσιοι.

Γι' αὐτὸ καὶ περιορίζονταν σὲ λίγες λέξεις,
προσέχοντας μὲ δέος τὲς κλίσεις καὶ τὴν προφορά·
κ' ἔπληττεν οὐκ ὀλίγον ἔχοντας
κουβέντες στοιβαγμένες μέσα του.

CAPO DELLA LIBIA OCCIDENTALE

Fece buona impressione ad Alessandria,
i dieci giorni che vi si fermò,
quel capo della Libia occidentale,
Aristòmene, figlio di Menelao. Compíto
e greco, come il nome, l'abito.
Volentieri accoglieva gli onori, tuttavia
senza cercarli: era molto modesto.
Comprava opere greche in libreria,
specie di storia e di filosofia.
Soprattutto, era un uomo di poche parole.
Sarà immerso in pensieri profondi, e quella gente
– si diceva – ha un'innata ritrosia.

Né pensieri profondi, né niente. Un omiciattolo
grottesco. S'era messo un nome greco;
camuffato da greco, aveva appreso
a comportarsi come i Greci, suppergiú.
E gli tremava il cuore, per paura
di rovinare tutta l'impressione belloccia,
tradendo nel suo greco la barbarie natia,
e dando esca alle solite beffe
di quegli Alessandrini inesorabili.

Perciò, a poche parole si limitava, attento
alla pronunzia, alla morfologia.
E soffriva non poco
di comprimere dentro tante chiacchiere.

ΕΝ ΠΟΡΕΙΑ ΠΡΟΣ ΤΗΝ ΣΙΝΩΠΗΝ

Ὁ Μιθριδάτης, ἔνδοξος καὶ κραταιός,
μεγάλων πόλεων ὁ κύριος,
κάτοχος ἰσχυρῶν στρατῶν καὶ στόλων,
πηγαίνοντας πρὸς τὴν Σινώπην πέρασε ἀπὸ δρόμον
ἐξοχικὸν πολὺ ἀπόκεντρον
ὅπου ἕνας μάντις εἶχε κατοικίαν.

Ἔστειλεν ἀξιωματικό του ὁ Μιθριδάτης
τὸν μάντι νὰ ρωτήσει πόσα θ' ἀποκτήσει ἀκόμη
στὸ μέλλον ἀγαθά, πόσες δυνάμεις ἄλλες.

Ἔστειλεν ἀξιωματικό του, καὶ μετὰ
πρὸς τὴν Σινώπην τὴν πορεία του ξακολούθησε.

Ὁ μάντις ἀποσύρθηκε σ' ἕνα δωμάτιο μυστικό.
Μετὰ περίπου μισὴν ὥρα βγῆκε
περίφροντις, κ' εἶπε στὸν ἀξιωματικό,
« Ἱκανοποιητικῶς δὲν μπόρεσα νὰ διευκρινίσω.
Κατάλληλη δὲν εἶν' ἡ μέρα σήμερα.
Κάτι σκιώδη πράγματα εἶδα. Δὲν κατάλαβα καλά. –
Μὰ ν' ἀρκεσθεῖ, φρονῶ, μὲ τόσα ποὺ ἔχει ὁ βασιλεύς.
Τὰ περισσότερα εἰς κινδύνους θὰ τὸν φέρουν.
Θυμήσου νὰ τὸν πεῖς αὐτὸ ἀξιωματικέ:
μὲ τόσα ποὺ ἔχει, πρὸς θεοῦ, ν' ἀρκεῖται!
Ἡ τύχη ξαφνικὲς ἔχει μεταβολές.
Νὰ πεῖς στὸν βασιλέα Μιθριδάτη:
λίαν σπανίως βρίσκεται ὁ ἑταῖρος τοῦ προγόνου του
ὁ εὐγενής, ποὺ ἐγκαίρως μὲ τὴν λόγχην γράφει
στὸ χῶμα ἐπάνω τὸ σωτήριον ΦΕΥΓΕ ΜΙΘΡΙΔΑΤΑ».

IN VIAGGIO PER SINOPE

Il glorioso e possente Mitridate,
signore di grandi città,
padrone di gagliardi eserciti e di flotte,
in viaggio per Sinope, passò per una via
campestre, fuori mano,
dove stava di casa un indovino.

Un ufficiale mandò, Mitridate,
a interrogare il vate, quanti acquisti di beni
e di potenza avrebbe fatto ancora.

Un ufficiale mandò, proseguendo
il suo cammino, poi, verso Sinope.

S'appartò l'indovino in una stanza.
E ne uscí, dopo una mezz'ora circa,
pensieroso, e rispose all'ufficiale:
« Tutto non m'è riuscito di discernere.
Giornata sfavorevole: non ho capito bene.
Ma ho visto cose di colore oscuro.
S'appaghi il re di quello che possiede:
ogni conquista gli sarà rischiosa.
Tu rammenta di dirglielo, ufficiale.
Di quello che possiede, per carità!, s'appaghi.
La fortuna ha sovente bruschi rivolgimenti.
Dillo, al re Mitridate: si trova assai di rado
il compagno gentile che l'avo suo trovò:
quello che scrive in terra con la lancia,
a tempo giusto: *Fuggi, Mitridate!* ».

ΜΥΡΗΣ· ΑΛΕΞΑΝΔΡΕΙΑ ΤΟΥ
340 μ. Χ.

Τὴν συμφορὰ ὅταν ἔμαθα, πού ὁ Μύρης πέθανε,
πῆγα στὸ σπίτι του, μ' ὅλο πού τὸ ἀποφεύγω
νὰ εἰσέρχομαι στῶν Χριστιανῶν τὰ σπίτια,
πρὸ πάντων ὅταν ἔχουν θλίψεις ἢ γιορτές.

Στάθηκα σὲ διάδρομο. Δὲν θέλησα
νὰ προχωρήσω πιὸ ἐντός, γιατὶ ἀντελήφθην
πού οἱ συγγενεῖς τοῦ πεθαμένου μ' ἔβλεπαν
μὲ προφανῆ ἀπορίαν καὶ μὲ δυσαρέσκεια.

Τὸν εἶχανε σὲ μιὰ μεγάλη κάμαρη
πού ἀπὸ τὴν ἄκρην ὅπου στάθηκα
εἶδα κομμάτι· ὅλο τάπητες πολύτιμοι,
καὶ σκεύη ἐξ ἀργύρου καὶ χρυσοῦ.

Στέκομουν κ' ἔκλαια σὲ μιὰ ἄκρη τοῦ διαδρόμου.
Καὶ σκέπτομουν πού ἡ συγκεντρώσεις μας κ' ἡ ἐκδρομὲς
χωρὶς τὸν Μύρη δὲν θ' ἀξίζουν πιά·
καὶ σκέπτομουν πού πιὰ δὲν θὰ τὸν δῶ
στὰ ὡραῖα κι ἄσεμνα ξενύχτια μας
νὰ χαίρεται, καὶ νὰ γελᾶ, καὶ ν' ἀπαγγέλλει στίχους
μὲ τὴν τελεία του αἴσθησι τοῦ ἑλληνικοῦ ρυθμοῦ·
καὶ σκέπτομουν πού ἔχασα γιὰ πάντα
τὴν ἐμορφιά του, πού ἔχασα γιὰ πάντα
τὸν νέον πού λάτρευα παράφορα.

Κάτι γρηές, κοντά μου, χαμηλὰ μιλοῦσαν γιὰ
τὴν τελευταία μέρα πού ἔζησε –
στὰ χείλη του διαρκῶς τ' ὄνομα τοῦ Χριστοῦ,
στὰ χέρια του βαστοῦσ' ἕναν σταυρό. –
Μπῆκαν κατόπι μὲς στὴν κάμαρη

MIRIS. ALESSANDRIA
340 d. C.

Come udii la sciagura, la morte di Miris,
andai da lui. (Non metto piede, in genere,
in case di cristiani,
specie quando ci sono lutti, o feste).

Ma rimasi nell'andito. Non volli
addentrarmi di piú: m'avvidi bene
che i parenti del morto mi guardavano
con perplesso disagio.

Lo tenevano in una grande camera
che di laggiú, dal punto dove stavo,
intravvidi: tappeti preziosi,
e suppellettili d'oro e d'argento.

Stavo ritto e piangevo, in fondo all'andito.
Pensavo che le nostre gite, i nostri convegni,
non avrebbero avuto, senza di lui, piú senso.
Pensavo che mai piú l'avrei rivisto
nelle nostre nottate licenziose e belle,
ridere, divertirsi, recitare
versi, col suo perfetto senso del ritmo greco.
Pensavo che per sempre avevo perso
la sua beltà, per sempre avevo perso
il ragazzo adorato alla follia.

Certe vecchie, vicino a me, parlavano sommesso
dell'ultimo suo giorno:
sulle sue labbra sempre il nome di Gesú,
nelle mani una croce.
Nella camera entrarono, piú tardi,

τέσσαρες Χριστιανοὶ ἱερεῖς, κ' ἔλεγαν προσευχὲς
ἐνθέρμως καὶ δεήσεις στὸν 'Ιησοῦν,
ἢ στὴν Μαρίαν (δὲν ξέρω τὴν θρησκεία τους καλά).

Γνωρίζαμε, βεβαίως, ποὺ ὁ Μύρης ἦταν Χριστιανός.
'Από τὴν πρώτην ὥρα τὸ γνωρίζαμε, ὅταν
πρόπερσι στὴν παρέα μας εἶχε μπεῖ.
Μὰ ζοῦσεν ἀπολύτως σὰν κ' ἐμᾶς.
'Απ' ὅλους μας πιὸ ἔκδοτος στὲς ἡδονές·
σκορπῶντας ἀφειδῶς τὸ χρῆμα του στὲς διασκεδάσεις.
Γιὰ τὴν ὑπόληψι τοῦ κόσμου ξένοιαστος,
ρίχνονταν πρόθυμα σὲ νύχτιες ρήξεις στὲς ὁδοὺς
ὅταν ἐτύχαινε ἡ παρέα μας
νὰ συναντήσει ἀντίθετη παρέα.
Ποτὲ γιὰ τὴν θρησκεία του δὲν μιλοῦσε.
Μάλιστα μιὰ φορὰ τὸν εἴπαμε
πὼς θὰ τὸν πάρουμε μαζύ μας στὸ Σεράπιον.
Ὅμως σὰν νὰ δυσαρεστήθηκε
μ' αὐτόν μας τὸν ἀστεϊσμό: θυμοῦμαι τώρα.
Ἆ κι ἄλλες δυὸ φορὲς τώρα στὸν νοῦ μου ἔρχονται.
Ὅταν στὸν Ποσειδῶνα κάμναμε σπονδές,
τραβήχθηκε ἀπ' τὸν κύκλο μας, κ'ἔστρεψε ἀλλοῦ τὸ βλέμμα.
Ὅταν ἐνθουσιασμένος ἕνας μας
εἶπεν, 'Η συντροφιά μας νἆναι ὑπὸ
τὴν εὔνοιαν καὶ τὴν προστασίαν τοῦ μεγάλου,
τοῦ πανωραίου 'Απόλλωνος — ψιθύρισεν ὁ Μύρης
(οἱ ἄλλοι δὲν ἄκουσαν) «τῇ ἐξαιρέσει ἐμοῦ».

Οἱ Χριστιανοὶ ἱερεῖς μεγαλοφώνως
γιὰ τὴν ψυχὴ τοῦ νέου δέονταν. –
Παρατηροῦσα μὲ πόση ἐπιμέλεια,
καὶ μὲ τί προσοχὴν ἐντατικὴ
στοὺς τύπους τῆς θρησκείας τους, ἑτοιμάζονταν
ὅλα γιὰ τὴν χριστιανικὴ κηδεία.

quattro preti cristiani: dicevano preghiere
con gran fervore, e suppliche a Gesú,
o Maria (non conosco bene le loro pratiche).

Lo sapevamo, certo, ch'era cristiano, Miris.
Sin dal primo momento lo sapevamo, quando
nella nostra brigata entrò, due anni fa.
Pure, viveva in tutto e per tutto come noi.
Era, di tutti, il piú sbrigliato nel piacere,
prodigo di danaro negli spassi.
Sempre incurante di rispetti umani,
si gettava di slancio nelle risse notturne
per le vie, quando la nostra brigata
s'imbatteva, per caso, in brigate rivali.
Della sua fede non parlava mai.
Ecco: una volta, gli avevamo detto
che l'avremmo portato al tempio di Serapide
con noi. Parve sgradire
lo scherzo: ora ricordo.
Sí! mi vengono a mente altre due volte:
un giorno facevamo offerte a Posidone:
si ritrasse da noi, distolse l'occhio.
E una volta che, tutto entusiasmato,
uno di noi gridò: La nostra compagnia
sia sotto la benevola tutela del bellissimo,
del grande Apollo – « A eccezione di me »
bisbigliò Miris (gli altri non l'udirono).

I sacerdoti cristiani a gran voce
pregavano per l'anima del giovine.
Io notavo con quanta diligenza
e con quale attenzione tesa e viva
alle forme del culto, s'apprestava
tutto, per quel funerale cristiano.

Κ' ἐξαίφνης μὲ κυρίευσε μιὰ ἀλλόκοτη
ἐντύπωσις. 'Αόριστα, αἰσθάνομουν
σὰν νἄφευγεν ἀπὸ κοντά μου ὁ Μύρης·
αἰσθάνομουν ποὺ ἑνώθη, Χριστιανός,
μὲ τοὺς δικούς του, καὶ ποὺ γένομουν
ξ έ ν ο ς ἐγώ, ξ έ ν ο ς π ο λ ύ · ἔνοιωθα κιόλα
μιὰ ἀμφιβολία νὰ μὲ σιμώνει: μήπως κ' εἶχα γελασθεῖ
ἀπὸ τὸ πάθος μου, καὶ π ά ν τ α τοῦ ἤμουν ξένος. –
Πετάχθηκα ἔξω ἀπ' τὸ φρικτό τους σπίτι,
ἔφυγα γρήγορα πρὶν ἁρπαχθεῖ, πρὶν ἀλλοιωθεῖ
ἀπ' τὴν χριστιανοσύνη τους ἡ θύμησι τοῦ Μύρη.

ΣΤΟΝ ΙΔΙΟ ΧΩΡΟ

Οἰκίας περιβάλλον, κέντρων, συνοικίας
ποὺ βλέπω κι ὅπου περπατῶ· χρόνια καὶ χρόνια.

Σὲ δημιούργησα μὲς σὲ χαρὰ καὶ μὲς σὲ λύπες:
μὲ τόσα περιστατικά, μὲ τόσα πράγματα.

Κ' αἰσθηματοποιήθηκες ὁλόκληρο, γιὰ μένα.

ΑΛΕΞΑΝΔΡΟΣ ΙΑΝΝΑΙΟΣ, ΚΑΙ ΑΛΕΞΑΝΔΡΑ

'Επιτυχεῖς καὶ πλήρως ἱκανοποιημένοι,
ὁ βασιλεὺς 'Αλέξανδρος 'Ιανναῖος,
κ' ἡ σύζυγός του ἡ βασίλισσα 'Αλεξάνδρα
περνοῦν μὲ προπορευομένην μουσικὴν
καὶ μὲ παντοίαν μεγαλοπρέπειαν καὶ χλιδήν,
περνοῦν ἀπ' τὲς ὁδοὺς τῆς 'Ιερουσαλὴμ.

E, d'un tratto, mi vinse un'impressione
strana. Sentivo, indefinitamente,
come se Miris se ne andasse via da me.
Cristiano, lo sentivo ora riunito
con i suoi: divenivo,
io, straniero, straniero affatto. Ed ecco un altro
dubbio sfiorarmi: forse, la passione
m'aveva illuso, gli ero stato straniero sempre?
Corsi via, dalla casa d'incubo, via, di furia,
prima che mi rapissero e cangiassero,
col loro cristianesimo, la memoria di Miris.

NELLO STESSO POSTO

Casa, ritrovi, mio quartiere: ambiente
ch'io vedo, e dove giro: anni dopo anni.

Io t'ho creato nella gioia e nei dolori:
con tanti eventi e tante, tante cose.

E tutto sentimento ti sei fatto, per me.

ALESSANDRO IANNEO E ALESSANDRA

Felici, pienamente soddisfatti,
Alessandro Ianneo re, con la sposa,
la regina Alessandra,
passano – li precede la fanfara
nel grande sfarzo d'una pompa rara –
per piazze e strade di Gerusalemme.

'Ετελεσφόρησε λαμπρῶς τὸ ἔργον
ποὺ ἄρχισαν ὁ μέγας 'Ιούδας Μακκαβαῖος
κ' οἱ τέσσαρες περιώνυμοι ἀδελφοί του·
καὶ ποὺ μετὰ ἀνενδότως συνεχίσθη ἐν μέσῳ
πολλῶν κινδύνων καὶ πολλῶν δυσχερειῶν.
Τώρα δὲν ἔμεινε τίποτε τὸ ἀνοίκειον.
Ἔπαυσε κάθε ὑποταγὴ στοὺς ἀλαζόνας
μονάρχας τῆς 'Αντιοχείας. 'Ιδοὺ
ὁ βασιλεὺς 'Αλέξανδρος 'Ιανναῖος,
κ' ἡ σύζυγός του ἡ βασίλισσα 'Αλεξάνδρα
καθ' ὅλα ἴσοι πρὸς τοὺς Σελευκίδας.
'Ιουδαῖοι καλοί, 'Ιουδαῖοι ἁγνοί, 'Ιουδαῖοι πιστοὶ – πρὸ πάντων.
'Αλλά, καθὼς ποὺ τὸ ἀπαιτοῦν ἡ περιστάσεις,
καὶ τῆς ἑλληνικῆς λαλιᾶς εἰδήμονες·
καὶ μ' Ἕλληνας καὶ μ' ἑλληνίζοντας
μονάρχας σχετισμένοι – πλὴν σὰν ἴσοι, καὶ ν' ἀκούεται.
Τωόντι ἐτελεσφόρησε λαμπρῶς,
ἐτελεσφόρησε περιφανῶς
τὸ ἔργον ποὺ ἄρχισαν ὁ μέγας 'Ιούδας Μακκαβαῖος
κ' οἱ τέσσαρες περιώνυμοι ἀδελφοί του.

ΑΓΕ Ω ΒΑΣΙΛΕΥ ΛΑΚΕΔΑΙΜΟΝΙΩΝ

Δὲν καταδέχονταν ἡ Κρατησίκλεια
ὁ κόσμος νὰ τὴν δεῖ νὰ κλαίει καὶ νὰ θρηνεῖ·
καὶ μεγαλοπρεπὴς ἐβάδιζε καὶ σιωπηλή.
Τίποτε δὲν ἀπόδειχνε ἡ ἀτάραχη μορφή της
ἀπ' τὸν καϋμὸ καὶ τὰ τυράννια της.
Μὰ ὅσο καὶ νἆναι μιὰ στιγμὴ δὲν βάσταξε·
καὶ πρὶν στὸ ἄθλιο πλοῖο μπεῖ νὰ πάει στὴν 'Αλεξάνδρεια,
πῆρε τὸν υἱό της στὸν ναὸ τοῦ Ποσειδῶνος,
καὶ μόνοι σὰν βρεθῆκαν τὸν ἀγκάλιασε

È giunta a un esito magnifico, l'impresa
avviata da Giuda Maccabeo
e dai quattro famosi suoi fratelli,
e proseguita poi tenacemente,
fra mille rischi e mille asperità.
Ormai non è rimasta nessuna stonatura.
Ogni sottomissione a quei monarchi
spacconi d'Antiochia è finita per sempre:
Alessandro Ianneo re, con la sposa,
la regina Alessandra,
ai Selèucidi sono in tutto pari.
In primo luogo, bravi Giudei, santi Giudei, fidi Giudei.
Ma – come vogliono le circostanze –
sono anche esperti di favella greca,
in rapporto con Greci, e con monarchi
grecizzanti – si badi, però: da pari a pari.
È giunta proprio a un esito magnifico,
proprio a un esito splendido,
l'intrapresa avviata da Giuda Maccabeo
e dai quattro famosi suoi fratelli.

FORZA, RE DI SPARTA

D'essere vista in lacrime e lamenti,
Cratesiclea non lo poteva ammettere.
Maestosa incedeva e taciturna.
L'imperturbato aspetto non tradiva,
della sua pena e dell'angoscia, nulla.
Tuttavia, per un attimo, non resse.
Prima d'entrare nella triste nave
per Alessandria, trasse il figlio al tempio
di Posidone. Sola con lui, lo strinse a sé,

καὶ τὸν ἀσπάζονταν, «διαλγοῦντα», λέγει
ὁ Πλούταρχος, «καὶ συντεταραγμένον».
Ὅμως ὁ δυνατός της χαρακτὴρ ἐπάσχισε·
καὶ συνελθοῦσα ἡ θαυμασία γυναῖκα
εἶπε στὸν Κλεομένη «Ἄγε ὦ βασιλεῦ
Λακεδαιμονίων, ὅπως, ἐπὰν ἔξω
γενώμεθα, μηδεὶς ἴδῃ δακρύοντας
ἡμᾶς μηδὲ ἀνάξιόν τι τῆς Σπάρτης
ποιοῦντας. Τοῦτο γὰρ ἐφ' ἡμῖν μόνον·
αἱ τύχαι δέ, ὅπως ἂν ὁ δαίμων διδῷ, πάρεισι».

Καὶ μὲς στὸ πλοῖο μπῆκε, πιαίνοντας πρὸς τὸ «διδῷ».

ΩΡΑΙΑ ΛΟΥΛΟΥΔΙΑ ΚΙ ΑΣΠΡΑ ΩΣ ΤΑΙΡΙΑΖΑΝ ΠΟΛΥ

Μπῆκε στὸ καφενεῖο ὅπου ἐπήγαιναν μαζύ. –
Ὁ φίλος του ἐδῶ πρὸ τριῶ μηνῶν τοῦ εἶπε·
«Δὲν ἔχουμε πεντάρα. Δυὸ πάμπτωχα παιδιὰ
ἤμεθα – ξεπεσμένοι στὰ κέντρα τὰ φθηνά.
Στὸ λέγω φανερά, μὲ σένα δὲν μπορῶ
νὰ περπατῶ. Ἕνας ἄλλος, μάθε το, μὲ ζητεῖ».

Ὁ ἄλλος τοῦ εἶχε τάξει δυὸ φορεσιὲς καὶ κάτι
μεταξωτὰ μαντήλια. – Γιὰ νὰ τὸν ξαναπάρει
ἐχάλασε τὸν κόσμο, καὶ βρῆκε εἴκοσι λίρες.
Ἦλθε ξανὰ μαζύ του γιὰ τὲς εἴκοσι λίρες·
μὰ καί, κοντὰ σ' αὐτές, γιὰ τὴν παληὰ φιλία,
γιὰ τὴν παληὰν ἀγάπη, γιὰ τὸ βαθὺ αἴσθημά των. –
Ὁ «ἄλλος» ἦταν ψεύτης, παληόπαιδο σωστό·
μιὰ φορεσιὰ μονάχα τοῦ εἶχε κάμει, καὶ
μὲ τὸ στανιὸ καὶ τούτην, μὲ χίλια παρακάλια.

e l'abbracciò, « stravolto » – dice
Plutarco – « di dolore e d'emozione ».
Ma il suo forte carattere reagí:
si riprese, la donna mirabile, e disse
a Cleòmene: « Forza, re di Sparta!
Quando saremo fuori,
nessuno ci dovrà vedere piangere
né fare alcuna cosa men che degna
di Sparta. Questo dipende da noi:
quanto alla sorte, è quale Dio vorrà ».

E poi s'imbarca, verso quel « vorrà ».

CANDIDI FIORI E BELLI, STAVANO COSÍ BENE

È tornato al caffè dove andava, con lui.
Qui, l'amico gli disse, proprio tre mesi fa:
« Non abbiamo un centesimo. Due poveri ragazzi
siamo – precipitati in infimi locali.
Io te lo dico chiaro: con te non vado piú
avanti. Vuoi saperlo? C'è un altro, che mi vuole ».

Due vestiti gli aveva promesso, l'altro, e certi
fazzoletti di seta. Per riprenderlo, fece
fuoco e fiamme: trovò venti lire. L'amico
di nuovo andò con lui, per quelle venti lire.
E, inoltre, per la loro vecchia amicizia, il loro
antico amore, il loro sentimento profondo.
Era un bugiardo, « l'altro »: una vera canaglia:
gli aveva fatto solo un vestito, anche quello
contro voglia, per forza, dopo mille preghiere.

Μὰ τώρα πιὰ δὲν θέλει   μήτε τὲς φορεσιές,
καὶ μήτε διόλου τὰ   μεταξωτὰ μαντήλια,
καὶ μήτε εἴκοσι λίρες,   καὶ μήτε εἴκοσι γρόσια.

Τὴν Κυριακὴ τὸν θάψαν,   στὲς δέκα τὸ πρωΐ.
Τὴν Κυριακὴ τὸν θάψαν: πάει ἑβδομὰς σχεδόν.

Στὴν πτωχική του κάσα   τοῦ ἔβαλε λουλούδια,
ὡραῖα λουλούδια κι ἄσπρα   ὡς ταίριαζαν πολὺ
στὴν ἐμορφιά του καὶ   στὰ εἴκοσι δυό του χρόνια.

Ὅταν τὸ βράδυ ἐπῆγεν –   ἔτυχε μιὰ δουλειά,
μιὰ ἀνάγκη τοῦ ψωμιοῦ του –   στὸ καφενεῖον ὅπου
ἐπήγαιναν μαζύ: μαχαῖρι στὴν καρδιά του
τὸ μαῦρο καφενεῖο   ὅπου ἐπήγαιναν μαζύ.

ΡΩΤΟΥΣΕ ΓΙΑ ΤΗΝ ΠΟΙΟΤΗΤΑ –

Ἀπ' τὸ γραφεῖον ὅπου εἶχε προσληφθεῖ
σὲ θέση ἀσήμαντη καὶ φθηνοπληρωμένη
(ὡς ὀκτὼ λίρες τὸ μηνιάτικό του: μὲ τὰ τυχερὰ)
βγῆκε σὰν τέλεψεν ἡ ἔρημη δουλειὰ
ποὺ ὅλο τὸ ἀπόγευμα ἦταν σκυμένος:
βγῆκεν ἡ ὥρα ἑπτά, καὶ περπατοῦσε ἀργὰ
καὶ χάζευε στὸν δρόμο. – Ἔμορφος·
κ' ἐνδιαφέρων: ἔτσι ποὺ ἔδειχνε φθασμένος
στὴν πλήρη του αἰσθησιακὴν ἀπόδοσι.
Τὰ εἴκοσι ἐννιά, τὸν περασμένο μῆνα τὰ εἶχε κλείσει.

Ἐχάζευε στὸν δρόμο, καὶ στὲς πτωχικὲς
παρόδους ποὺ ὁδηγοῦσαν πρὸς τὴν κατοικία του.

Ormai non vuole piú nulla, proprio piú nulla.
Non vuole piú i vestiti, non vuole i fazzoletti
di seta, né le venti lire, né venti soldi.

Domenica, alle dieci l'hanno sepolto. È già
quasi una settimana. Domenica, alle dieci.

Nella misera cassa ha messo pochi fiori:
candidi fiori e belli, stavano cosí bene
a quei suoi ventidue anni, alla sua beltà.

Stasera (s'è trattato d'un lavoretto, d'una
necessità del pane) è tornato al caffè
dove andava con lui. Che coltellata al cuore,
quell'oscuro caffè dove andava, con lui.

E S'INFORMAVA DELLA QUALITÀ

Aveva, in quell'ufficio,
un posto trascurabile, pagato male
(circa otto lire il mese; con gl'incerti).
Uscí, finito quel lavoro squallido
che lo teneva tutto il giorno chino.
Uscí: le sette. Camminava, adagio,
bighellonava per la strada. – Bello,
e interessante: egli appariva giunto
alla resa dei sensi piú matura.
Ventinove anni aveva finito il mese prima.

Bighellonava per la strada, in quelle
viuzze miserabili che portavano a casa.

Περνῶντας ἐμπρὸς σ' ἕνα μαγαζὶ μικρὸ
ὅπου πουλιούνταν κάτι πράγματα
ψεύτικα καὶ φθηνὰ γιὰ ἐργατικούς,
εἶδ' ἐκεῖ μέσα ἕνα πρόσωπο, εἶδε μιὰ μορφὴ
ὅπου τὸν ἔσπρωξαν καὶ εἰσῆλθε, καὶ ζητοῦσε
τάχα νὰ δεῖ χρωματιστὰ μαντήλια

Ρωτοῦσε γιὰ τὴν ποιότητα τῶν μαντηλιῶν
καὶ τί κοστίζουν μὲ φωνὴ πνιγμένη,
σχεδὸν σβυσμένη ἀπ' τὴν ἐπιθυμία.
Κι ἀνάλογα ἦλθαν ἡ ἀπαντήσεις,
ἀφηρημένες, μὲ φωνὴ χαμηλωμένη,
μὲ ὑπολανθάνουσα συναίνεσι.

Ὅλο καὶ κάτι ἔλεγαν γιὰ τὴν πραγμάτεια – ἀλλὰ
μόνος σκοπός: τὰ χέρια των ν' ἀγγίζουν
ἐπάνω ἀπ' τὰ μαντήλια· νὰ πλησιάζουν
τὰ πρόσωπα, τὰ χείλη σὰν τυχαίως·
μιὰ στιγμιαία στὰ μέλη ἐπαφή.

Γρήγορα καὶ κρυφά, γιὰ νὰ μὴ νοιώσει
ὁ καταστηματάρχης ποὺ στὸ βάθος κάθονταν.

ΑΣ ΦΡΟΝΤΙΖΑΝ

Κατήντησα σχεδὸν ἀνέστιος καὶ πένης.
Αὐτὴ ἡ μοιραία πόλις, ἡ Ἀντιόχεια
ὅλα τὰ χρήματά μου τἄφαγε:
αὐτὴ ἡ μοιραία μὲ τὸν δαπανηρό της βίο.

Ἀλλὰ εἶμαι νέος καὶ μὲ ὑγείαν ἀρίστην.
Κάτοχος τῆς ἑλληνικῆς θαυμάσιος

Ma, passando dinanzi a un bugigattolo
pieno di cianfrusaglie dozzinali
per operai, di basso costo, vide
là dentro un viso, vide una figura
che lo spinsero forte a entrare. Ecco: voleva
vedere fazzoletti colorati.

E s'informava della qualità dei fazzoletti
e del prezzo; con voce soffocata
e quasi spenta per il desiderio.
E cosí, le risposte:
assorte, a voce bassa,
con un consentimento tacito.

Parlavano, parlavano dell'affare – ma uno
era lo scopo: un incontro di mani
là, sopra i fazzoletti; uno sfiorare
dei visi, delle labbra, come a caso:
tatto di membra, un attimo.

Furtivamente, rapidamente. Perché il padrone
non s'avvedesse, immobile in fondo al magazzino.

CI AVESSERO PENSATO

Sono ridotto povero e randagio.
Questa città fatale d'Antiochia
m'ha divorato tutto:
fatale, con la sua prodiga vita.

Sono giovane, e d'ottima salute.
E poi posseggo il greco a meraviglia

(ξέρω καὶ παραξέρω 'Αριστοτέλη, Πλάτωνα·
τί ῥήτορας, τί ποιητάς, τί ὅ,τι κι ἂν πεῖς).
'Από στρατιωτικὰ ἔχω μιὰν ἰδέα,
κ' ἔχω φιλίες μὲ ἀρχηγοὺς τῶν μισθοφόρων.
Εἶμαι μπασμένος κάμποσο καὶ στὰ διοικητικά.
Στὴν 'Αλεξάνδρεια ἔμεινα ἕξη μῆνες, πέρσι·
κάπως γνωρίζω (κ' εἶναι τοῦτο χρήσιμον) τὰ ἐκεῖ:
τοῦ Κακεργέτη βλέψεις, καὶ παληανθρωπιές, καὶ τὰ λοιπά.

Ὅθεν φρονῶ πὼς εἶμαι στὰ γεμάτα
ἐνδεδειγμένος γιὰ νὰ ὑπηρετήσω αὐτὴν τὴν χώρα,
τὴν προσφιλῆ πατρίδα μου Συρία.

Σ' ὅ,τι δουλειὰ μὲ βάλουν θὰ πασχίσω
νὰ εἶμαι στὴν χώρα ὠφέλιμος. Αὐτὴ εἶν' ἡ πρόθεσίς μου.
Ἂν πάλι μ' ἐμποδίσουνε μὲ τὰ συστήματά τους –
τοὺς ξέρουμε τοὺς προκομένους: νὰ τὰ λέμε τώρα;
ἂν μ' ἐμποδίσουνε, τί φταίω ἐγώ.

Θ' ἀπευθυνθῶ πρὸς τὸν Ζαβίνα πρῶτα,
κι ἂν ὁ μωρὸς αὐτὸς δὲν μ' ἐκτιμήσει,
θὰ πάγω στὸν ἀντίπαλό του, τὸν Γρυπό.
Κι ἂν ὁ ἠλίθιος κι αὐτὸς δὲν μὲ προσλάβει,
πηγαίνω παρευθὺς στὸν 'Υρκανό.

Θὰ μὲ θελήσει πάντως ἕνας ἀπ' τοὺς τρεῖς.

Κ' εἶν' ἡ συνείδησίς μου ἥσυχη
γιὰ τὸ ἀψήφιστο τῆς ἐκλογῆς.
Βλάπτουν κ' οἱ τρεῖς τους τὴν Συρία τὸ ἴδιο.

'Αλλά, κατεστραμένος ἄνθρωπος, τί φταίω ἐγώ.
Ζητῶ ὁ ταλαίπωρος νὰ μπαλωθῶ.

(a menadito Platone, Aristotele,
e oratori, e poeti, e checchessia).
Di cose militari ho qualche idea,
e amicizie fra i capi mercenari.
Sono piuttosto addentro nell'amministrazione.
L'altr'anno, sono stato sei mesi ad Alessandria:
conosco (è sempre utile) le cose di laggiú:
le canagliate, i piani del Malfattore, eccetera.

Per tutto questo, credo d'essere indicato
pienamente a servire il mio Paese,
la mia patria diletta, la Siria.

Qualunque sia il lavoro che m'affidino
cercherò di giovare al Paese. Il mio proposito
è questo. Se m'intralciano, però, coi loro metodi
– la conosciamo quella brava gente (sorvoliamo) –
se m'intralciano, ebbene: la colpa non è mia.

Io mi rivolgerò prima a Zabina,
e, se quell'imbecille non m'apprezza,
andrò dal suo rivale, andrò da Gripo.
E se neppure lui mi vuole (quell'idiota),
me ne vado da Ircano, dritto dritto.

Mi vorrà pure, uno di loro tre.

La mia coscienza è in pace,
quanto all'indifferenza della scelta.
Rovinano la Siria tutti e tre.

Sono un povero diavolo. La colpa non è mia.
Un uomo disgraziato, che cerca di sbarcare

Ἂς φρόντιζαν οἱ κραταιοὶ θεοὶ
νὰ δημιουργήσουν ἕναν τέταρτο καλό.
Μετὰ χαρᾶς θὰ πήγαινα μ' αὐτόν.

Ο ΚΑΘΡΕΠΤΗΣ ΣΤΗΝ ΕΙΣΟΔΟ

Τὸ πλούσιο σπίτι εἶχε στὴν εἴσοδο
ἕναν καθρέπτη μέγιστο, πολὺ παλαιό·
τουλάχιστον πρὸ ὀγδόντα ἐτῶν ἀγορασμένο.

Ἕνα ἐμορφότατο παιδί, ὑπάλληλος σὲ ράπτη
(τὲς Κυριακές, ἐρασιτέχνης ἀθλητής),
στέκονταν μ' ἕνα δέμα. Τὸ παρέδοσε
σὲ κάποιον τοῦ σπιτιοῦ, κι αὐτὸς τὸ πῆγε μέσα
νὰ φέρει τὴν ἀπόδειξι. Ὁ ὑπάλληλος τοῦ ράπτη
ἔμεινε μόνος, καὶ περίμενε.

Πλησίασε στὸν καθρέπτη καὶ κυττάζονταν
κ' ἔσιαζε τὴν κραβάτα του. Μετὰ πέντε λεπτὰ
τοῦ φέραν τὴν ἀπόδειξι. Τὴν πῆρε κ' ἔφυγε.

Μὰ ὁ παλαιὸς καθρέπτης ποὺ εἶχε δεῖ καὶ δεῖ,
κατὰ τὴν ὕπαρξίν του τὴν πολυετῆ,
χιλιάδες πράγματα καὶ πρόσωπα·
μὰ ὁ παλαιὸς καθρέπτης τώρα χαίρονταν,
κ' ἐπαίρονταν ποὺ εἶχε δεχθεῖ ἐπάνω του
τὴν ἄρτιαν ἐμορφιὰ γιὰ μερικὰ λεπτά.

il lunario. Ci avessero pensato, i sommi dei,
a farne un quarto, onesto.
Mi mettevo con lui, con gran piacere.

LO SPECCHIO NELL'INGRESSO

Quella casa di lusso aveva, nell'ingresso,
uno specchio grandissimo, antico
almeno d'ottant'anni.

Un ragazzo bellissimo, il commesso d'un sarto
(la domenica, atleta dilettante),
era là, con un pacco. Lo consegnò a qualcuno:
quello andò dentro per la ricevuta.
Il commesso del sarto
restò solo. Aspettava.

S'avvicinò allo specchio. Si guardava; assestava
la cravatta. Portarono, dopo cinque minuti,
la ricevuta; ed egli la prese, e se n'andò.

Ma quello specchio antico, che in cosí lunga vita
ne aveva viste tante
– migliaia d'oggetti, di visi –
ma quello specchio antico s'allegrava,
s'esaltava d'avere accolto in sé
– per attimi – l'armonica beltà.

ΚΑΤΑ ΤΕΣ ΣΥΝΤΑΓΕΣ ΑΡΧΑΙΩΝ ΕΛΛΗΝΟΣΥΡΩΝ ΜΑΓΩΝ

«Ποιὸ ἀπόσταγμα νὰ βρίσκεται ἀπὸ βότανα
γητεύματος», εἶπ' ἕνας αἰσθητής,
«ποιὸ ἀπόσταγμα κατὰ τὲς συνταγὲς
ἀρχαίων Ἑλληνοσύρων μάγων καμωμένο
ποὺ γιὰ μιὰ μέρα (ἂν περισσότερο
δὲν φθάν' ἡ δύναμίς του), ἢ καὶ γιὰ λίγην ὥρα
τὰ εἴκοσι τρία μου χρόνια νὰ μὲ φέρει
ξανά· τὸν φίλον μου στὰ εἴκοσι δυό του χρόνια
νὰ μὲ φέρει ξανὰ – τὴν ἐμορφιά του, τὴν ἀγάπη του.

Ποιὸ ἀπόσταγμα νὰ βρίσκεται κατὰ τὲς συνταγὲς
ἀρχαίων Ἑλληνοσύρων μάγων καμωμένο
πού, σύμφωνα μὲ τὴν ἀναδρομήν,
καὶ τὴν μικρή μας κάμαρη νὰ ἐπαναφέρει».

ΣΤΑ 200 π.Χ.

«Ἀλέξανδρος Φιλίππου καὶ οἱ Ἕλληνες πλὴν Λακεδαιμονίων –»

Μποροῦμε κάλλιστα νὰ φαντασθοῦμε
πῶς θ' ἀδιαφόρησαν παντάπασι στὴν Σπάρτη
γιὰ τὴν ἐπιγραφὴν αὐτή. «Πλὴν Λακεδαιμονίων»,
μὰ φυσικά. Δὲν ἦσαν οἱ Σπαρτιᾶται
γιὰ νὰ τοὺς ὁδηγοῦν καὶ γιὰ νὰ τοὺς προστάζουν
σὰν πολυτίμους ὑπηρέτας. Ἄλλωστε
μιὰ πανελλήνια ἐκστρατεία χωρὶς
Σπαρτιάτη βασιλέα γι' ἀρχηγὸ
δὲν θὰ τοὺς φαίνονταν πολλῆς περιωπῆς.
Ἆ βεβαιότατα «πλὴν Λακεδαιμονίων».

SULLE FORMULE D'ANTICHI MAGI ELLENICO-SIRIANI

« Che filtro mai trovare, distillato
da erbe di malía? » – un sensuale disse.
« Che filtro, distillato sulle formule
d'antichi magi ellenico-siriani,
mi potrà riportare, un giorno solo
(se piú oltre non vada il suo potere),
un'ora sola, i miei ventitré anni?
riportare l'amico mio, di ventidue
anni, la sua beltà, l'amore?

Che filtro, distillato sulle formule
d'antichi magi ellenico-siriani,
mi potrà riportare, in armonia con questo
ricorso, anche la nostra cameretta d'allora? »

NEL 200 a. C.

« Alessandro di Filippo e i Greci, tranne i Lacedemonî ».

Possiamo immaginare
quale totale indifferenza a Sparta
vi fu per quest'epigrafe. «Tranne i Lacedemonî »:
è naturale. Non erano certo
uomini da guidare e comandare
come preziosi servi. E poi, una spedizione
panellenica, senza
un re spartano a capo,
non potevano prenderla sul serio.
Sicurissimamente: « tranne i Lacedemonî ».

Εἶναι κι αὐτὴ μιὰ στάσις. Νοιώθεται.

Ἔτσι, πλὴν Λακεδαιμονίων στὸν Γρανικό·
καὶ στὴν Ἰσσὸ μετά· καὶ στὴν τελειωτικὴ
τὴν μάχη, ὅπου ἐσαρώθη ὁ φοβερὸς στρατὸ
ποὺ στ' Ἄρβηλα συγκέντρωσαν οἱ Πέρσαι:
ποὺ ἀπ' τ' Ἄρβηλα ξεκίνησε γιὰ νίκην, κ' ἐσαρώθη.

Κι ἀπ' τὴν θαυμάσια πανελλήνιαν ἐκστρατεία,
τὴν νικηφόρα, τὴν περίλαμπρη,
τὴν περιλάλητη, τὴν δοξασμένη
ὡς ἄλλη δὲν δοξάσθηκε καμιά,
τὴν ἀπαράμιλλη: βγήκαμ' ἐμεῖς·
ἑλληνικὸς καινούριος κόσμος, μέγας.

Ἐμεῖς· οἱ Ἀλεξανδρεῖς, οἱ Ἀντιοχεῖς,
οἱ Σελευκεῖς, κ' οἱ πολυάριθμοι
ἐπίλοιποι Ἕλληνες Αἰγύπτου καὶ Συρίας,
κ' οἱ ἐν Μηδίᾳ, κ' οἱ ἐν Περσίδι, κι ὅσοι ἄλλοι.
Μὲ τὲς ἐκτεταμένες ἐπικράτειες,
μὲ τὴν ποικίλη δρᾶσι τῶν στοχαστικῶν προσαρμογῶν.
Καὶ τὴν Κοινὴν Ἑλληνικὴ Λαλιὰ
ὡς μέσα στὴν Βακτριανὴ τὴν πήγαμεν, ὡς τοὺς Ἰνδούς.

Γιὰ Λακεδαιμονίους νὰ μιλοῦμε τώρα!

ΜΕΡΕΣ ΤΟΥ 1908

Τὸν χρόνο ἐκεῖνον βρέθηκε χωρὶς δουλειά·
καὶ συνεπῶς ζοῦσεν ἀπ' τὰ χαρτιά,
ἀπὸ τὸ τάβλι, καὶ τὰ δανεικά.

Un atteggiamento come un altro. Si capisce.

Cosí al Granico, « tranne i Lacedemonî »;
e quindi a Isso; e poi nella battaglia decisiva
che spazzò la terribile forza
concentrata in Arbela dai Persiani
(mosse di lí per vincere, e fu spazzata via).

E dalla spedizione panellenica, fulgida,
vittoriosa, mirabile,
celebrata, gloriosa,
come nessuna s'ebbe gloria mai,
da quella incomparabile spedizione, sortimmo,
novello mondo greco, e grande, noi.

Noi, genti d'Alessandria, d'Antiochia,
di Seleucia, con tutti i Greci innumeri
dell'Egitto, e di Siria,
e di Media, e di Persia, e gli altri, gli altri.
Con gli estesi dominî, e il vario gioco
d'adeguamenti accorti.
E la nostra Comune Lingua Greca
fino alla Battriana noi la recammo, all'India.

Ora, parliamo dei Lacedemonî!

GIORNI DEL 1908

Quell'anno non trovò da lavorare.
Gli davano da campare
le carte, i dadi, prestiti in danaro.

Μιὰ θέσις, τριῶ λιρῶν τὸν μῆνα, σὲ μικρὸ
χαρτοπωλεῖον τοῦ εἶχε προσφερθεῖ.
Μὰ τὴν ἀρνήθηκε, χωρὶς κανένα δισταγμό.
Δὲν ἔκανε. Δὲν ἤτανε μισθὸς γι' αὐτόν,
νέον μὲ γράμματ' ἀρκετά, καὶ εἴκοσι πέντ' ἐτῶν.

Δυό, τρία σελίνια τὴν ἡμέρα κέρδιζε, δὲν κέρδιζε.
'Από χαρτιὰ καὶ τάβλι τί νὰ βγάλει τὸ παιδί,
στὰ καφενεῖα τῆς σειρᾶς του, τὰ λαϊκά,
ὅσο κι ἂν ἔπαιζ' ἔξυπνα, ὅσο κι ἂν διάλεγε κουτούς.
Τὰ δανεικά, αὐτὰ δὰ ἦσαν κ' ἦσαν.
Σπάνια τὸ τάλληρο εὕρισκε, τὸ πιὸ συχνὰ μισό,
κάποτε ξέπεφτε καὶ στὸ σελίνι.

Καμιὰ ἑβδομάδα, ἐνίοτε πιὸ πολύ,
σὰν γλύτωνεν ἀπ' τὸ φρικτὸ ξενύχτι,
δροσίζονταν στὰ μπάνια, στὸ κολύμβι τὸ πρωΐ.

Τὰ ροῦχα του εἶχαν ἕνα χάλι τρομερό.
Μιὰ φορεσιὰ τὴν ἴδια πάντοτ' ἔβαζε, μιὰ φορεσιὰ
πολὺ ξεθωριασμένη κανελιά.

Α μέρες τοῦ καλοκαιριοῦ τοῦ ἐννιακόσια ὀκτώ,
ἀπ' τὸ εἴδωμά σας, καλαισθητικά,
ἔλειψ' ἡ κανελιὰ ξεθωριασμένη φορεσιά.

Τὸ εἴδωμά σας τὸν ἐφύλαξε
ὅταν πού τἄβγαζε, πού τἄριχνε ἀπὸ πάνω του,
τ' ἀνάξια ροῦχα, καὶ τὰ μπαλωμένα ἐσώρουχα.
Κ' ἔμενε ὁλόγυμνος· ἄψογα ὡραῖος· ἕνα θαῦμα.
'Αχτένιστα, ἀνασηκωμένα τὰ μαλλιά του·
τὰ μέλη του ἡλιοκαμένα λίγο
ἀπὸ τὴν γύμνια τοῦ πρωϊοῦ στὰ μπάνια, καὶ στὴν παραλία.

Un posto, gli era stato offerto: in una
cartoleria, per tre sterline al mese.
Ma rifiutò senza incertezza alcuna.
Non faceva per lui. Quel salario da usura
a lui, venticinquenne, e di buona cultura!

Due, tre scellini al giorno, sí e no, li rimediava.
Ma con le carte e i dadi non cavava le spese,
nei caffè della sua classe, volgari,
sebbene lesto al gioco, con avversari sciocchi.
Quanto ai prestiti, poco da scialare:
un tallero, piú spesso mezzo; e da qualcuno
si riduceva a prendere uno scellino, e basta.

Per una settimana, o per piú giorni al mese,
si rinfrescava ai bagni, nuotando nel mattino,
quando scampava ai torbidi delle notturne imprese.

Erano uno sfacelo gli abiti. Sempre uno
il vestito che aveva, color cannella chiara
che il tempo aveva fatto scolorare.

O giorni dell'estate del novecento otto! A uno a uno
vi vedo. Dall'immagine vostra sparí – per una rara
magia – l'abito stinto color cannella chiara.

Ma l'immagine vostra l'ha serbato
nell'attimo che via da sé gettava
le vesti indegne e quella biancheria rattoppata.
Restava nudo, irreprensibilmente bello: una meraviglia.
Spettinati, all'indietro, i suoi capelli;
e le carni abbronzate, appena un poco,
da quella mattutina nudità, ai bagni, e sulla riva.

ΕΙΣ ΤΑ ΠΕΡΙΧΩΡΑ ΤΗΣ ΑΝΤΙΟΧΕΙΑΣ

Σαστίσαμε στὴν Ἀντιόχειαν ὅταν μάθαμε
τὰ νέα καμώματα τοῦ Ἰουλιανοῦ.

Ὁ Ἀπόλλων ἐξηγήθηκε μὲ λόγου του, στὴν Δάφνη!
Χρησμὸ δὲν ἤθελε νὰ δόσει (σκοτισθήκαμε!),
σκοπὸ δὲν τὄχε νὰ μιλήσει μαντικῶς, ἂν πρῶτα
δὲν καθαρίζονταν τὸ ἐν Δάφνῃ τέμενός του.
Τὸν ἐνοχλοῦσαν, δήλωσεν, οἱ γειτονεύοντες νεκροί.

Στὴν Δάφνη βρίσκονταν τάφοι πολλοί.
Ἕνας ἀπ' τοὺς ἐκεῖ ἐνταφιασμένους
ἦταν ὁ θαυμαστός, τῆς ἐκκλησίας μας δόξα,
ὁ ἅγιος, ὁ καλλίνικος μάρτυς Βαβύλας.

Αὐτὸν αἰνίττονταν, αὐτὸν φοβοῦνταν ὁ ψευτοθεός.
Ὅσο τὸν ἔνοιωθε κοντὰ δὲν κόταε
νὰ βγάλει τοὺς χρησμούς του· τσιμουδιά.
(Τοὺς τρέμουνε τοὺς μάρτυράς μας οἱ ψευτοθεοί).

Ἀνασκουμπώθηκεν ὁ ἀνόσιος Ἰουλιανός,
νεύριασε καὶ ξεφώνιζε: Σηκῶστε, μεταφέρτε τον,
βγάλτε τον τοῦτον τὸν Βαβύλα ἀμέσως.
Ἀκοῦς ἐκεῖ; Ὁ Ἀπόλλων ἐνοχλεῖται.
Σηκῶστε τον, ἁρπάξτε τον εὐθύς.
Ξεθάψτε τον, πάρτε τον ὅπου θέτε.
Βγάλτε τον, διῶξτε τον. Παίζουμε τώρα;
Ὁ Ἀπόλλων εἶπε νὰ καθαρισθεῖ τὸ τέμενος.

Τὸ πήραμε, τὸ πήγαμε, τὸ ἅγιο λείψανον ἀλλοῦ.
Τὸ πήραμε, τὸ πήγαμε ἐν ἀγάπῃ κ' ἐν τιμῇ.

Κι ὡραῖα τωόντι πρόκοψε τὸ τέμενος.

DINTORNI D'ANTIOCHIA

Ad Antiochia c'è venuto il capogiro,
alle nuove prodezze di Giuliano.

Apollo si spiegò direttamente, a Dafni,
con Sua Maestà! Gli oracoli non voleva piú darli
(che guaio!) né parlare per bocca di profeti,
se il suo tempio di Dafni non si purificava.
Gli davano fastidio – disse – i vicini morti.

C'erano, a Dafni, molte tombe. E uno
dei morti là sepolti
era la gloria della nostra chiesa,
il trionfante, mirabile, santo martire Bàbila.

Certo alludeva a lui, il dio falso e bugiardo.
Sentendolo vicino, non aveva coraggio
d'emettere gli oracoli: acqua in bocca. (Paura
hanno dei nostri màrtiri, gli dei falsi e bugiardi).

L'empio Giuliano si diede da fare:
isterico, gridava: Prendetelo, levatelo,
trasportatelo via subito, questo Bàbila.
Non lo sentite? Infastidisce Apollo.
Prendetelo, strappatelo via. Disseppellitelo,
e recatelo dove piú v'aggrada.
Levatelo, cacciatelo. Scherziamo?
Apollo ha detto di purgare il tempio.

E noi prendemmo e altrove recammo la reliquia.
La prendemmo e recammo via con onore e amore.

E il tempio? Il tempio ci ha davvero guadagnato.

Δὲν ἄργησε καθόλου, καὶ φωτιὰ
μεγάλη κόρωσε: μιὰ φοβερὴ φωτιά:
καὶ κάηκε καὶ τὸ τέμενος κι ὁ Ἀπόλλων.

Στάχτη τὸ εἴδωλο· γιὰ σάρωμα, μὲ τὰ σκουπίδια.

Ἔσκασε ὁ Ἰουλιανὸς καὶ διέδοσε —
τί ἄλλο θὰ ἔκαμνε — πὼς ἡ φωτιὰ ἦταν βαλτὴ
ἀπὸ τοὺς Χριστιανοὺς ἐμᾶς. Ἂς πάει νὰ λέει.
Δὲν ἀποδείχθηκε· ἂς πάει νὰ λέει.
Τὸ οὐσιῶδες εἶναι ποὺ ἔσκασε.

Non passò molto tempo, e una fiammata
immensa divampò. Terribile fiammata:
andarono bruciati il tempio e Apollo.

Cenere, il simulacro: spazzatura.

È schiattato, Giuliano, e ha sparso voce
– e che poteva fare? – ch'era stato appiccato
da noi cristiani, il fuoco. Dica, dica.
Prove non ce ne sono: dica, dica.
Ma l'essenziale è questo: ch'è schiattato.

Note al testo

Nelle Note che seguono, gli scritti critici su K. sono citati di regola in forma compendiosa (autore e pagina). Salvo esplicita indicazione diversa, le citazioni rinviano alle opere ricordate, con tutti i dati opportuni, nella Nota bibliografica.

BRAME

SHERRARD (*The Marble Threshing Floor*, Londra 1956, p. 86) scorge in questa lirica « un'eco » dei versi di GRAY: « *Full many a gem, of purest ray serene, / the dark unfathomed caves of ocean bear, / full many a flower is born to bluth unseen, / and waste its sweetness on the desert air* ». Ma si tratta d'un'analogia estremamente vaga.

VOCI

È stata osservata l'analogia dell'inizio coi versi di P. VERLAINE: « ... *elle a / l'inflexion des voix chères qui se sont tues* » (PERIDIS, p. 174). TSIRKAS (p. 142 sg.) coglie nella poesia (che ebbe una prima stesura come Φωναὶ γλυκεῖαι nel 1894: cfr. MALANOS, p. 210) un nostalgico ricordo dell'amico degli anni migliori, Mikès Rallis (m. 1889). Nella trad. dell'ultimo verso abbiamo reso evidente un'eco leopardiana già sensibile in *Nevicata* di G. D'ANNUNZIO (in *Primo Vere*): « oh notti... allor che un canto / dolce su l'aure palpita ed in eco / soavemente lontanando muore! »

PREGHIERA

Una prima stesura della lirica in PERIDIS, p. 306. A K. s'ispirò per un quadro il pittore TH. RALLIS (rapporto inverso, secondo TSIRKAS, p. 235). Ma la situazione è cosí comune che non mette il conto di parlare d'influssi.

IL PRIMO SCALINO

Una prima stesura della lirica in PERIDIS, p. 310. Teocrito è il celebre poeta siracusano del III sec. a.C. Non trovo traccia storica di un poeta Èumene, né dell'episodio che ispira la poesia. La « Città delle Idee » (v. 20) è un ricordo platonico. MALANOS (p. 161) accosta a questa lirica, ma solo per l'andatura narrativa, un epigramma di AGATIA (*Ant. Palat.* XI, 354).

UN VECCHIO

La fonte è stata indicata da MALANOS (p. 293, e cfr. Περὶ K., 1935, p. 39) in una poesia di J. LAHOR, *Le vieillard*, che comincia « *Un vieillard tout courbé s'est assis sur un banc* » e finisce: « *Et les yeux du vieillard se ferment pleins d'ennui* ». Tuttavia non vanno sopravvalutate le simiglianze delle due liriche. PAPUTSAKIS (p. 234) ricorda l'osservazione di O. Wilde: « Il dramma della vecchiaia non è d'esser vecchi, ma d'esser stati giovani ». Una prima stesura della poesia di K. (scritta nel 1897 e pubblicata nel '98) in PERIDIS, p. 307. Al v. 6, λόγο è forse insieme la capacità di *sapere* e di *fari quae sentiat*.

CANDELE

Una prima stesura della lirica (scritta nel 1899 e pubblicata nel 1900) in PERIDIS, p. 309. MALANOS (p. 294), oltre a pensare che l'immagine derivi dalle candeline delle torte che si fanno nei genetliaci (!) o persino dal *Macbeth*, crede d'individuare una fonte diretta in PALLADIO, *Storia Lausiaca*, 71, 5 (βραχυτέρας τὰς ἔμπροσθεν τῶν ὀπίσω ὁρῶν ἡμέρας): ma il confronto è poco persuasivo. La YOURCENAR (p. 58) ritiene che il pretesto all'ispirazione sia offerto dai ceri delle chiese ortodosse.

TERMOPILE

La poesia è una variazione sul celebre episodio delle Termopile (480 a.C.): base è la narrazione di ERODOTO (VII, 213-25). Efialte è il traditore che guida i Persiani, per una scorciatoia, all'imboccatura del passo guardato dagli Spartani di Leonida. TSIRKAS, che ha indicato nella ripudiata Κτίσται (1891) un antecedente della poesia e ha creduto di trovare altre fonti letterarie in lavori drammatici di M. ÀNNINOS e del francese PICHAT e persino in un'analisi del bilancio della Comunità greca di Alessandria (1899), ha cercato di dimostrare (p. 369 sgg.) la stretta aderenza della lirica di K. alle vicende della Comunità stessa, individuando Leonida in G. Averoff ed Efialte in C. Salvagos. Queste scoperte (!) riscatterebbero i vv. 3-10 dal presunto carattere di « zeppa », sostenuto da MICHALETOS (p. 56 sgg.), BOWRA (in Ἀγγλοελληνικὴ Ἐπιθεώρηση, 1949, p. 227), CARELLI (in Ὁ αἰῶνας μας, luglio 1950, pp. 197-201), THEMELIS (in Νέα Πορεία, Salonicco, mag. 1955, p. 96 sgg.), e negato, invece, da DALLAS (in Νέα Ἑστία, 15 mag. 1955, pp. 646-52). È appena il caso di dire che nessun sottinteso o sottofondo o « chiave » contingente, ove pure fosse accertata (e non è) risolverebbe il disagio estetico, se ci fosse.

CHE FECE... IL GRAN RIFIUTO

Il titolo (in italiano nel testo) è tratto da DANTE, *Inf. III*, 60. Di Celestino V, che rinunciò al papato, il poeta italiano dice: « che fece per viltà il gran rifiuto ». Le parole « per viltà » (*v.l.* « per viltate ») sono deliberatamente omesse da K. È da notare che le edd. di K. recano, erroneamente, « chè » (accentato), riprodotto pedissequamente da molti critici e anche in edd. non greche del poeta. Quale conto si debba fare dell'interpretazione psicanalitica di questa poesia, tentata da SAREGHIANNIS, mostrò PAPANUTSOS (p. 106 e n.). Viziata da un'eccessiva preoccupazione del significato

« storico » (la vicenda di Celestino) è la critica negativa di MICHALETOS, p. 64 sgg. TSIRKAS (p. 347 sgg.) indica l'etiologia della lirica in un evento contemporaneo al poeta: il rifiuto opposto dal patriarca Ioachim III all'offerta del seggio episcopale di Alessandria (1899); e cerca poi altre « chiavi » nella biografia di K. (il rifiuto della cittadinanza inglese [1885], il rifiuto di partecipare alla guerra del 1897), finendo col non renderne plausibile nessuna.

LE ANIME DEI VECCHI

TSIRKAS (p. 275) scorge gratuitamente nella poesia un'allusione a G. Fotiadis, nonno materno del poeta. K., come Mimnermo, sente l'orrore della vecchiaia piú ancora che della morte.

INTERRUZIONE

Elaborazione di notissime leggende. Quella di Demetra e Metanira appare nell'*Inno a Demetra* del PSEUDO-OMERO (v. 231 sgg.), ove s'insiste sulla dissennatezza di Metanira, moglie di Celeo re di Eleusi, che interruppe la dea Demetra mentre, ponendo il piccolo Demofoonte nel fuoco, intendeva farlo immortale. Il v. 2 della poesia di K. echeggia il v. 256 dell'*Inno*: νήιδες ἄνθρωποι, ἀφράδμονες οὔτ' ἀγαθοῖο / αἶσαν... κτλ. Il racconto è anche in APOLLODORO, *Bibl.*, I, 29 sgg. È da notare come G. D'ANNUNZIO, *Maia*, 4453 sgg., parafrasando, talora quasi alla lettera, il racconto dell'*Inno* cit., insista sull'impulsiva volgarità della « femminetta regina » che irrompe « con cruccio e spavento », simbolo della stolta animalità che si erge contro la dea. (Il contatto è casuale: K. conobbe l'italiano ed ebbe tra mano poesie di D'Annunzio, ma, probabilmente, solo anteriori al 1896: cfr. la lettera a P. Anastasiadis, pubbl. da PERIDIS, p. 311 sg.). Analoga è la leggenda di Teti, che, intenta a rendere immortale Achille ardendone, nella notte, le carni, è interrotta dallo sgomento di Peleo, il quale balza dal letto gridando. Il racconto, postomerico, appare in APOLLONIO RODIO, *Arg.*, IV, 869 sgg. e poi in APOLLODORO, *Bibl.*, III, 171.

LE FINESTRE

Di grande interesse è apparso il contatto, rilevato da PAPANUTSOS (pp. 101-02), con una pagina di *Paludes* di A. GIDE (cit. dall'ed. Parigi 1920, p. 186 sgg.): « *j'ai connu le geste d'ouvrir des fenêtres, et je me suis arrêté, sans espoir...* »; ma l'indipendenza di K. da Gide, per questa e per altre liriche, è stata mostrata da TSIRKAS, p. 244 sgg. (cfr. n. a *La città*). Vacue sono le elucubrazioni di MALANOS (p. 296 sgg.) sulle simiglianze e differenze fra K. e *Les fenêtres* di MALLARMÉ. Una sensibilità kafkiana è stata sottolineata, qui, da MORAVIA (in *Corriere della sera*, 5 lu. 1959). PAPUTSAKIS (p. 236 sg.) riferisce osservazioni del poeta su alcuni versi di questa lirica.

TROIANI

Libera variazione su luoghi dell'*Iliade*. Ai vv. 7-8, cfr. *Il.*. XVIII, 215, 221,

228: στῆ δ' ἐπὶ τάφρον... ἀριζήλη φωνή... ὑπὲρ τάφρου μεγάλ' ἴαχε δῖος 'Αχιλλεύς. Il plurale dei vv. 14 sgg. non si riferisce tanto alla fuga dei Troiani tutti (*Il.*, XXI, 606 sgg.) quanto di Ettore (ἡ μεγάλη κρίσις, v. 13, è il duello con Achille), che corre τεῖχος ὑπὸ Τρώων (*Il.*, XXII, 114: cfr., qui, v. 16). Per il compianto (v. 19 sgg.), cfr. *Il.*, XXII, 77 sgg., 405 sgg. Che l'Achille di questa poesia sia Lord Cromer è una delle tante balzane idee di TSIRKAS (p. 430).

I PASSI

La lirica, intitolata *I passi delle Eumenidi* in una prima stesura (offerta da MALANOS, p. 213), non sembra elaborazione di fonte particolare. Tuttavia, per la preziosità degli oggetti di cui si circondava Nerone (vv. 1-2), cfr. CASSIO DIONE, CXI, 10: πεντακοσίους τρίποδας κιτρίνου ξύλου ἐλεφαντόποδας... εἶχε κτλ., SVETONIO, *Ner.*, 31. Il motivo dei Lari che cadono (v. 17) è forse suggerito a K. da SVETONIO, *Ner.*, 46, ove, fra altri prodigi e apparizioni notturne (per cui anche CASSIO DIONE, *l.c.*, 14), si ricorda che « *exornati Lares in ipso sacrificii apparatu conciderunt* ». Al v. 4, cfr. SVETONIO, *l.c.*, 51 « *valetudine prospera* ». Gli Enobarbi (v. 7) sono gli ascendenti di Nerone (il padre dell'imperatore fu Gneo Domizio Enobarbo, marito di Agrippina). Singolare, ma del tutto « esterno », il contatto della poesia di K. con un'espressione di D. PAPARRIGÒPULOS (*I poeti*, nel vol. *Opere scelte*, trad. C. Cessi, Bari 1912, p. 41): « Anche Nerone dorme un sonno simile al tuo: grave si ascolta il passo della storia ».

MONOTONIA

Il motivo ispiratore di questa lirica si trova già nella rifiutata *Vulnerant omnes ultima necat*, la cui fonte fu individuata in TH. GAUTIER, e che presenta toni dichiaratamente crepuscolari (« Per me ogni giorno è uguale all'altro, qui: / venerdì e sabato, domenica, lunedì: / nessuna differenza... »).

MURA

Il motivo delle mura è nel cit. testo di GIDE (n. a *Le finestre*): « *Quelques parois invisibles, des murs qui toujours se rapprochent... On n'y prend garde d'abord; puis, c'est horrible... Il y a des gens qui sont dehors tout de suite* » (cfr. PAPANUTSOS, p. 100 sgg.). Ma i due scrittori sono indipendenti (cfr. TSIRKAS, p. 264). Una nota del poeta, mal riferita e male intesa da PERIDIS (p. 181), è stata decifrata da S. BAUD-BOVY (in Νέα 'Εστία, 1 mag. 1948): in essa K. si compiace che la sua lirica abbia trovato una profonda eco psicologica in G. XENÒPULOS. L'accostamento coi prigioni del mito platonico della caverna (SAREGHIANNIS, in 'Αγγλοελληνικὴ 'Επιθεώρηση, II, 11, p. 372) è inconsistente. Suggestivi gli accostamenti a passi di *Jude the Obscure* di TH. HARDY avanzati da TSIRKAS (p. 264 sgg.), il quale cerca di spiegare anche l'etiologia « sociale » della poesia e la nascita del titolo, e al v. 3 ricorda un verso della *City of Dreadful Night* di JAMES THOMSON

(1834-82): « ...*sit foredone and desolately ponder* », negando (p. 285) la connessione delle « mura » con l'anomalia sessuale del poeta. Ma, *contra*, si vedano le argomentazioni di MALANOS, in GHIALURAKIS, *passim*, specie p. 60 sgg. Malanos ritiene di avere individuato nel misterioso T. che appare in una « confessione » del poeta pubblicata da PAPUTSAKIS (p. 248, cfr. n. alla poesia *Andai*) l'iniziale di Τείχη. Una prima stesura della lirica (scritta nel 1896 e pubbl. nel 1901) in PERIDIS, p. 305.

ASPETTANDO I BARBARI

Il raffronto istituito da MALANOS (p. 300 sg.) col sonetto *Langueur* di VERLAINE (in *Jadis et naguère*) non è punto persuasivo. La categorica affermazione di MICHALETOS (p. 5 sgg.), che protagonista della poesia sia Roma, è parsa ingiustificata a MALANOS (in Νέα Ἑστία, LI, 1952, p. 694), contro il quale le copiose « prove » antiquario-archeologiche addotte, in una replica, da MICHALETOS (Καβαφικὰ θέματα, Atene 1955, p. 3 sgg.) valgono poco. È evidente che nella raffigurazione d'una città « ideale » (per dichiarazione dello stesso K.), gli elementi concreti della rappresentazione tratti dal mondo romano, per precisi che siano, entrano in funzione suggestivamente « esemplare ». Da ultimo TSIRKAS (p. 321 sgg.), scorgendo negli aspetti dello scenario elementi bizantini, piuttosto che romani, e ravvisando una fonte letteraria in Ἰουλιανὸς ὁ Παραβάτης di C. RANGAVÍS, inquadra la lirica in una situazione storica precisa: la « civiltà », identificata nell'occupazione inglese dell'Egitto attorno al 1900, anela a un « vero » avvento dei barbari (sudanesi). Fra la prima stesura (1899-900) e quella definitiva (1908) il poeta avrebbe poi aggiunto il v. 20, desumendolo da PLUTARCO, *Camillo*, 22, 4 (non da LIVIO, a cui aveva pensato MICHALETOS). Tutte le argomentazioni di Tsirkas sono però confutate (e quasi tutte validamente) in GHIALURAKIS.

SLEALTÀ

Parafrasi d'un luogo platonico, indicato e citato incompiutamente in « *exergo* » dal poeta: πολλὰ ἄρα Ὁμήρου ἐπαινοῦντες ἀλλὰ τοῦτο οὐκ ἐπαινεσόμεθα [l'invio del sogno ad Agamennone, *Il.*, II, 1-34] οὐδὲ Αἰσχύλου ὅταν φῇ ἡ Θέτις τὸν Ἀπόλλωνα ἐν τοῖς αὑτῆς γάμοις ᾄδοντα ἐνδατεῖσθαι τὰς ἑὰς εὐπαιδίας – νόσων τ' ἀπείρους καὶ μακραίωνας βίους / ξύμπαντά τ' εἰπὼν θεοφιλεῖς ἐμὰς τύχας / παιῶν' ἐπευφήμησεν εὐθυμῶν ἐμέ. / κἀγὼ τὸ Φοίβου θεῖον ἀψευδὲς στόμα / ἤλπιζον εἶναι, μαντικῇ βρύον τέχνῃ· / ὁ δ' αὐτὸς ὑμνῶν... αὐτός ἐστιν ὁ κτανὼν / τὸν παῖδα τὸν ἐμόν – (PLATONE, *Rep.*, II, 383 a-b). Il passo poetico ivi citato (dopo ὑμνῶν sono omesse le parole αὐτὸς ἐν θοίνῃ παρών, αὐτὸς τάδ' εἰπών) è il fr. 340 N.² di ESCHILO.

IL FUNERALE DI SARPEDONE

K. elabora e diluisce la narrazione di OMERO (*Iliade*, XVI. 663 sgg.) sulla morte e sulla sepoltura di Sarpèdone re dei Lici, introducendovi tuttavia preziosi elementi (vv. 18-25). Notevoli contatti, anche lessicali, provano la derivazione: ὁ Μενοιτιάδης, v. 3, cfr. Μενοιτίου... υἱός, *l.c.*, 665: Νόμος, v. 7, cfr. Μοῖρα, *l.c.*, 433; motivo della polvere e del sangue, v. 13, cfr. *l.c.*, 486, 639, etc.; 'Ολύμπια φορέματα, v. 17, cfr. ἄμβροτα εἵματα, *l.c.*, 670, 680; στὴν Λυκία, τὸν πλούσιο τόπο, vv. 29-30, cfr. Λυκίης εὐρείης πίονι δήμῳ, *l.c.*, 683; μνῆμα καὶ στήλην, v. 42, cfr. τύμβῳ καὶ στήλῃ, *l.c.*, 675, etc. Una prima stesura della lirica in PERIDIS, p. 307.

IL CORTEO DI DIONISO

Non resulta che K. abbia sott'occhio un'opera d'arte determinata, e Damone è personaggio di fantasia. Ma i nomi dei personaggi del corteo dionisiaco sono scelti con cura. Per "Ακρατος (v. 6), cfr. PAUSANIA, I, 2, 5: καὶ δαίμων τῶν ἀμφὶ Διόνυσον "Ακρατος. Per Μέθη (v. 7), cfr. PAUSANIA, II, 27, 3; VI, 24, 8. 'Ηδύοινος (v. 9) è in iscrizioni vascolari (CIG, IV, 8381, 8384) insieme con Dioniso e con Κῶμος (v. 12), che appare inoltre in CIG, IV, 7450, 7455, 7462, 8348, 8378, 8379, 8385 (cfr. FILOSTRATO, *Imag.*, I, 2. Μόλπος (v. 12) in CIG, IV, 8386 (?). 'Ηδυμελής (v. 12), ivi, 8383. Τελετή (v. 14), non con Dioniso ma con Orfeo, in PAUSANIA, IX, 30, 4.

I CAVALLI D'ACHILLE

Elaborazione d'un passo di OMERO (*Iliade*, XVII, 427 sgg.). La derivazione è evidentissima: v. 6, cfr. *l.c.*, 437; vv. 12-13, cfr. *l.c.*, 441 (μυρομένω δ' ἄρα τώ γε ἰδὼν ἐλέησε Κρονίων) di cui sono vera e propria traduzione; vv. 13-20, cfr. *l.c.*, 443-46, etc. Una prima stesura della lirica in PERIDIS, p. 306.

QUESTI È COLUI:...

L'ispirazione dell'ultima strofe (vv. 8-10) discende da LUCIANO, *Sogno*, 11: τοιαῦτά σοι περιθήσω τὰ γνωρίσματα, ὥστε τῶν ὁρώντων ἕκαστος τὸν πλησίον κινήσας δείξει σε τῷ δακτύλῳ· « οὗτος ἐκεῖνος » λέγων (parla la Paideia [non, come erroneamente dice PAPANUTSOS, la Scultura]). Analogamente già PERSIO, *Sat.*, I, 28: « *At pulchrum est digito monstrari et dicier: hic est!* ». È da notare che qui appare per la prima volta in K. la menzione di Antiochia, che è, con Alessandria, una delle predilette città del suo spirito e della sua poesia (cfr. G. VALETAS, Καβάφης ὁ 'Αντιοχεύς, estr. da Πειραϊκὰ γράμματα, III, 1943, fasc. 5). Edessa è la capitale dell'Osroene (cfr. n. a *Città dell'Osroene*). Nulla si può stabilire sulla cronologia immaginaria: Luciano (120-200 d.C.) è un *terminus post quem.*

IL RE DEMETRIO

Demetrio è il Poliorcete (337-283 a. C.), re di Macedonia detronizzato da Pirro nel 287 a. C. La fonte è PLUTARCO, *Demetrio*, 44, ed è indicata in « *exergo* » dallo stesso K.: ὥσπερ οὐ βασιλεὺς ἀλλ' ὑποκριτὴς μεταμφιέννυται χλαμύδα φαιὰν ἀντὶ της τραγικῆς ἐκείνης καὶ διαλαθὼν ὑπεχώρησεν.

K., come osserva PANAGHIOTÒPULOS (p. 130), sviluppa soprattutto la similitudine con l'attore. Ma è da notare che il poeta non sembra condividere il biasimo plutarcheo per il gesto poco regale di Demetrio, e mostra invece di apprezzare in lui la magnanima consapevolezza (vv. 3-4) della vanità della potenza e del preciso ruolo assegnatogli dalla sorte: cfr. PAPANUTSOS, p. 140 sg., il quale indica anche un altro passo della vita plutarchea (41) dove si descrive la pompa degli abiti regali di Demetrio (v. qui i vv. 6-8). Può essere interessante riferire il breve commento di A. MORAVIA (*l.c.*) a questa poesia: « è evidente che la Storia serve a dare come una doratura leggendaria ad un concetto morale. Il quale, a sua volta, tuttavia, non è un concetto morale bensí qualche cosa di piú e di meno, la trasposizione di un carattere del poeta, un vagheggiamento, un sogno ».

LA CITTÀ

« *Ce toit nous a suivi... Et le toit courait après nous... On ne sort des cités... D'ailleurs, au bout, il y a une autre ville... Elles n'en finissent pas, les villes...* » si legge nell'opera piú volte cit. di GIDE (pp. 182 sg., 77 sg.): cfr. PAPANUTSOS, pp. 102-03. Ma TSIRKAS (p. 244 sgg.) ha mostrato con attendibili dati cronologici l'indipendenza dei testi: K. aveva scritto la prima stesura della poesia non nel 1897 (V. PERIDIS, p. 173), ma nel 1894, prima della pubblicazione di *Paludes* (la stesura attuale fu edita nel 1907); inoltre l'immagine cavafiana è alquanto diversa da quella dello scrittore francese. TSIRKAS (p. 251 sgg.) addita la fonte nel poemetto *The City of Dreadful Night* di JAMES THOMSON (v. n. a *Mura*), rilevando puntuali contatti senza tuttavia convincere interamente; affatto sviati sono poi i confronti con « la città dolente » e la « selva oscura » di Dante (= Firenze!?), che avvalorerebbero il significato politico-sociale della *Città* cavafiana (= Alessandria). MALANOS (p. 151) scorge nella mossa iniziale un'analogia con l'attacco d'un epigramma di CALLIMACO [23 Pf.], e da ultimo (in GHIALURAKIS, p. 106 sgg.) riconduce l'ispirazione della poesia all'anelito d'evasione impossibile che appare nel simbolismo francese. SHERRARD (*o.c.*, p. 87) ricorda i celebri versi di MALLARMÉ: « *La chair est triste, hélas! et j'ai lu tous les livres. Fuir, là-bas fuir! Je sens que les oiseaux sont ivres* ». Minuta analisi della lirica (che ritiene imperniata sul *Weltschmerz*) dà MICHALETOS (p. 28 sgg.).

LA SATRAPIA

SAREGHIANNIS (in Ἀγγλοελληνικὴ Ἐπιθεώρηση, II, 1) rimproverò Malanos e me per non avere individuato la fonte, o almeno lo spunto, della poesia in due notizie, rispettivamente di Plutarco e di Tucidide, relative a Temistocle: sarebbe questi il personaggio che va da Artaserse. PLUTARCO (*Temist.*, 3) descrive Temistocle come πράξεων μεγάλων ὑπὸ φιλοτιμίας ἐραστής (cfr., qui, vv. 1-2); TUCIDIDE (I, 137) ricorda che Temistocle πορευθεὶς ἄνω ἐκπέμπει γράμματα πρὸς βασιλέα Ἀρταξέρξην (cfr., qui, vv. 9-10). Intanto G. LECHONITIS (Καβαφικὰ αὐτοσχόλια, Alessandria 1942, p. 45) aveva assicurato che il personaggio della poesia, per esplicita dichiarazione di K., era « affatto simbolico » ed era da intendersi piuttosto un artista o un sapiente che un politico. SAREGHIANNIS ha tuttavia insistito sulla sua tesi (Νέα Ἑστία, XXVII, 1953, p. 594 sgg.), sostenendo: a) che fra il primo e l'ultimo Artaserse (465-363 a. C.) non si ha notizia di nessun greco, all'infuori di Temistocle, recatosi alla corte persiana a chiedere una satrapia; b) che la menzione dei « Sofisti » (v. 16), comparsi in Atene almeno 10 anni dopo la morte di Temistocle (460 a. C.), non è una difficoltà, giacché il termine è usato in senso lato, ad es. per Solone in ERODOTO (I, 29). Sennonché PAPANUTSOS (p. 133, n. 54) ha osservato che mal convengono a Temistocle i vv. 3-4, e ha espresso nuovi dubbi sull'identificazione di Sareghiannis. Essa è in effetti problematica, anche se non si può escludere in K. la reminiscenza dei luoghi citati. Che il personaggio della poesia sia sostanzialmente autobiografico (K. è costretto ad abbandonare la sua vita di meditazioni e di studio sorretta da una speranza di gloria, e a impiegarsi per necessità familiari) ha cercato di mostrare TSIRKAS (p. 176, e cfr. p. 216 e n.), ma i paralogismi della sua « scoperta » sono stati confutati da MALANOS (in GHIALURAKIS, p. 22 sgg.). Una traduzione italiana di questa lirica (dal francese di G. Spiridakis) si può leggere nel vol. *Grecia* di M. CRANAKI, trad. ital., Milano 1959, p. 89.

IDI DI MARZO

Il titolo della poesia (le Idi, cioè il 15 marzo del 44 a. C.) non ha bisogno d'illustrazioni: risale a PLUTARCO, *Cesare*, 63. E PLUTARCO, *ivi*, 65 è la fonte, seguíta da presso: 'Αρτεμίδωρος... ἧκε μὲν ἐν βιβλιδίῳ κομίζων ἅπερ ἔμελλε μηνύειν... ἐγγὺς σφόδρα προσελθών, « τοῦτ' — ἔφη — Καῖσαρ ἀνάγνωθι μόνος καὶ ταχέως· γέγραπται γὰρ ὑπὲρ πραγμάτων μεγάλων καὶ σοὶ διαφερόντων ». δεξάμενος οὖν ὁ Καῖσαρ ἀναγνῶναι μὲν ὑπὸ πλήθους τῶν ἐντυγχανόντων ἐκωλύθη... καὶ παρῆλθεν εἰς τὴν σύγκλητον. Cfr. pure CASSIO DIONE, XLIV, 18, 3; SVETONIO, *Cesare*, 81. Il racconto plutarcheo fu rielaborato anche da SHAKESPEARE, *Giulio Cesare*, a. III, sc. 1ª: « *Cesare*. Quel che ci riguarda deve / per ultimo venire. *Artemidoro*. Senza indugio / leggi, o Cesare. *Cesare*. Cosa? È dunque folle / costui? ». Il poeta inglese, per quanto si sia voluto negare (Pellizzi), intuí la grandezza di Cesare, irreducibile a comuni misure. K. avrebbe invece, secondo MALANOS (p. 107 sgg.), alterato la storia, pretendendo d'immiserire quella grande figura. Per PAPANUTSOS (p. 149 sg.) Cesare non sarebbe che un simbolo di *hybris*.

IL DIO ABBANDONA ANTONIO

Il titolo della poesia, apparso « enigmatico » a T. AGRAS (Νέα Ἑστία, 1933, p. 757), si spiega risalendo alla fonte (PLUTARCO, *Antonio*, 75), indicata già da MALANOS (Ὁ ποιητὴς κτλ., Atene 1933, p. 121), e seguíta da presso da K.: ἐν ταύτῃ τῇ νυκτὶ λέγεται μεσούσῃ σχεδὸν... αἰφνίδιον ὀργάνων τε παντοδαπῶν ἐμμελεῖς φωνὰς ἀκουσθῆναι καὶ βοὴν ὄχλου μετ' εὐασμῶν καὶ πηδήσεων σατυρικῶν, ὥσπερ θιάσου τινὸς οὐκ ἀθορύβως ἐξελαύνοντος... καὶ... τὸν θόρυβον ἐκπεσεῖν πλεῖστον γενόμενον· ἐδόκει δὲ τοῖς ἀναλογιζομένοις τὸ σημεῖον ἀπολείπειν ὁ θεὸς 'Αντώνιον, ᾧ μάλιστα συνεξομοιῶν καὶ συνοικειῶν ἑαυτὸν διετέλεσεν. Attinse a Plutarco anche SHAKESPEARE, *Antonio e Cleopatra*, a. IV, sc. 3ª, dove peraltro « *'T is the god* Hercules, *whom Antony loved, now leaves him* ». E memore di Shakespeare fu certo T. S. ELIOT, in una poesia (*Burbank with a Baedeker: Bleistein with a Cigar*) che C. M. BOWRA segnalò a G. SEFERIS (cfr. 'Αγγλοελληνικὴ 'Επιθεώρηση, III, 2, p. 37, n. 10) per un confronto con la presente poesia di K.: « *Defunctive music under sea / passed seaward with the passing bell / slowly: the God Hercules / had left him, that loved him well* ». La parola θίασος (*tiaso*) che è ai vv. 2, 18, vale propriam. compagnia di misti o d'iniziati, poi circolo legato da vincoli religiosi e spirituali; nel greco corrente, compagnia drammatica.

IONICA

PERIDIS (p. 80) individua il primo spunto della poesia in una nota apposta da K. a una pagina di *The history of the decline and fall of the Roman empire* di E. GIBBON: ivi il poeta immagina un imperatore detronizzato (Attalo) « *perhaps at times singing a touchi song – some reminiscence of* Ionia and the days when the God we not yet dead ». Ma TSIRKAS (p. 305 sgg.), esaminando anche la prima stesura Μνήμη (1896, rifiutata), stabilisce contatti col cit. poema drammatico in 5 atti di C. RANGAVÍS, 'Ιουλιανὸς ὁ Παραβάτη (Atene 1877).

SCULTORE DI TIANA

Lo scultore di Tiana (in Cappadocia) è probabilmente immaginario; la scena è posta a Roma; nulla consente di stabilire la cronologia, salvo il *terminus post quem* rappresentato dalla menzione di Cesarione (47-30 a. C.), figlio di Giulio Cesare e di Cleopatra. Nel penultimo verso si allude all'idea platonica della perfetta bellezza, che lo scultore vede riflessa in Ermete: « Ei giovine assunto alla forma / perfetta », dice D'ANNUNZIO dell'Ermete prassiteleo (*Maia*, 2323 sg.).

RISCHI

Mirtia è uno sconosciuto. Il tempo è indicato ai vv. 2-3: Costante e Costanzo, figli di Costantino il Grande, regnarono, col fratello Costantino II, dal 337 al 351 d. C.; fino al 361 regnò il solo Costanzo. TSIRKAS (p. 311 sg.) ritiene Mirtia « un sosia di Giuliano » (l'Apostata), per cui cfr. pp. 144, 146, 166, 168, 184, 218. Ma è smentito da MALANOS, in GHIALURAKIS, p. 122 sg. Il titolo della poesia mostra lo scetticismo di K. per la sicumera del suo personaggio.

LA GLORIA DEI TOLEMEI

Il Lagide (v. 1) e il Seleucide (v. 5) non sono individuabili con sicurezza. Lagidi sono tutti i re egizi discendenti dal macedone Lago, padre di Tolemeo I Sotere, re dal 323 al 285 a. C. e fondatore della dinastia dei « Tolemei ». I Seleucidi, discendenti da Seleuco I Nicatore, generale di Alessandro e primo « re » fra tutti i diadochi, sono i re di Siria. Le dissolutezze di cui si vanta il Lagide di K. convengono a piú d'uno dei Tolemei: difficilmente si tratta di Tolemeo I (m. 283) giacché il re di Siria è un « Seleucide » non Seleuco (vissuto fino al 281); forse è Tolemeo II Filadelfo (m. 246), e in tal caso il Seleucide sarebbe Antioco II; o piuttosto Tolemeo IV Filopatore o Trifone (τρύφων = il dissoluto), e in tal caso il Seleucide sarebbe Antioco III, figlio di Seleuco Callinico. Al Filadelfo, sotto cui Alessandria raggiunse l'apice dello splendore (vv. 7-8), pensano PERIDIS (p. 199) e la YOURCENAR (p. 265).

ITACA

MALANOS (p. 129 sg.) indica come fonte un frammento di PETRONIO [XLIV Ernout], che egli traduce, ampliando con libertà: « *Linque tuas sedes, alienaque litora quaere / o iuvenis: maior rerum tibi nascitur ordo. / Ne succumbe malis: te noverit ultimus Ister / te Boreas gelidus securaque regna Canopi / quique renascentem Phoebum cernuntque iacentem: / maior in externas Ithacus descendat harenas* ». Anche se l'ampia lirica di K. trasse veramente origine da questi versi, la rielaborazione e l'arricchimento sono cosí rilevanti da sommergere lo spunto. Sul « simbolo » Itaca, cfr. l'interessante fascicolo di Ἑλληνικὴ Δημιουργία, 1951, n. 74.

ERODE ATTICO

Fonte certa è FILOSTRATO, *Vite dei sofisti*, 571: (Ἀλέξανδρος)... ἀφικόμενος ἐς τὰς Ἀθήνας... ἐπήγγειλε τοῖς Ἀθηναίοις αὐτοσχεδίους λόγους ἐρῶσιν αὐτοῦ τῆς ἀκροάσεως. ἀκούων δὲ τὸν Ἡρώδην ἐν Μαραθῶνι διαιτώμενον καὶ τὴν νεότητα ἐπακολουθοῦσαν αὐτῷ πᾶσαν, γράφει πρὸς αὐτὸν ἐπιστολὴν αἰτῶν τοὺς Ἕλληνας, καὶ ὁ Ἡρώδης· « ἀφίξομαι – ἔφη – μετὰ τῶν Ἑλλήνων καὶ αὐτός ». Alessandro è un sofista, detto « Platone d'argilla ». Erode Attico (c. 103-179 d. C.) è il notissimo sofista e liberalissimo evergete. Aveva una piccola accademia nella sua villa di Kifisià, che GELLIO (XIX, 12) ricorda « *aquis et nemoribus frequentem* »; ma qui la « campagna » dove Erode si è recato è, secondo Filostrato, quella di Maratona. MALANOS (p. 307) osserva che in Filostrato οἱ Ἕλληνες vale soltanto « studenti di retorica » e, accusando K. di fraintendimento della sua fonte, ritiene ingiustificati i suoi entusiasmi per Erode « ποὺ ἀπέκτησε τὸν θαυμασμὸν τῶν Ἑλλήνων » (come il poeta dichiarò a LECHONITIS). Va però osservato che proprio quell'accezione particolare di Ἕλλην, Ἕλληνες, Ἑλληνικόν significa, storicamente, che l'arte della parola s'identificò a un punto con la stessa ellenicità, e la designazione etnica assunse una piú universale portata, esaltandosi di conseguenza il nazionalismo su un piano di cultura e di civiltà. D'altra parte il livellamento di popoli e uomini nel comune senso della ellenicità linguistica e letteraria non esclude una superstite coscienza che Atene (il cui nome appare soltanto qui in K.) è pur sempre la fonte di quella ellenicità in cui tutti si riconoscono. Di qui il sospiroso ammirativo pensiero dei giovani d'Alessandria, d'Antiochia, di Bèrito (che in senso lato sono anch'essi Ἕλληνες) per quegli Ἕλληνες piú autentici che seguono Erode Attico.

FILELLENO

MALANOS (Ὁ ποιητής κτλ., cit., p. 76) credé da prima che si trattasse d'una statua e intese l'espressione ἀπ' τὸ ἄλλο μέρος (v. 10) come « στὴν ἄλλη πλευρὰ τοῦ βάθρου». Io chiarii che si trattava d'una moneta (come lo stesso MALANOS ora ammette, in K., p. 80). Il re che ordina l'incisione non è identificabile, benché non manchino riferimenti geografici: lo Zagro è una catena montuosa « *sur les confins de l'ancienne Médie Atropatène* » (YOURCENAR, p. 265). Fraata è una città della Media nord-occidentale, residenza invernale di re parti. Se il regolo della poesia è un re dei Parti, il v. 4 si dovrebbe intendere come una contrapposizione del suo gusto personale a quello consueto della numismatica partica (e, in quest'ultima, appaiono di frequente sia il titolo Φιλέλλην [v. 15] che i larghi e pesanti diademi [v. 4]: cfr. WROTH, *Catalogue of the coins of Parthia*, Londra 1903; non compaiono peraltro discoboli [v. 11] né il titolo Σωτήρ [v. 14]). Tuttavia l'ἐκεῖνα (v. 4) potrebbe far pensare che il re, d'un'altra regione asiatica, contrapponga il gusto proprio e quello del suo paese al gusto dei Parti. MAVROGORDATO (p. 68, n.) suppone che lo spunto per questa poesia, come per altre, sia stato offerto a K. da un passo del libro di E. BEVAN, *House of Seleucus* (Londra 1902, II, p. 159), indicato da BOWRA (cfr. n. a *Oroferne*). MALANOS (p. 307) cita un'anodina pagina di E. RENAN, *Histoire du peuple d'Israel*, IV, l. VIII, cap. 1, ma riconosce poi in BEVAN la fonte diretta.

RE ALESSANDRINI

La fonte è PLUTARCO, *Antonio*, 54: ἐμισήθη δὲ καὶ διὰ τὴν διανέμησιν ἣν ἐποιήσατο τοῖς τέκνοις ἐν Ἀλεξανδρείᾳ, τραγικὴν (cfr. v. 21) καὶ ὑπερήφανον καὶ μισορρώμαιον φανεῖσαν. ἐμπλήσας γὰρ ὄχλου τὸ γυμνάσιον ... τοὺς ἐξ αὑτοῦ καὶ Κλεοπάτρας υἱοὺς βασιλεῖς βασιλέων ἀναγορεύσας, Ἀλεξάνδρῳ μὲν Ἀρμενίαν ἀπένειμε καὶ Μηδίαν καὶ τὰ Πάρθων ὅταν ὑπαγάγηται, Πτολεμαίῳ δὲ Φοινίκην καὶ Συρίαν καὶ Κιλικίαν. ἅμα δὲ προήγαγε τῶν παίδων Ἀλέξανδρον μὲν ἐσθῆτι Μηδικῇ τιάραν καὶ κίταριν ὀρθὴν ἐχούσῃ, Πτολεμαῖον δὲ κρηπῖσι καὶ χλαμύδι καὶ καυσίᾳ διαδηματοφόρῳ κεκοσμημένον κτλ. Il passo plutarcheo è stato riecheggiato da SHAKESPEARE, *Antonio e Cleopatra*, a. III, sc. 6ª, piú fedelmente che da K., il quale riferisce il titolo « re dei re » al solo Cesarione sulle orme di CASSIO DIONE, XLIX, 41. Della bellezza di Cesarione (v. 27) non è traccia notevole nelle monete (cfr. SVORONOS, Τὰ νομίσματα τοῦ κράτους τῶν Πτολεμαίων, Atene 1904-08) e nelle fonti letterarie. Al v. 21 abbiamo restituito il καὶ, scomparso nelle edd. ateniesi.

IN CHIESA

Gli ἑξαπτέρυγα (« labari ») sono propriam. insegne metalliche con l'effigie delle Potestà celesti; gli σκεύη (qui, per la rima, « vassoi ») sono, genericamente, gli « arredi », gli oggetti del culto. Per il termine Γραικοί, cfr. n. a *Città dell'Osroene*.

TORNA

Probabilmente è solo « esterno » il contatto che si potrebbe stabilire con la lirica *Eco* di CRISTINA GEORGINA ROSSETTI: « Torna a me nel silenzio della notte... Ritorna a me nei sogni perch'io possa / restituirti palpito per palpito, / respiro per respiro; / e parla piano e accennami anche piano, / come tanti anni fa, tanti anni, o amore! » (trad. L. SICILIANI). Molte discussioni ha sollevato la strana, errata forma d'imperativo ἐπέστρεφε, nel titolo e poi tre volte nella poesia. Contro l'ipotesi di DIMARÀS, che suppose qui la reminiscenza o piuttosto la trascrizione d'« una frase prosastica detta al poeta da persona amata al momento del commiato », sono pienamente valide le osservazioni di MALANOS (p. 282 sgg.), che lumeggia il gioco fonico e ritmico che quella forma determina, finendo con l'apparire insostituibile. V. pure PANAGHIOTÒPULOS, p. 166 e nota. Ai vv. 5, 8, δέρμα è propriam. « pelle ».

RARITÀ

Il titolo della poesia sembrò enigmatico a T. AGRAS (in Νέα Ἑστία, 1933, p. 757). PANAGHIOTÒPULOS (p. 175) lo spiega senza troppa difficoltà: le parole « assai di rado » indicano che raramente si verifica la sopravvivenza dell'opera di cui il vecchio della poesia si compiace. Non escludo peraltro che l'espressione del titolo derivi da una fonte precisa e sia ermeticamente allusiva.

ANDAI

Nella nota a questa lirica, PAPUTSAKIS (p. 248) rivela l'appunto inedito di K. di cui s'è fatto cenno (n. a *Mura*): « Stasera m'è passato per la mente di scrivere sul mio amore. Tuttavia non lo farò. Com'è forte il pregiudizio! Io, per me, me ne sono liberato; ma penso a quelli che gli sono ancora asserviti e sotto i cui occhi potrebbe cadere questa pagina. Mi fermo. Che viltà! Voglio tuttavia segnare qui una lettera – T – come simbolo di questo momento. 9.XI.1902 ». Che nel misterioso T si debba leggere l'iniziale di Τείχη (*Mura*), come vuole MALANOS, stentiamo a credere.

NEGOZIO

Il tema della trasfigurazione della natura operata dall'arte e da un animo d'artista aveva ispirato a K. una delle poesie rifiutate, Τεχνητὰ ἄνθη (cfr. PERIDIS, p. 159).

TOMBA DI LISIA FILOLOGO

MALANOS (p. 159 n.) adduce a confronto un epigramma di GIULIANO EGIZIO [*Ant. Palat.*, VII, 595]. Lisia sembra personaggio di fantasia. Nulla si può stabilire sulla cronologia immaginaria. Bèrito (Beyruth), città della Siria ricca di tradizioni filologiche, distrutta nel 140 a. C., fu ricostruita al tempo di Augusto e poi arricchita e adornata sotto Claudio e Caracalla.

TOMBA D'EURIONE

Il giovine Eurione (collocato in età ellenistica) è personaggio di fantasia, come gli altri personaggi nominati ai vv. 8-9. Al v. 2, marmo « sienita » vale: di Siene (Assuan). Il termine ἀλαβάρχης (v. 7), corruzione di Ἀραβάρχης (emiro arabo, cfr. CICERONE, *Ad Att.*, II, 17, 2 [di Pompeo]), indica una sorta di magistrato che sovrintende ai costumi, sia in Egitto (nella forma Ἀραβάρχης; cfr. GIOVENALE, I, 30) sia presso i Giudei (cfr. FLAVIO GIUSEPPE, *Antichità*, XVIII, 6, 3 e altrove). Il derivato ἀλαβαρχείη in PALLADA (*Ant. Palat.*, XI, 383). Vv. 10-11: il nomo (distretto) Arsinoita (da Arsinoe moglie del Filadelfo) è in Egitto. MALANOS (p. 159 n.) adduce a confronto un epigramma di AGATIA.

CANDELABRO

Interessante è lo spirito wildiano del « verde » delle pareti (v. 2): cfr. MALANOS, p. 310. Il verde era un colore prediletto da K. (PAPUTSAKIS, p. 250). Il simbolismo della poesia fu chiarito da K. a LECHONITIS.

TEODOTO

Sul fatto a cui si allude nella prima parte della poesia (ricordato anche da APPIANO e LUCANO), cfr. PLUTARCO, *Cesare*, 48, *Pompeo*, 80. Su Teodoto, un liberto dei Tolemei che consigliò l'uccisione di Pompeo (48 a. C.), cfr. pure PLUTARCO, *Bruto*, 33, *Pompeo*, 77. MALANOS (p. 312 sg.) suppone che una nota di LA HARPE alla trad. francese dei *Cesari* di SVETONIO (*Cesare*, 48) abbia offerto lo spunto a K. [ma solo per l'inizio]. Alquanto sconcertante può apparire la menzione d'un « simile » (nel testo propriam. un « vicino ») al v. 16. PAPUTSAKIS (p. 252) intende questo « vicino » come « *l'autre* ego *de tout homme. Cet autre* ego (*cet autre aspect de l'âme humaine*) *peut, à un moment inattendu, percevoir, au fond de la conscience, l'imagine hideuse d'un Théodote...* ».

SAPIENTI CIÒ CHE S'AVVICINA

La fonte è indicata dal poeta in « *exergo* »: è FILOSTRATO, *Vita di Apollonio di Tiana*, VIII, 7: θεοὶ μὲν γὰρ μελλόντων, ἄνθρωποι δὲ γιγνομένων, δὲ προσιόντων αἰσθάνονται. Apollonio di Tiana è il noto profeta, predicatore e taumaturgo del I secolo, che finí con l'apparire una sorta di contraltare al Gesú degli Evangeli. Filostrato « l'Ateniese » (n.c. il 170 a Lemno) ne scrisse un profilo romanzato, rispecchiandovi i confusi interessi mistico-ascetici del languente paganesimo. K. mostra interesse per questa figura, di cui qui cita una frase esemplare: cfr. pp. 118, 156. Il poeta possedeva molte edizioni dell'opera di Filostrato, che studiò e annotò (cfr. PERIDIS, p. 77) e di cui si occupò nel 1892 in un articolo su un giornale di Alessandria (cfr. PAPUTSAKIS, p. 268, n.). Una prima stesura della lirica in PERIDIS, p. 309.

MARE MATTUTINO

È gratuita l'ipotesi di TSIRKAS (p. 235) che la scena sia riprodotta da un dipinto. VRISIMITZAKIS Τὸ ἔργο τοῦ Κ. Π. Κ., Alessandria 1917, p. 20), a proposito dell'evidenza rappresentativa di questa lirica, fa il nome del pittore italiano Viani. La parola ἴνδαλμα, usata qui e altrove da K., risalirebbe, secondo PERIDIS, a un epigramma della *Palatina* (V, 251); ma è attestata nei SETTANTA e altrove.

SULLA SOGLIA DEL CAFFÈ

A confronto coi VV. 3-4, MALANOS (p. 130 n.) adduce epigrammi di MELEAGRO (*Ant. Palat.*, V, 155) e CRINAGORA (*ivi*, VII, 628): PERIDIS (p. 190, n.) cita pure MELEAGRO (*ivi*, XII, 92). MALANOS (p. 226, n.) aggiunge una citazione da SHAKESPEARE (*Sonnets*, 145, V. 1): « *Those lips that Love's own hand did make* ».

OROFERNE

Oroferne, figlio suppositizio di Ariarate IV, regnò per poco in Cappadocia nel 157 a. C. La madre, Antiochis, era figlia di Antioco III re di Siria, e la nonna, Stratonice, figlia di Antioco II. Fonti biografiche: DIODORO SICULO, XXXI, 7, dove è spiegato il motivo dell'allontanamento di Oroferne dalla corte (« lo mandarono nella Ionia perché non contendesse il regno all'erede legittimo »: cfr. VV. 5-8); POLIBIO, fr. XXXII, 25, che menziona τὴν Ἰακὴν καὶ τεχνιτικὴν ἀσωτίαν (cfr. v. 9 sgg.). Cfr. ancora: GIUSTINO, XXXV, 1 sgg.; POLIBIO, XXXIII, 12; DIODORO, XXXI, 12 (ai VV. 22 sgg.) e ATENEO, X, 30. Ai VV. 36 sgg. si allude a un tentativo contro Demetrio Sotere, re di Siria, che, dopo averlo protetto (« *Orophernem per iniuriam regno pulsum supplicem recepit* », dice GIUSTINO, *l.c.*), lo abbandonò (cfr. BOUCHÉ-LECLERCQ, *Les Séleucides*, Parigi 1913, I, p. 330). BOWRA richiama l'attenzione di MAVROGORDATO (p. 68, n.) su due passi della cit. opera di E. BEVAN, *House of Seleucus* (1902), II, p. 157 e pp. 205-09, che nella tav. III mostra una moneta con la testa di Oroferne. La moneta di cui si parla ai VV. 1, 45, è stata da me individuata (1940) nel tetradrammo di cui WROTH, *Catalogue of the Greek coins of Galatia Cappadocia and Syria*, Londra 1899, pp. XXVIII-XXIX, p. 34 e tav. VI, 5, trovato a Priene nel 1870 (cfr. NEWTON-CLARKE, in *Num. Chron.*, 1871, p. 19 sgg.), che reca la testa di Oroferne col diadema, e nel verso la Nike e la scritta ΒΑΣΙΛΕΩΣ ΟΡΟΦΕΡΝΟΥ ΝΙΚΗΦΟΡΟΥ (non 'Αριαράθου,, vv. 4, 49). E io misi in luce la singolare concordanza dei rilievi di K. col commento che di detta moneta fa HICKS, in *Journ. of Hell. St.*, VI, 1885, p. 271 sgg.: « *Brought up in Ionia, an exile and pretender, he early developed the vices of an adventurer. In public life he was unscrupulous, as a ruler, selfish and extortionate; in private, a hard drinker. His portrait on the coins is finely modelled and does not conflict with this view of his character. It is the portrait of a handsome elever and capable man, young in years, but not in experience of the world. His chin is unbearbed, but his forehead is lined with care. The fine profile bespeaks a resolute will and energetic purpose. The nostril is delicately moulded, and, like the mouth, suggest a nature sensitive to pleasure though refined in taste; but the lower lip has a sensual expression, and there is a certain restlessness and impatience marked upon the whole face, which suits well with his chequered character...* ». Al penultimo verso s'incontra per la prima volta l'aggettivo αἰσθητικός. Il significato corrente dell'epiteto (« estetico »), per lo piú sostituito, in tal senso, da καλαίσθητος (per es. p. 86, v. 3), è afferrabile forse solo a p. 108, v. 5; di regola K. riferisce αἰσθητικός all'amore o alla bellezza o a un ragazzo, con un significato affine a quello del troppo crudo αἰσθησιακός (« sensuale » e « sessuale »: usato solo a p. 204, v. 9) e con una larvata allusione alla deviazione dei sensi o comunque con una patina di ambiguità. Analogamente per il sostantivo αἰσθητής (cfr. franc. *esthète*), che ha il senso di « sensuale » (anomalo): cfr. pp. 140, v. 6; 212, v. 2; meno forte è αἰσθηματικός (p. 92). È forse impossibile rendere in italiano le sfumature allusive insinuate da K. in tali parole, per un gusto di lasciare intendere senza dire, del resto evidente nella mancata precisazione del sesso della persona amata in moltissime liriche: di volta in volta abbiamo fatto ricorso a termini come « morbido, sensitivo, sensibile, sensuoso, sensuale », consapevoli dell'approssimazione (per difetto o per eccesso), e anche con una certa incostanza.

GIURA

Dei « giuramenti » del poeta è traccia in alcune « confessioni » vergate tachigraficamente nelle ore notturne e in inglese, parzialmente pubblicate da PERIDIS, p. 43 sgg. Piuttosto che alle deviazioni sessuali di K. e alla sua tragica lotta per vincerle, le confessioni si riferirebbero al vizio di bere, contratto dal poeta, per dimenticare la rovina della sua « classe », dopo il 1882 (TSIRKAS, p. 293 sgg., molto temerariamente!).

PITTURA

È notevole come l'elaborazione poetica sia chiamata da K., qui (v. 2) e altrove, σύνθεσις = *compositio*.

UNA NOTTE

La mossa degli ultimi versi ricorda il *Peccato di maggio* di G. D'ANNUNZIO (*Intermezzo*): « ancóra io mi sento su i vani / versi, al ricordo antico, impallidir la faccia... ».

LA BATTAGLIA DI MAGNESIA

La situazione storica è chiara. A Cinoscefale, nel 197 a. C., Filippo V di Macedonia fu definitivamente sconfitto dai Romani; allora Antioco III il Grande, re di Siria, non solo non prestò soccorso ai Macedoni, ma gioí della sconfitta e ne trasse vantaggi, offendendo, piú tardi (192 a. C.), Filippo. Ora è giunta anche per Antioco l'ora dello scontro decisivo coi Romani: questi hanno riportato vittoria completa a Magnesia sul Sipilo (190 a. C.). La poesia, ambientata in questi antefatti, punta sui chiaroscuri della psicologia di Filippo (finemente lumeggiati da SAREGHIANNIS, in Νέα Ἑστία, XXVII, 1953, pp. 591-94). Per la « stanchezza » di Filippo, K. non sembra avere seguíto POLIBIO (IV, 77), che presenta il monarca come un uomo ardente d'odio e di collera, un passionale impaziente, un temperamento tenacemente dinamico (difatti il poeta esprime una riserva sull'effettuale possibilità che Filippo viva tranquillo il resto della sua vita: vv. 4-5). Cfr. peraltro POLIBIO, XXV, 9-10. L'identità di razza a cui s'accenna al v. 11 si spiega riportandosi alla comune origine macedone degli Antigonidi e dei Seleucidi.

MANUELE COMNENO

Manuele Comneno fu imperatore di Bisanzio nel 1120-80. Nel 1176 fu sconfitto dai Turchi a Miriocefalo. Fonti per la sua biografia: Cinnamo e Niceta Coniate (cfr. CHALANDON, *Les Comnènes*, Parigi 1912, p. XIV sgg.). Appunto a NICETA (*De Man. Comn.*, VII, 7, p. 286 sgg. Bekker) risale la presente poesia: ὁ δ' αὐτοκράτωρ, ἐπιστάντος τοῦ Σεπτεμβρίου, τὸ ζῆν ἐξεμέτρησε... γνοὺς τὴν προθεσμίαν ἀνυπεξάλυκτον ἐφεστῶσαν... τὸ μοναχικὸν σχῆμα ᾔτησε... ἐπενδύουσι δὲ τὸ τραχὺ τῆς κατὰ θεὸν πολιτείας ἔνδυμα, εἰς ὁπλίτην μετημειφότες πνευματικὸν κράνει τε θειοτέρῳ καὶ θώρακι σεμνοτέρῳ... Per gli astrologi (v. 3 sgg.), cfr. *ivi*, pp. 286-87. K. ha rinunziato questa volta ad accennare alla vita dissoluta del monarca. Ai vv. 1 e 13, κύρ (« sire ») è titolo degli imperatori di Bisanzio: forse troppo familiarmente reso con « messer » (e « madama » per l'imperatrice, κυρία a pp. 153, 157.

IL DISAPPUNTO DEL SELEUCIDE

I personaggi sono Demetrio Sotere, vissuto a Roma e salito al trono di Siria nel 162 a. C.; e Tolemeo VI Filometore, scacciato dal fratello (cfr. p. 100). Fonte è DIODORO SICULO, XXXI, 18: cfr. soprattutto, ai vv. 18-20: προχειρισάμενος βασιλικὴν ἐσθῆτα καὶ διάδημα, πρὸς δὲ τούτοις καὶ ἵππον πολυτελῆ χρυσοφάλαρον... παρεκάλει κοσμηθέντα τοῖς τῆς βασιλείας παρασήμοις ἀξίαν ἑαυτοῦ ποιήσασθαι τὴς εἰς Ῥώμην εἴσοδον, ἵνα μὴ τελέως εὐκαταφρόνητος εἶναι δόξῃ. MALANOS (Ὁ ποιητὴς κτλ., cit., p. 123) indicò la fonte, ritenendo però che il finale della lirica di K. discendesse da Diodoro per il tramite di BOUCHÉ-LECLERCQ: il luogo cui Malanos voleva riferirsi era probabilmente il seguente: « *Mais Ptolémée n'avait pas le même souci de l'étiquette: il aimait mieux inspirer la pitié. S'il pouvait ainsi avancer ses affaires... se présenter... dans l'attitude qui convenait á son malheur* » (*Histoire des Lagides*, Parigi 1904, II, pp. 30-1). In K., p. 318 sgg., MALANOS cita piú largamente da BOUCHÉ-LECLERCQ e riesce a persuadere che il poeta l'abbia avuto presente.

NELLA VIA

Al v. 4, la YOURCENAR traduce « *bohème* », forse giustamente; ma il testo ha καλλιτεχνικό, non, com'ella crede, ἀρτιστικό (?).

DI FRONTE ALLA STATUA D'ENDIMIONE

Per il culto di Endimione, lo splendido giovinetto amato da Selene, sul monte Latmo presso Mileto, cfr. PAUSANIA, V, 1, 5. Nulla si può stabilire sulla data del viaggio immaginario: l'allusione alle voluttà « d'antichi tempi » può indurre a una vaga collocazione cronologica in tempi cristiani (IV-V sec. d. C.).

GRIGIO

Il « sesso » del personaggio dagli occhi grigi è indefinito; è assurdo precisarlo con un femminile (come fa STOMEO, p. 253).

CITTÀ DELL'OSROENE

L'Osroene è un regno nella parte nord-occidentale della Mesopotamia; capitale Edessa (137 a. C.-216 d. C.). L'uso di Γραικοί invece che Ἕλληνες (v. 5) parrebbe intenzionale. Callimaco e Licofrone sembrano stabilire una differenza fra i due nomi (cfr. PFEIFFER ad Callim. fr. 514); Γραικοί è la designazione prevalente dei Greci da parte di altri popoli, « barbari », fra i quali soprattutto i Romani. Tuttavia ἐκκλησία τῶν Γραικῶν a p. 52. Citiamo infine le parole che descrivono l'efebo Carmide (cfr. v. 8), ammirato da Socrate, nell'omonimo dialogo di PLATONE (154 b-d): « mi parve una meraviglia, tanta era la proporzione e la bellezza delle sue forme; e gli altri, a quel che mi pareva, n'eran tutti innamorati... lo contemplavan tutti come la statua d'un dio... se accetta di svestirsi, ti parrà che viso non abbia; cosí perfette e belle sono le sue forme » (trad. C. DIANO).

UN LORO DIO

Seleucía: nome di parecchie città; la piú splendida fu Seleucía sul Tigri (o meglio su un canale dell'Eufrate): cfr. FABIAN, *De Seleucia Babylonia*, 1869. Non confondere Σελεύκεια con Σελευκίς, nome di regione della Siria, comprendente le città di Antiochia, Seleucía, Laodicea, e Apamea

(Tetrapolis: cfr. STRABONE, XVI, 749). L'espressione dell'ultimo verso si richiama all'epos: ἀθάνατοι Ὀλύμπια δώματ' ἔχοντες (*Iliade*, II, 13 e *passim*). Mi pare affatto inopportuno l'accostamento, avanzato da BOWRA Ἀγγλοελληνικὴ Ἐπιθεώρηση IV, 7, p. 232), a un passo degli *Atti degli Apostoli* [14, 11 sgg.], in cui Paolo e Barnaba sono creduti rispettivamente Zeus e Ermes.

TOMBA DI IASÍS

MALANOS (p. 159) adduce a confronto un epigramma di ARATO [*Ant. Palat.*, XII, 129]. Ma la somiglianza è vaga.

PER AMMONE, MORTO A 29 ANNI, NEL 610

I personaggi della lirica sono di fantasia. Ammonis è nome egizio, Rafaele è nome copto (YOURCENAR, p. 268).

NEL MESE DI ATHYR

Il mese di Athyr del calendario egiziano corrispondeva al Πυανεψιῶν (ottobre-novembre) degli Ateniesi: cfr. PLUTARCO, *De Is. et Os.*, 13, 39, 69; *Ant. Palat.*, IX, 383; *Etym. Magn.*, *s.v.* Ἀθύρ, etc. Per la dea Athor (o Hathor), identificata dai Greci con Afrodite, cfr. IABLONSKI, *Pantheon Aegyptiorum*, 1750, I, 1, pp. 1-28; DREXLER, in ROSCHER, *Lexicon*, I, col. 1850 sgg. Sulla connessione della dea, che talora è simbolo della gioia carnale, con l'efebo morto nel mese a lei consacrato, cfr. le interessanti osservazioni di A. COMIS (Κ. Π. Καβάφης, Corfú, 1935, p. 37 sgg.). Tuttavia MALANOS (p. 243 sgg.) esclude che K. abbia pensato all'ipostasi *femminile* dell'amore e ritiene che la scelta di Athyr da parte del poeta sia stata sollecitata da ragioni ritmico-eufoniche. Invece MICHALETOS (p. 27) dà come certo che il mese di Athyr sia da intendere come il « mese della dea dell'amore ».

TOMBA D'IGNAZIO

La fonte è stata indicata da MALANOS (p. 325 sg.) nella *Storia Lausiaca* di PALLADIO, di cui K. avrebbe in certo modo « contaminato » quattro diversi passi. In realtà qualche parola sembra derivare da quei testi, ma non è raggiunta la prova che il poeta li abbia avuti presenti. Al v. 8, la prima ed. (che ha diversa colometria) reca Ἰγνάτιος διάκονος, sostituito nell'ed. definitiva da Ἰ. ἀναγνώστης (lettore di chiesa), forse per evitare l'identificazione col poeta Ignazio Diacono (IX sec. d. C.). Ma va ricordato il confronto (avanzato, se non erro, da COMIS) con l'epigramma d'IGNAZIO nell'*Ant. Palat.*, XV, 29. E, quanto all'espressione dell'ultimo verso μὲς στὴν γαλήνη... τοῦ Χριστοῦ si può citare l'epigramma I, 118 della stessa *Palatina* (ὦ γαλήνη... σύ, Χριστέ).

COSÍ FISO MIRAI

Qualche analogia esterna si può osservare con *Invocazione* di G. D'ANNUNzio (in *Intermezzo*): « Bocca amata... qual già finsero l'Arte e il Sogno mio ».

GIORNI DEL 1903

Il titolo si richiama a episodi e momenti della biografia del poeta: cfr. pp. 173, 177, 189, 215.

LA VETRINA DEL TABACCAIO

Nell'ed. definitiva, la poesia è stata modificata rispetto alla prima stesura (cfr. MALANOS, p. 93 n.). PAPUTSAKIS (p. 257) cerca d'individuare le ragioni delle varianti.

VOLUTTÀ

La poesia, originariamente (1917) in 5 versi, fu leggermente modificata nell'ed. definitiva (cfr. MALANOS, p. 90, n. 2; PAPUTSAKIS, p. 257, che riferisce, al riguardo, un'osservazione del poeta). Restò tuttavia il titolo arcaico 'Ηδονῇ (l'ι sottoscritto è scomparso nell'ed. Ícaros). Nel dispregio per gli amori τῆς ρουτίνας, MALANOS (p. 150) ha sentito l'eco d'un'espressione di CALLIMACO [epigr. 28 Pf.] σικχαίνω πάντα τὰ δημόσια omettendo peraltro nella citazione le parole μισέω καὶ περίφοιτον ἐρώμενον, che sarebbero state forse piú pertinenti. È noto come, fra noi, i versi del poeta di Cirene abbiano trovato una pesante e alquanto volgare eco in CARDUCCI (Preludio alle *Odi barbare*), che rese comunque eterosessuali i « consueti amplessi ». Un casuale contatto si può cogliere con D'ANNUNZIO, *Maia*, 2802 sgg.: « ... sognammo / le mescolanze vietate, / sdegnando di saziarci / pur sempre con la dolcezza / dei consueti giacigli ». Una notevole analogia fra questa poesia cavafiana e la rifiutata Πρόσθεσις, di circa 20 anni prima, ha sottolineato MALANOS, in GHIALURAKIS, p. 102 sg.

CESARIONE

Non posso precisare a quale libro si alluda ai vv. 3-4, 12. Iscrizioni dei Tolemei, oltre che nella vecchia silloge di LETRONNE, *Recueil des inscriptions grecques et latines d'Égypte*, 2 voll., Parigi 1846-48, si trovano in STRACK, *Die Dynastie der Ptolemäer* (Sammlung d. Griech. Ptolem. Inschrift.), Berlino 1897, in DITTENBERGER, *Orientis Graeci inscriptiones*, Lipsia 1903, I, pp. 46-283, e altrove. Gli epiteti dei Tolemei sono σωτήρ, μέγας, θεός, νικηφόρος, ἐπιφανής, εὐχάριστος, μεγαλόδοξος, e, per le donne, εὐεργέτις, βασίλισσα, θεά, ἄνασσα παρθένων. Quanto all'adulatoria esaltazione delle intraprese dei re e della loro saggezza, cfr. soprattutto i decreti di Canopo (STRACK, p. 227 sgg.) e di Rosetta (*ivi*, p. 260 sgg.). Di Cesarione (Tolemeo XVI) c'è un'iscrizione in STRACK (n. 157, p. 272) e qualche cenno nelle note 47 sgg. a pp. 212-13 (cfr. DITTENBERGER, n. 194 a p. 275). Quanto alla bellezza di Cesarione (v. 19 sgg.), immaginazione di K. (v. 18), cfr. l'osservazione a p. 50. Fonte degli ultimi versi (fraintesi da STOMEO) è PLUTARCO, *Antonio*, 81: Ottaviano, che pareva incerto se chiamare Cesarione a parte dell'impero, fu ammonito con le parole οὐκ ἀγαθὸν πολυκαισαρίη (adattamento di *Iliade*, II, 204 οὐκ ἀγαθὸν πολυκοιρανίη); Cesarione fu assassinato (30 a. C.). MICHALETOS (p. 58 sgg.) avanza riserve sulla congruenza, nella poesia, degli elementi storici con quelli « simbolici ».

IN UN PORTO

Emis è personaggio di fantasia.

TOMBA DI LANIS

Lanis è personaggio di fantasia, attinto « allo stesso libro che parla di Mirtia, di Lucio, di Ammonis, di Emiliano Monais... » (cfr. la testimonianza di G. PIERIDIS, Ὁ Καβάφης. Συνομιλίες, χαρακτηρισμοί, ἀνέκδοτα, Atene, s.a., p. 46).

LA SCADENZA DI NERONE

Fonte è SVETONIO, *Nerone*, 40: « *ut vero consulto Delphis Apolline, septuagensimum ac tertium annum cavendum sibi audivit, quasi eo demum obiturus, ac nihil coniectans de aetate Galbae, tanta fiducia non modo senectam sed etiam perpetuam singularemque concepit felicitatem, ut...* ». Per il viaggio in Grecia, cfr. pure CASSIO DIONE, LXIII, 8.

LA TAVOLA ACCANTO

Le parole στὸ καζίνο (v. 5), omesse nella traduzione, indicano un locale d'infimo ordine, senza tuttavia il significato di « casa chiusa, bordello » dell'italiano.

COMPRENSIONE

Osserva A. MORAVIA (*l.c.*): « l'originalità di K. sta soprattutto nella semplicità con la quale egli risolve la tristezza cristiana del peccato nella consolazione della poesia... Che è una maniera forse cinica di guardare alle proprie follie; ma forse soltanto un coraggioso e umile riconoscimento, molto greco questo, della debolezza irrimediabile della natura umana ».

MESSI DA ALESSANDRIA

I due Tolemei sono: Tolemeo VI Filometore e suo fratello minore, Tolemeo VII detto Evergete II o Fiscone. La loro lunga contesa, complicata dai tentativi d'irruzione in Egitto di Antioco IV di Siria, fu risolta dai Romani, che accolsero le suppliche dello spodestato Filometore (cfr. p. 74) e lo rimisero sul trono (157 a. C.). Nelle fonti (LIVIO, POLIBIO) non trovo traccia dell'ambasceria delfica a cui s'ispira la poesia di K. MALANOS (p. 328 sgg.) ritiene che alcune espressioni derivino dalla lettura di BOUCHÉ-LECLERCQ, *o.c.*

DALLE NOVE

« Separazioni, lutti di famiglia, / sentimenti dei miei, sentimenti / dei morti... » (v. 17 sgg.). La famiglia del poeta era stata funestata da molti lutti: gli erano morti, oltre al padre (1870), il fratello Pietro (1891), la madre Cariclea (4 febb. 1899), i fratelli Giorgio (1900), Aristide (1902), Alessandro (1903). Cfr. PERIDIS, p. 87 sg.; TSIRKAS, p. 194 sgg.

ARISTOBULO

Aristobulo, giovinetto della dinastia Asamonea, figlio di Alessandra e fratello di Mariamme moglie di Erode re di Giudea, dopo aver ricevuto da quest'ultimo precoci onori, fu annegato (con un simulato incidente) in una piscina, per ordine dello stesso Erode, istigato dalla madre Cipro e dalla sorella Salome. Alessandra aveva raccomandato i suoi figli a Cleopatra e questa ad Antonio, il quale, informato della straordinaria bellezza di Aristobulo, aveva chiesto che il giovine fosse inviato ad Alessandria. Fonte per i fatti e per i sentimenti di cui alla poesia di K. è FLAVIO GIUSEPPE, *Antichità giudaiche*, XV, 57 sgg.: ταῖς γυναιξὶν εὐθὺς μὲν θρῆνος ἦν ἐπὶ προκειμένῳ νεκρῷ καὶ πένθος ἄσχετον, ἥ τε πόλις τοῦ λόγου διαδοθέντος ὑπερήλγει... 'Αλεξάνδρα δὲ καὶ μᾶλλον ἐκπαθὴς ἦν συνέσει τῆς ἀπωλείας, τὸ μὲν ἀλγοῦν ἐκ τοῦ γιγνώσκειν ὅπως ἐπράχθη πλεῖον ἔχουσα, τὸ δ' ἐγκαρτερεῖν ἀναγκαῖον ἐπὶ μείζονος κακοῦ προσδοκίᾳ ποιουμένη... ἐπέστη... 'Ηρώδης δὲ... καὶ δάκρυσι χρώμενος καὶ σύγχυσιν τῆς ψυχῆς ἐμφαίνων ἀληθινήν... Per il motivo del pianto v. ancora XV, 61, 62; al v. 4, cfr. *ivi*, 55: βαπτίζοντες ὡς ἐν παιδιᾷ νηχόμενον οὐκ ἀνῆκαν ἕως καὶ παντάπασιν ἀποπνῖξαι; al v. 9, cfr. *ivi*, 26 sgg. (si parla di εἰκόνες inviate ad Antonio); ai vv 11 sgg., cfr. *ivi*, 51: τὸ γὰρ μειράκιον 'Α... κάλλει τε κάλλιστος... τοῦ γε μὴν περὶ τὸ γένος ἀξιώματος πλεῖστον ἐν τῇ μορφῇ διαφαίνων, ὁρμή τε τῷ πλήθει πρὸς αὐτὸν εὐνοίας ἐγένετο... Per le macchinazioni di Cipro e Salome (v. 30 sgg.), cfr. *ivi*, 80 sgg. Dai confronti testuali, da me avanzati già nel 1940, mi sembra resultare con evidenza la lettura diretta di Flavio Giuseppe da parte di K.; tuttavia MALANOS (p. 332) ritiene ancora che il poeta abbia avuto come « unica fonte » l'opera di RENAN, *Histoire du peuple d'Israel*, V, 1. X, cap. 5.

SOTTO LA CASA

È interessante il raffronto stabilito da MALANOS (p. 169 n.) fra l'espressione τὸ σῶμα μου εἶχε λάβει ὁ "Ερως e quella del *Fragmentum Grenfellianum* [POWELL, *Collect. Alex.*, p. 177, v. 9] ἔλαβέ μ' ἔρως. Ma il contatto è probabilmente fortuito.

EMILIANO MONAIS, ALESSANDRINO (628-655 d. C.)

Ancora una volta MALANOS (p. 332 sg.) è poco persuasivo nell'indicazione della presunta « fonte ». Il passo di HELLO (che sembra ricavato dalla trad. di Palladio di LUCOT) non presenta nulla d'interessante per la poesia di K., all'infuori dell'uso metaforico di πανοπλία: ma questo era già presente in S. PAOLO, *Epistola agli Efesí*, 6, 11 ἐνδύσασθε τὴν πανοπλίαν τοῦ θεοῦ. Quanto alle date indicate nel titolo, PAPUTSAKIS (p. 258) fa buone osservazioni sulla collocazione cronologica del personaggio (del tutto fantastico) nel confuso tempo della conquista musulmana di Alessandria (641 d. C.).

FIGLIO DI EBREI (50 d. C.)

Il personaggio è immaginario. Col suo nome greco, il patronimico romano e la confessione ebraica, è figura esemplare della mescolanza e del contrasto di razze, indoli, fedi che fa da sfondo alla poesia (anche la data è orientativa). Al v. 2, cfr. D'ANNUNZIO, *Ermia Giunia* (in *Intermezzo*): « Poside bello come Endimione ».

ÍMENO

I « tempi » a cui s'accenna nell'ultimo verso sono quelli dell'imperatore Michele III (842-867 d. C.) detto l'Ubriacone, e famigerato per una precoce e costante depravazione. Ímeno è personaggio di fantasia.

DEMETRIO SOTERE (162-150 a. C.)

Demetrio Sotere è il figlio di Seleuco IV Filopatore re di Siria. Vissuto, come ostaggio, a Roma (cfr. p. 74), ne fuggí riuscendo a riconquistare il suo regno e a cacciare il satrapo Eraclide; fu però ucciso dall'avventuriero Alessandro Bala (150 a. C.). K. rielabora liberamente varie notizie, la cui fonte principale è POLIBIO, XXXI, 2, 1 sgg. (Demetrio a Roma; sue ansie di evasione; rapporti coi Romani), 11, 4-15, 7 (nuove richieste di libertà; fuga). Per Eraclide e Bala, v. ancora POLIBIO, XXVIII, 17; inoltre DIODORO SICULO, XXX, 1; FLAVIO GIUSEPPE, *Antichità*, XIII, 4. Si ricorda infine l'opera piú volte cit. di BEVAN, *House of Seleucus*, II, p. 288 sgg., e BOUCHÉ-LECLERCQ, *Les Séleucides*, I, cap. 10, che MALANOS (p. 333 sgg.) considera « unica fonte » della poesia.

IL SOLE DEL POMERIGGIO

In questa poesia (specie vv. 6 sgg.) è particolarmente evidente un gusto « crepuscolare », di cui si osservano altre tracce in K. (p. 140, etc.).

SE PURE È MORTO

Fonte diretta è FILOSTRATO, *Vita di Apollonio di Tiana*, VIII, 29 sgg.: περὶ γὰρ τρόπου καθ' ὃν ἐτελεύτα, εἴγε ἐτελεύτα, πλείους μὲν λόγοι, Δάμιδι δὲ οὐδεὶς εἴρηται... τελευτῆσαι δ' αὐτὸν οἱ μὲν ἐν 'Εφέσῳ... οἱ δ'ἐν Λίνδῳ τελευτῆσαι αὐτὸν... οἱ δ'ἐν Κρήτῃ φασὶ θαυμασιώτερον ἢ οἱ ἐν Λίνδῳ· διατρίβειν μὲν γὰρ ἐν τῇ Κρήτῃ τὸν 'Απολλώνιον, ἀφικέσθαι δ'ἐς τὸ ἱερὸν τῆς Δικτύννης ἀωρί... Il racconto dell'apparizione di Apollonio, *ivi*, 31. Su Apollonio di Tiana e sulla biografia di Filostrato, cfr. le osservazioni della n. a *I sapienti ciò che s'avvicina*. Filostrato attribuisce al discepolo Damis (v. 9) l'ufficio di evangelista di Apollonio (la YOURCENAR, p. 272, ricorda la caricatura che di Damis fece FLAUBERT nella *Tentation de St-Antoine*). L'accenno cronologico finale ci porta all'impero di Giustino I (518-27 d. C.), detto « il Vecchio », per distinguerlo da Giustino II (565-78). Tuttavia K. dice propriamente « il vecchio Giustino ».

ANNA COMNENA

La situazione storica è nota. Anna Comnena, figlia dell'imperatore Alessio I (1081-1118), di cui con l'*Alessiade* scrisse una biografia in 15 libri, non riuscí a impedire l'avvento al trono del fratello Giovanni II (1118-43), e perse ogni speranza di regno con la morte (1137) del marito Niceforo Briennio. Il cronista NICETA CONIATE (*De Iohanne Comn.*, 2) ricorda come Giovanni, preso l'anello dalla mano del padre morente e fattosi proclamare imperatore, stornò le insidie di Anna. Allo stesso cronista risale il προπετής (« impudente » e « irruento ») dell'ultimo verso della poesia (tale sarebbe stato il giudizio della madre di Anna, a proposito di Giovanni). Per il resto, le parole fra virgolette (vv. 3-7) sono tutte dell'*Alessiade* (prol., 4). K. può aver tenuto presenti le *Figures byzantines* (2ª serie, cap. 2) di C. DIEHL (cfr. MALANOS, p. 344).

PERCHÉ GIUNGANO

Il poeta, nella sua casa in via Lepsius, non ebbe mai l'illuminazione elettrica. Il suo famoso salotto, descritto da innumerevoli visitatori, era rischiarito dalle candele; talora K. accendeva una lampada a petrolio (cfr. G. PIERIDIS, *o.c.*, p. 19 sgg.).

GIOVANI DI SIDONE (400 d. C.)

L'epitafio di ESCHILO, a cui si allude ai vv. 9 sgg., è questo: Αἰσχύλον Εὐφορίωνος Ἀθηναῖον τόδε κεύθει / μνῆμα καταφθίμενον πυροφόροιο Γέλας· / ἀλκὴν δ'εὐδόκιμον Μαραθώνιον ἄλσος ἂν εἴποι / καὶ βαθυχαιτήεις Μῆδος ἐπιστάμενος (*Aeschyli Vita*, 11). Il singolare silenzio del tragediografo sulla propria opera letteraria parve inconcepibile, in età piú tarde, a scrittori come PAUSANIA (I, 14, 4) e ATENEO (XIV, 627). Sull'incapacità dei giovani di Sidone (e di K.) di rifarsi a una valutazione della figura totale di Eschilo, cfr. le mie osservazioni nell'art. *Eschilo nella poesia neo-greca*, in *Maia*, II, 1949, 1, p. 11 sg. (dell'estratto). Che K. aderisca al punto di vista del giovinetto dei vv. 14 sgg. non c'è dubbio. Fuori strada pertanto l'interpretazione di XENÒPULOS (in Νέα Ἑστία, 1 genn. 1930), confutata anche da MALANOS (p. 345 sg.). Alquanto vacue mi paiono le osservazioni di SAREGHIANNIS, in Νέα Ἑστία, XXVII, 1953, p. 589 sgg. Meleagro, Crinagora e Riano (v. 7) sono noti epigrammisti dell'età ellenistica; Dati e Artaferne (ultimo v.) sono duci persiani a Maratona (490 a. C.).

DARIO

Il re Mitridate, a cui l'immaginario poeta Fernaze vorrebbe dedicare il suo poema su Dario, è Mitridate VI il Grande, detto Dioniso ed Eupatore (121-64 a. C.), geniale, tenace e terribile nemico dei Romani, che fu definitivamente battuto da Pompeo. Àmiso è una fortezza lungamente contesa nelle guerre mitridatiche. MALANOS (p. 348) trascrive un passo di *Mithridates Eupator* di TH. REINACH come presunta fonte della parte « storica » della poesia.

UN PATRIZIO BIZANTINO, ESULE, SCRIVE VERSI

MAVROGORDATO (p. 121, n.) identifica il protagonista della poesia in Michele VII Parapinakios, ricordando che egli fu obbligato ad abdicare (1078 d. C.) da Niceforo Botaniate, a sua volta detronizzato (1081) da Alessio I Comneno marito d'Irene. L'identificazione sembra appoggiata a una dichiarazione dello stesso poeta (cfr. LECHONITIS, *o.c.*, p. 41); e MALANOS (p. 349 sg.) cita opportunamente un passo della Ἱστορία τοῦ Ἑλληνικοῦ Ἔθνους di PAPARRIGÒPULOS, dov'è ricordata la presuntuosa attività poetica di Michele VII (ἠσχολεῖτο εἰς τὸ νὰ συνθέτῃ ἰάμβους καὶ ἀναπαίστους, ἀμαθέστατος μὲν ὢν καὶ περὶ τὰ τοιαῦτα, ἀλλὰ φανταζόμενος, χάρις εἰς τὴν κολακείαν καὶ τὴν ἀπάτην τοῦ διδασκάλου του, ὅτι εἶναι ὁ ἄριστος τῶν ποιητῶν). Il personaggio di K. dice però d'essere stato consigliere ascoltatissimo del Botaniate (v. 6) e nemico d'Irene (vv. 9-10). La YOURCENAR pensa pertanto a un antico consigliere del Botaniate che, dopo aver favorito l'usurpatore Alessio, abbia tentato d'indurlo a ripudiare la moglie, attirandosi l'inimicizia e la vendetta di lei. Irene è detta Δούκαινα, cioè della famiglia dei Ducas.

FAVORE D'ALESSANDRO BALA

Per Alessandro Bala, avventuriero che spodestò Demetrio Sotere, regnando in Siria nel 150-45 a. C., cfr. p. 114. Il favorito può essere Ammonio (cfr. BOUCHÉ-LECLERCQ, *Les Séleucides*, I, cap. II, cit. da MALANOS, p. 350 sg.), ma non certo Eraclide, come volle PERIDIS, acutamente confutato dallo stesso MALANOS (p. 278 sgg.). Secondo PERIDIS (p. 206) lo spunto della poesia poté essere offerto a K. da una notizia di SVETONIO, riguardante Nerone (*Nerone*, 24): « *excussus curru ac rursus repositus, cum perdurare non posset, destitit ante decursum; neque eo setius coronatus est* ».

DEMARATO

Demarato, figlio di Aristone re di Sparta, fu detronizzato come bastardo da Leotichide (c. 490 a. C.) e passò ai Persiani. K. ricama sulla narrazione di ERODOTO (VI, 66 sgg.; VII, 3; 101 sgg.) e vuole rappresentare l'intimo contrasto del personaggio, che non ha l'*animus* del traditore (cfr. le dichiarazioni del poeta a LECHONITIS e le osservazioni di MALANOS, p. 351 sg.).

ARTEFICE DI CRATERI

La datazione precisa (175 a. C.) offerta dai vv. 11-12 ci porta al regno di Antioco Epifane. L'Eraclide ricordato al v. 2 è lo stesso che appare a p. 272. Fonte per il periodo è POLIBIO, XXVI1, 17; XXXIII, 14. La poesia fa parte del « ciclo siriaco ».

MALINCONIA DI IASON DI CLEANDRO...

È passato, credo, inosservato che il titolo della poesia, cosí com'è riprodotto in tutte le edizioni di K., contiene un evidente errore di grafia: si dovrebbe leggere 'Ιάσονος anzi che 'Ιάσωνος. L'errore risale tuttavia al poeta: nella copia dei famosi foglietti volanti che io posseggo, il titolo della poesia è aggiunto nell'Indice di pugno di K. e 'Ιάσωνος è scritto chiaramente con l'ω. La Commagene fu regno indipendente (164 a. C. - 72 d. C.), poi distretto nella parte orientale della Siria (capitale Samosata); nel 595 d. C. era naturalmente incorporata nell'impero bizantino. Ai vv. 4 sgg. avevo ricordato (nel *Saggio*, p. 25 dell'estr.) i versi di TEOCRITO, 11, 1 sgg. οὐδὲν πὸτ τὸν ἔρωτα πεφύκει φάρμακον ἄλλο... ἢ ταὶ Πιερίδες... E SAREGHIANNIS aveva ripetuto il confronto ('Αγγλοελληνικὴ 'Επιθεώρηση, II, 11, p. 378). Opportunamente MALANOS (p. 151) e PERIDIS (p. 187) rammentano l'epigramma 46 Pf. di CALLIMACO (v. 4) ἢ πανακὲς πάντων φάρμακον ἁ σοφία, che coincide col passo teocriteo. Al v. 6 νάρκης τοῦ ἄλγους δοκιμές è espressione alquanto contorta: i farmachi della Poesia sono « saggi » (tentativi) di stordimento (narcosi) del dolore.

DALLA SCUOLA DEL CELEBRE FILOSOFO

Ammonio Sacca, filosofo neoplatonico e maestro di Plotino e Origene, insegnò ad Alessandria nella prima metà del III sec. d. C. La poesia sembra esemplare a MALANOS (Καβάφης—"Ελιοτ, Alessandria 1953, p. 12 sgg.) per stabilire un contatto fra Kavafis e A. FRANCE, osservato anche da C. PARASCHOS (in Νέα Τέχνη, 1924).

AD ANTIOCO EPÍFANE

Antioco IV Epifane re di Siria (175-164), detto « Epimane » (pazzo) da Polibio, e figlio di Antioco III il Grande sconfitto dai Romani a Magnesia (190 a. C.), di fronte alla notizia d'un nuovo tentativo dei Macedoni (già battuti a Cinoscefale nel 197) contro i Romani, soffoca l'emozione nella prudenza e nello scetticismo. La fine della Macedonia fu segnata in effetti dalla battaglia di Pidna (168 a. C.) dove Perseo, genero di Seleuco IV Filopatore (fratello di Antioco, assassinato nel 175), fu disfatto da Emilio Paolo. MALANOS (p. 353 sgg.) rimanda a BOUCHÉ-LECLERCQ, *Les Séleucides*, I, p. 246 e n., ma cita anche il profilo di POLIBIO [XXVI, 1], dove si parla fra l'altro della generosità dei doni (cfr. v. 6 sgg.) di quel re democratico.

COMBATTENTI PER LA LEGA ACHEA

Epitimbio di tipo simonideo. S'immagina composto sotto Tolemeo VIII detto Lathyros (« Cece »), il quale regnò in Egitto nel 117-107 e poi nell'89-81 a. C. Il VII anno (v. 8) si riferisce verisimilmente al primo periodo di regno: sarà dunque il 110-09. Critolao e Dieo (cfr. POLIBIO, XL, 5; XXXVIII, 3) furono gl'inetti e corrotti duci della lega achea, sconfitti nel 146 a. C. rispettivamente da Cecilio Metello e Lucio Mummio (cfr. PAUSANIA, VII, 15-16). I riferimenti della poesia alla catastrofe micrasiatica del 1922 (cfr. G. SEFERIS, in 'Αγγλοελληνική 'Επιθεώρηση, III, 2, p. 34 sgg.) devono essere esclusi: oltre ai dinieghi di SAREGHIANNIS, che in Νέα 'Εστία, *l.c.*, rammentò le « omeriche collere » del poeta di fronte alle pretese di connettere in qualche modo le sue liriche con eventi e persone attuali, cfr. le meditate ed estremamente persuasive argomentazioni di MALANOS, Καβάφης—"Ελιοτ, cit. La controversia verte in gran parte sulla « coda » dell'epigramma; in proposito cfr. anche MICHALETOS (p. 80 sgg.), il quale però pronunzia un'assurda condanna della lirica basandosi sulla scarsa documentazione « storica » dell'eroismo dei combattenti per la lega achea!

IN UN VECCHIO LIBRO

Rispetto alla prima edizione (1922), la poesia appare modificata nell'ed. definitiva (cfr. MALANOS, p. 98, n.; PAPUTSAKIS, p. 265).

EPITAFIO D'ANTIOCO RE DELLA COMMAGENE

Per la Commagene, cfr. p. 136. Nella mia vecchia ricerca sulle « fonti » di K. mi ero limitato a osservare che il titolo Φιλέλλην ricorre costantemente, insieme con altri titoli e benemerenze, nelle iscrizioni dei re della Commagene (cfr. DITTENBERGER, *Orientis Graeci inscriptiones*, Lipsia 1902-03, I, pp. 591-627), ma non mi sembrava possibile precisare di quale Antioco si trattasse nella poesia. PANAGHIOTÒPULOS (pp. 140-1) ritenne di poter scartare, fra i 4 re di quel nome, il secondo (ucciso a Roma nel 29 a. C.: cfr. CASSIO DIONE, LII, 43), il terzo (pochissime notizie in TACITO, *Annali*, II, 42 e in CIA, III, 554) e il quarto (morto, anch'egli, a Roma), e osservò che il primo, in cui egli identificò il personaggio di K., è chiamato, oltre che Φιλέλλην anche θεός, δίκαιος (cfr. v. 14), ἐπιφανής, φιλορώμαιος. MALANOS (in Νέα 'Εστία, XXVII, 1953, pp. 575-6, poi K., p. 263 sgg.) ha creduto di poter assodare la validità dell'identificazione con Antioco I, risolvendo ingegnosamente una difficoltà che era sfuggita a Panaghiotòpulos: la sorella del re, di cui parla K., è ignota alla storia. Basandosi sulla verisimile analogia dell'uso egiziano, per cui la moglie del sovrano è chiamata « sorella e moglie », con l'uso della corte siriaca, Malanos pensa che K. abbia intenzionalmente usato in tal senso la parola ἀδελφή, riferendola dunque alla moglie di Antioco I. Tuttavia neppure di costei, e neppure del retore Callistrato (v. 5), si sono trovate tracce nella storia. PERIDIS (p. 205) pensa al Callistrato autore delle *Descrizioni*, con evidente spregio della cronologia, giacché quel « sofista » visse non prima del sec. III d. C.! Al v. 15 Ἑλληνικός non si può tradurre, forse, che « greco »; ma il poeta (secondo alcune testimonianze) faceva una sottile distinzione terminologica: « Io sono *ellenico*. Attenzione: non *elleno*, né *ellenizzante*, ma *ellenico* ».

GIULIANO, CONSTATANDO NEGLIGENZA

Ai vv. 1-2, le parole fra virgolette sono di GIULIANO L'APOSTATA, imperatore nel 361-63 d. C.: cfr. *Epistole*, p. 453 C (epist. 63 Hertlein). Al v. 5, cfr. *Epist.*, p. 429 C (epist. 49 H.). Al v. 9, per l'educazione cristiana di Giuliano, cfr. SOZOMENO, *Storia ecclesiastica*, V, 2: ὑπὸ ἐπισκόποις καὶ ἐκκλησιαστικοῖς ἀνδράσιν ἐτράφη. Nella mia vecchia ricerca sulle « fonti » avevo citato la notissima opera di ALLARD, *Julien l'Apostate*, Parigi 1906, I, p. 265 sgg.: MALANOS (p. 360) è andato piú oltre, e ha sospettato che persino le parole di Giuliano inserite nella poesia siano state desunte da ALLARD, II, p. 192, n. 2, dove sono riportate in greco. L'espressione μηδὲν ἄγαν (v. 12) è una massima proverbiale nell'antichità greca. PERIDIS (p. 219) ricorda un epigramma di AGATIA che comincia « Μηδὲν ἄγαν » σοφὸς εἶπεν (*Ant. Palat.* V, 299).

TEATRO DI SIDONE (400 d. C.)

Οἱ τὰ φαιὰ φοροῦντες (v. 6) sono i monaci cristiani: MALANOS (p. 141 n.) ricorda EUNAPIO, *Vite*, p. 476 (ἡ... τῶν τὰ φαιὰ ἱμάτια ἐχόντων... ἀσέβεια). Il retore LIBANIO (m. alla fine del sec. IV d. C.) nel Περὶ τῶν ἱερῶν evoca la strana compagnia dei monaci che procede litaniando, in neri sacchi avvolta, fra i colonnati infranti, con la tristezza del pagano imbevuto della chiara luce dell'età classica, che assiste alla fine d'un mondo.

DISPERAZIONE

C'è qui, ma con altro peso di morbosa sensualità, una mossa petrarchesca: « cosí lasso talor vo cercand'io / ... quant'è possibile in altrui / la disiata vostra forma vera ».

GIULIANO A NICOMEDIA

I personaggi nominati nella poesia sono: i filosofi neoplatonici Massimo, maestro di Giuliano, e Crisanzio, suo amico (cfr. EUNAPIO, *Vite dei sofisti*); Gallo, fratello di Giuliano, soppresso dall'imperatore Costanzo nel 354 d. C.; Mardonio, precettore di Giuliano. La situazione rievocata da K. si colloca c. il 352, quando Giuliano è già vòlto al suo disperato tentativo di restaurazione del paganesimo. Fonti: SOCRATE, *Storia ecclesiastica*, III, 1: ἐν χρῷ τε κειράμενος, τὸν τῶν μοναχῶν ὑπεκρίνετο βίον... ἐν δὲ τῷ φανερῷ τὰ ἱερὰ τῶν Χριστιανῶν ἀνεγίγνωσκε Γράμματα. καὶ δὴ τῆς ἐν Νικομηδείᾳ ἐκκλησίας ἀναγνώστης καθίσταται. Cfr. SOZOMENO, V, 2; LIBANIO, *Epitafio di Giuliano*, p. 526 sgg. Reiske. MALANOS (p. 360 sgg.) ritiene che K. abbia attinto unicamente alla cit.

opera di ALLARD. La cosa è possibile; tuttavia la dimostrazione di Malanos è viziata da errori. Egli afferma che la notizia che Giuliano divenne « lettore » ecclesiastico si trova in GREGORIO di NAZIANZO (Or. 4): poiché K. non possedeva, per sua esplicita dichiarazione, l'opera di quello scrittore, la notizia sarebbe stata desunta, « indirettamente », da Allard. Ora, Malanos non si accorge che le stesse parole di Gregorio (τὰς θείας ὑπαναγινώσκειν τῷ λαῷ βίβλους) si trovano in SOZOMENO, V, 2 (καὶ ὑπαναγινώσκειν τῷ λαῷ τὰς ἐκκλησιαστικὰς βίβλους) da lui stesso citato, e mostra d'ignorare il passo di SOCRATE sopra indicato, su cui io avevo richiamato l'attenzione nel 1940, e che è ancora piú vicino di Allard e di Sozomeno al testo della poesia. Né vale osservare che, essendo Sozomeno (e Socrate) inclusi nella *Patrologia* di MIGNE come Gregorio, se K. non possedeva o non aveva a disposizione Gregorio, non poteva neppure consultare Sozomeno (o Socrate) (cfr. MALANOS, p. 385): Sozomeno e Socrate occupano insieme un volume (per l'esattezza il LXVII) del Migne, che non ha nulla a che fare con Gregorio di Nazianzo; né si può escludere che a K. fossero accessibili altre edizioni dei due storici ecclesiastici, da quelle oxoniensi di R. Hussey alle tradd. inglesi incluse nella Bohn's ecclesiastical Library (1853 e 1855). Naturalmente non ha importanza che tali opere non si siano trovate nella biblioteca del poeta (cfr. PERIDIS, p. 66). La chiesa di Nicomedia (v. 13) è la basilica ariana di S. Maurizio (PERIDIS, p. 219).

PRIMA CHE LI MUTASSE IL TEMPO

La questione dello « spirito » (aspro o dolce) della parola Ὑόρκη suscitò un ingiurioso attacco di S. LAGUDAKIS contro K. e un'animosa reazione di suoi estimatori (rievocazione in MALANOS, p. 268 sgg.; e in PERIDIS, p. 112).

31 a.C. AD ALESSANDRIA

Il 31 a.C. è l'anno della battaglia di Azio, che segnò la vittoria di Ottaviano su Antonio e Cleopatra Nella « bugia » di cui al penultimo verso, TSIRCAS (p. 303) scorge un'allusione a una mentita vittoria inglese nel Sudan (1884): è un'assurdità! Opportunamente PAPUTSAKIS (p. 267) ricorda che la « bugia » è storica: Cleopatra inscenò, dopo la sconfitta, un « trionfale » ritorno ad Alessandria, con navi inghirlandate e inni di vittoria (cfr. CASSIO DIONE, LI, 5).

GIOVANNI CANTACUZENO PREVALE

La situazione storica è la seguente: Giovanni Cantacuzeno, favorito dell'imperatore Andronico III Paleologo, e nominato reggente alla morte di lui (1341 d. C.) salí al trono nel 1347 con la moglie Irene Asàn, vincendo l'ostilità e i maneggi della vedova di Andronico, Anna di Savoia, che, con l'appoggio del patriarca Giovanni di Apri, sosteneva i diritti dell'erede legittimo di Andronico, il figlio Giovanni V. La fonte dei

vv. 1-4 della presente poesia è stata indicata nelle *Storie* (III, 30) dello stesso GIOVANNI CANTACUZENO, da A. GHIALURIS (Ὁ Καβάφης καὶ τὸ Βυζάντιο, in Πνευματικὴ Ζωή, II, 1938, n. 30, p. 234 [che integra le utili osservazioni e notizie pubblicate *ivi*, nn. 25 e 26]). K. attribuisce le doglianze di Cantacuzeno (che nel 1354 cedé il trono ritirandosi a vita monastica) a un patrizio caduto in disgrazia al suo avvento. I « Franchi » (v. 14) sono gli occidentali in genere; in particolare i francesi, alla cui nazione apparteneva Anna.

SU UN LITORALE ITALICO

La scena è posta nella Magna Grecia, l'anno della presa di Corinto (146 a. C.).

VETRO COLORATO

L'incoronazione di Giovanni Cantacuzeno (cfr. p. 150) e Irene Asàn nel palazzo delle Blacherne a Costantinopoli ebbe luogo nel 1347. Fonte della poesia è NICEFORO GREGORA, *Storia bizantina*, XV, 11: τοσαύτη δὲ πενίᾳ κατείχετο τὰ βασίλεια τηνικαῦτα ὥστ' οὐδὲν ἦν τῶν τρυβλίων καὶ ἐκπωμάτων ἐκεῖ χρυσοῦν καὶ ἀργυροῦν... καὶ τὰ βασιλικὰ τῆς ἑορτῆς ἐκείνης διαδήματά τε καὶ περιβλήματα, ὡς ἐπὶ τὸ πλεῖστον, χρυσοῦ μὲν εἶχον τὴν φαντασίαν καὶ λίθων δῆθεν πολυτίμων· τὰ δ'ἦν ἐκεῖνα μὲν ἀπὸ σκύτους, ὁπόσα χρυσὸς ἐπιχρώζει ... ταῦτα δ'ἐξ ὑέλων, παντοδαπὴν ἐχόντων χροιὰν πρὸς τὸ διαυγές. ἦσαν δ'οὗ καὶ σποράδην εἰπεῖν εὐκοσμίαν ἔχοντες ἀληθεύουσαν λίθοι πολυτελεῖς καὶ μαργάρων στιλπνότης ... parafrasato e quasi tradotto da DIEHL, *Figures byzantines*, II, p. 267. Lo stesso DIEHL (*Byzance. Grandeur et décadence*, Parigi 1919, p. 224) riferisce la notizia alle nozze di Giovanni V Paleologo a cui, nella stessa circostanza, fu fatta sposare la figlia di Cantacuzeno, Elena. Non è il caso di pensare che K. abbia attinto al passo di GIBBON (VI, p. 503) riferito da MAVROGORDATO (p. 145, n.) e non direttamente al cronista bizantino o alla pedissequa riproduzione di DIEHL.

TÈMETO D'ANTIOCHIA (400 d. C.)

Antioco IV Epifane (cfr. p. 138) salì al trono di Siria nel 175 a. C., qui indicato come « 137 della monarchia dei Greci » (v. 7), con l'identica espressione di I MACCABEI, I, 11: il computo è fatto secondo l'èra dei Seleucidi, a partire cioè dall'avvento di Seleuco Nicatore (312 a. C.). L. ROUSSEL (in *Libre*, febb.-mar. 1927) prese una famosa papera accusando K. di errore storico. La data del titolo, 400 d. C. (anno in cui si suppone composto, come esercitazione letteraria, l'*Emonide* dell'ignoto Tèmeto), è cara a K., come hanno notato MALANOS e SAREGHIANNIS (cfr. pp. 288 e 332).

APOLLONIO DI TIANA A RODI

Fonte è FILOSTRATO, *Vita di Apollonio di Tiana*, V, 22 (cfr. pp. 158 e 280): ἐτύγχανέ τι καὶ μειράκιον νεόπλουτόν τε καὶ ἀπαίδευτον οἰκοδομούμενον οἰκίαν τινὰ ἐν τῇ ῾Ρόδῳ... Le parole fra virgolette, ai vv. 4-8, seguono, identiche, nella fonte. Si è scorta in questa poesia « *l'écho de l'irritation de C. devant l'œuvre abondante et souvent déclamatoire de son contemporain Palamas* » (YOURCENAR, p. 8).

LA MALATTIA DI CLITO

Il sostantivo del titolo (in maiuscolo) è trascritto, nelle citazioni dei critici greci, ora ἀρρώστεια ora ἀρρώστια (che è la forma del neogreco volgare, accanto ad ἀρρωστιά). L'incostanza grafica si riscontra persino nell'ed. Ícaros, fra il titolo dato a p. 147 e quello dato nell'indice! Si potrebbe pensare a una lettura e accentazione ἀρρωστία, come (chiaramente) εὐρωστία in 13, v. 4, e secondo l'uso attestato dalla grecità classica e postclassica. Ma K. scrive certamente ἀρρώστια (cfr. p. 22, v. 5). Clito è personaggio di fantasia. L'episodio della vecchia che prega l'idolo può essere stato suggerito a K. da un episodio della vita di Giuliano l'Apostata (cfr. PERIDIS, p. 217 n.)

IN MEZZO ALLE TAVERNE

Tamidis è personaggio di fantasia. Ἔπαρχος = lat. *praefectus*.

SOFISTA CHE LASCIA LA SIRIA

Situazioni e personaggi di fantasia.

IN UN DEMO DELL'ASIA MINORE

Ho supposto che K. abbia avuto presente CASSIO DIONE, LI, 19. MALANOS (p. 373) riferisce una testimonianza del poeta sul suo intento di rappresentare la mentalità delle piccole città greche indifferenti alle lotte di predominio dei capi romani (cfr. p. 150).

GIULIANO E GLI ANTIOCHENI

La fonte è citata in « *exergo* » dallo stesso poeta: è GIULIANO, *Misopogon*, p. 357 a: τὸ Χῖ, φασίν, οὐδὲν ἠδίκησε τὴν πόλιν οὐδὲ τὸ Κάππα... τυχόντες δ'ἡμεῖς ἐξηγητῶν ... ἐδιδάχθημεν ἀρχὰς ὀνομάτων εἶναι τὰ γράμματα, δηλοῦν δ'ἐθέλειν τὸ μὲν Χριστόν, τὸ δὲ Κωνστάντιον. Il *Chi* è dunque l'iniziale di *Christós*, il *Cappa* l'iniziale di *Costanzo*. L'episodio si riferisce al contrasto fra Giuliano e gli Antiocheni, descritto dall'Apostata nell'*o.c.* Costanzo, imperatore cristiano, fu il predecessore di Giuliano. Cfr. pp. 144, 146, 168, 218.

GRAN PROCESSIONE D'ECCLESIASTICI E LAICI

La fonte sembra TEODORETO, *Storia eccl.*, III, 22, liberamente elaborata: cfr. soprattutto: τοῦ Σταυροῦ τὴν νίκην ἐκήρυττον ... 'Αντιοχεῖς ... τὸν τῶν ὅλων Δεσπότην καὶ Σωτῆρα ποθοῦντες, βδελυττόμενοι ἀεὶ τὸν ἐξάγιστον ['Ιουλιανὸν] διετέλεσαν ... Un particolare della processione qui descritta (363 d. C.) sembra suggerito a K. dalla descrizione d'un'altra processione (pagana) immaginata dallo stesso Giuliano: in essa l'Apostata vagheggiava ἐφήβους ... λευκῇ ... ἐσθῆτι καὶ μεγαλοπρεπεῖ κεκοσμημένους (cfr. v. 6: l'osservazione è di MAVROGORDATO, p. 157, n.). Per le manifestazioni di gioia che accompagnarono la morte di Giuliano, oltre ai moniti di GREGORIO di NAZIANZO (*Orazioni*, 5, 34 sgg.), cfr. SOZOMENO, VI, 2, e VI, 4 dove si legge τῷ εὐσεβεστάτῳ ... Ἰοβιανῷ (cfr. qui, v. 25).

SACERDOTE DI SERAPIDE

Il Serapion di Alessandria, fondato da Tolemeo Sotere, fu distrutto sotto Teodosio, nel 392 d. C. Al penultimo verso, la pesante espressione « è spaventoso a dirsi » (cfr. lat. *horrible dictu*) risponde in qualche modo al φρικτὸν εἰπεῖν, classico e letterario nel modo e nella forma.

ANNA DALASSENA

Le parole del v. 8 sono nell'*Alessiade* di ANNA COMNENA (III, 6). Per la *bulla aurea* di Alessio I Comneno (1081-1118) che mette la madre a parte del potere, e per la saggezza di Anna Dalassena, cfr. *ivi*, 7. La fonte è indicata anche da GHIALURIS (in Πνευματικὴ Ζωή cit., II, 1938, n. 26, p. 169), e poi da altri. È curioso notare che la massima « Oh senza il mio e il tuo vita dolcissima » si trova fra le sentenze attribuite a PUBLILIO SIRO (ed. W. Meyer, Lipsia 1880).

DA TEMPO ANTICO ELLENICA

Fonte della mitica ascendenza di Antiochia è MALALA, *Cronografia*, II, 31 (cfr. MALANOS, p. 383 sg.). Ai vv. 9 sgg., cfr. pure STEFANO DI BISANZIO, *s.v.* Ἰώνη: οὕτως ἐκαλεῖτο ἡ Ἀντιόχεια ἡ ἐπὶ Δάφνῃ, ἣν ᾤκισαν Ἀργεῖοι. La figlia d'Inaco (ultimo v.) è Io amata da Zeus e cangiata dalla collera di Era in fanciulla-vacca: sul luogo della sua morte, in Siria, sarebbe stata fondata dagli Argivi una città in suo onore; nello stesso luogo sarebbe poi sorta Antiochia. Sulla predilezione di K. per Antiochia, cfr. n. a *Questi è colui...*

DUE GIOVANI FRA I 23 E I 24 ANNI

Molto felicemente la YOURCENAR (p. 16) nel « *réalisme nonchalant* » di questa poesia coglie un contatto col *Satyricon* di PETRONIO, con « *le souvenir des bons coups d'Ascylte et d'Encolpe* ».

GIORNI DEL 1896

TSIRKAS (p. 275 sg.) scorge nella lirica un'allusione al fratello del poeta, Paolo, noto ad Alessandria per la « *confusion des sentiments* » e per la vita sregolata. Invece MALANOS (in GHIALURAKIS, p. 112 sg.) connette la lirica con le esperienze personali dell'erotismo del poeta, che proprio nel 1896 lo condussero a sentirsi chiuso dalle « mura » del biasimo altrui, e isolato dal mondo (la lirica Τείχη è del '96).

IN UNA GRANDE COLONIA GRECA, 200 a. C.

Per la data del titolo, cfr. p. 212. Il « decreto » della 3ª strofe appare inventato.

INTESO, NO

È intraducibile il gioco verbale del testo fra ἔγνων e i suoi composti ἀνέγνων e κατέγνων. La fonte è SOZOMENO, *Storia eccles.*, V, 18 (le parole fra virgolette sono identiche nella fonte). MALANOS (p. 384 sg.) ritiene che K. non abbia attinto direttamente a Sozomeno, bensí al cit. ALLARD (III, 126, nn. 4 e 5). L'occasione della sentenza di Giuliano e della risposta dei cristiani (precisamente dei vescovi e, secondo alcuni, addirittura di Basilio) sarebbe stata una versione cristianizzata di classici antichi. Cfr. pure l'*Epistola* 75 di GIULIANO (spuria). Riguardo a questa poesia si vedano una curiosa nota di MALANOS (p. 131, n.) e un ancor piú curioso aneddoto (K. avrebbe scritto la poesia alludendo all'incomprensione dello stesso Malanos per la sua opera, prima ancora della pubblicazione del primo libro del critico alessandrino: *ivi*, p. 260).

CIMONE, FIGLIO DI LEARCO, VENTIDUENNE...

Personaggi e situazioni di fantasia.

A SPARTA

La fonte è PLUTARCO, *Cleomene*, 22; cfr. soprattutto: ᾐσχύνετο φράσαι τῇ μητρί, καὶ πολλάκις εἰσελθὼν καὶ πρὸς αὐτῷ γενόμενος τῷ λόγῳ κατεσιώπησεν, ὥστε κἀκείνην ὑπονοεῖν καὶ παρὰ τῶν φίλων αὐτοῦ διαπυνθάνεσθαι ... τέλος δὲ ... ἐξεγέλασέ τε μέγα, καὶ ... εἶπεν ... οὐ θᾶττον ἡμᾶς ... ἀποστελεῖς, ὅπου ποτὲ τῇ Σπάρτῃ νομίζεις τὸ σῶμα τοῦτο χρησιμώτατον ἔσεσθαι, πρὶν ὑπὸ γήρως αὐτοῦ καθήμενον διαλυθῆναι; Cleomene III fu re di Sparta nel 236-222 a. C.; l'aiuto di Tolemeo Evergete fu chiesto contro la lega Achea e Antigono Dosone; la madre di Cleomene è Cratesiclea (οὖσα γενναία γυνή, *l.c.*, 38, cfr. v. 9).

CAPO DELLA LIBIA OCCIDENTALE

Caratterizzazione caricaturale d'un personaggio inventato.

IN VIAGGIO PER SINOPE

La prima parte è, credo, invenzione. Il Mitridate di cui vi si parla è ritenuto di solito Mitridate VI Eupatore (cfr. p. 126). PAPUTSAKIS (p. 270 sg.) ha avanzato l'identificazione con Mitridate V Evergete, al quale potrebbe in effetti far pensare la menzione di Sinope, dove quel re fu assassinato nel 121 a. C. Forse l'ispirazione è nata dalla lettura dell'episodio rammentato alla fine (vv. 24-6) in PLUTARCO, *Demetrio*, 4, il quale rievoca l'avvertimento dato da Demetrio Poliorcete, figlio di Antigono re di Siria e Macedonia, a Mitridate I (337-302 a. C.).

MIRIS. ALESSANDRIA (340 d. C.)

Situazioni e personaggi di fantasia.

ALESSANDRO IANNEO E ALESSANDRA

I personaggi ricordati sono re giudei (104-77 a. C.), che raccolgono l'eredità delle lunghe e aspre lotte sostenute da Giuda Maccabeo e dai fratelli contro la Siria (cfr. I MACCABEI). Alessandro Ianneo non fu un tirannello indegno e ridicolo, messo a contrasto coi suoi predecessori con intento ironico (PAPATSONIS, in Σήμερα, mag. 1933). L'ironia è da cercare altrove: la lotta antisiriaca, cioè antiellenica, dei Maccabei non può che risolversi in una compromissoria conciliazione della relativa indipendenza giudaica e della fede dei padri con l'inevitabile ellenizzazione dovuta alla superiore cultura degli avversari. Neppure SEFERIS (Ἀγγλοελληνικὴ Ἐπιθεώρηση, II, 2, p. 40) sembra aver colto lo spirito della poesia, che invece non è sfuggito a MICHALETOS (p. 89 sgg.), benché la sua critica sia come di consueto viziata in alcuni presupposti. Lo stesso critico, accanto a RENAN (*Histoire du peuple d'Israel*, V, 11, p. 112), giustamente indicato da MALANOS (p. 387 sgg.), suppone come fonte della lirica PAPARRIGÒPULOS (Ἱστορία κτλ., II, 1, p. 307 sgg.).

FORZA, RE DI SPARTA

La fonte è la medesima di p. 186, cioè PLUTARCO, *Cleomene*, 22: μέλλουσα δὲ τῆς νεὼς ἐπιβαίνειν ἡ Κρατησίκλεια τὸν Κλεομένη μόνον εἰς τὸν νεὼν τοῦ Ποσειδῶνος ἀπήγαγε, καὶ περιβαλοῦσα καὶ κατασπασαμένη διαλγοῦντα καὶ τεταραγμένον· « Ἄγε — εἶπεν — ὦ βασιλεῦ κτλ. » (seguono tutte le parole tra virgolette fino a πάρεισιν)... ταῦτα δ'εἰποῦσα καὶ καταστήσασα τὸ πρόσωπον ἐπὶ τὴν ναῦν ἐχώρει...

CI AVESSERO PENSATO

Κακεργέτης (« Malfattore »): soprannome di Tolemeo VII detto « Evergete » (« Benefattore ») II, o anche Fiscone (« Pancione »), che regnò in Egitto nel 146-117. Zabina (« Schiavo », « Comprato »): soprannome d'un Alessandro figlio di Bala, e pretendente al trono di Siria nel 128, sconfitto e ucciso nel 122 da Antioco VIII detto Gripo (« Naso adunco »). Ircano, gran sacerdote della famiglia dei Maccabei, fondatore della monarchia giudea (135-106 a. C.). MALANOS (p. 390 sgg.) rimanda anche qui a BOUCHÉ-LECLERCQ, *Les Séleucides*, I, p. 396.

NEL 200 a. C.

Ricamo sulla fonte, che è certo PLUTARCO, *Alessandro*, 16, 17: κοινούμενος δὲ τὴν νίκην τοῖς Ἕλλησιν... τοῖς λαφύροις ἐκέλευσεν ἐπιγράψαι φιλοτιμοτάτην ἐπιγραφήν· Ἀλέξανδρος Φιλίππου καὶ οἱ Ἕλληνες πλὴν Λακεδαιμονίων ἀπὸ τῶν βαρβάρων τῶν τὴν Ἀσίην κατοικούντων. Cfr. pure ARRIANO, *Anabasi*, I, 1, 2. Le vittorie di Alessandro Magno qui ricordate sono quelle del Granico (334 a. C.), di Isso (333) e di Arbela (331).

L'astensione e l'ostilità degli Spartani verso le imprese macedoni si manifestarono già nel 338 con la loro assenza dal sinedrio di Corinto. Il titolo indica che K. pone le considerazioni sul « gesto » degli Spartani in un'epoca in cui l'ellenismo è ormai pienamente affermato anche come consapevolezza di civiltà (cfr. p. 180). Al terzultimo verso, MALANOS (p. 393, n. 1) scopre la fonte in un'espressione di RENAN: « *La force grecque fut portée jusqu'en Bactriane et dans l'Inde* ».

GIORNI DEL 1908

Al v. 3, τάβλι non è propriam. « dadi »: si tratta d'un gioco, molto diffuso in Grecia, nel quale il gettito di due dadi regola le mosse su un tavoliere (in ital. si diceva, una volta, « tavola reale »).

DINTORNI D'ANTIOCHIA

K. sembra avere avuto presenti varie fonti. I vv. 13 e 31 fanno pensare a GIOVANNI CRISOSTOMO, *De S. Babyla*, 15 sgg.: σοὶ... τοῦτο ἀφῆκε τὸ αἴνιγμα... ἐκεῖνος γὰρ ἡμᾶς ἐπεστόμισεν... τὸ εἴδωλον μέχρις ἐσχάτων ἀφανίσας ποδῶν, τέφραν τε ἀποφήνας καὶ κόνιν. Altri contatti si osservano con LIBANIO, *Oraz.*, 60, cit. in gran parte da GIOVANNI CRISOSTOMO, *l.c.*, 18 sgg. (v. specialmente, ai vv. 6-7, le parole πονηροῦ γειτονήματος ἀπαλλαγεὶς νεκροῦ τινος ἐνοχλοῦντος ἐγγύθεν, LIBANIO, *l.c.*, 5). Cfr. inoltre SOZOMENO, *Storia eccles.*, V, 19 sg.: συνελθόντες οἱ Χριστιανοὶ εἷλκυσαν τὴν θήκην... οἱ δὲ Ἕλληνες ἐλογοποίουν Χριστιανῶν εἶναι τὸ δρᾶμα; SOCRATE, *Storia eccles.*, III, 18 sg.: εὐέμπτωτος ἦν εἰς ὀργήν; oltre al racconto dell'episodio in AMMIANO MARCELLINO, XXII, 13, e nello stesso GIULIANO, *Misopogon*, p. 346 b, 361 c sgg., *Epist.* 136. L'incendio del tempio avvenne il 22 ottobre 362 d. C. La poesia, l'ultima scritta da K., apparve, ma senza fondamento, incompiuta, o meglio non limata dal poeta, già gravemente malato (cfr. SAREGHIANNIS, in Νέα Γράμματα mar. 1944).

OSCAR POESIA DEL NOVECENTO

Cvetaeva, Dopo la Russia
Pagliarani, I romanzi in versi
Williams W.C., Paterson
Hemingway, 88 poesie
Kavafis, Poesie
Turoldo, Il grande male
Frénaud, Non c'è paradiso
Ungaretti, 40 sonetti di Shakespeare
Alberti, Poesie
Bukowski, Poesie
Plath, Lady Lazarus e altre poesie
O'Hara, Lunch poems
Kerouac, Il libro dei blues
Porta, Poesie 1956-1988
Parronchi, Diadema
Montale, Poesie scelte
Paz, Vento cardinale
Aragon, L'ira e l'amore
Bachmann, Invocazione all'Orsa Maggiore
Pasternak, Mia sorella la vita
Spender, Poesie
Kerouac, L'ultimo hotel
Borges, La cifra
AA.VV., L'altro sguardo
Frost, Conoscenza della notte
Machado, Poesie scelte
Zanzotto, Poesie
Yeats, Poesie
Joyce, Poesie
Ferlinghetti, Un luna park del cuore
Ungaretti, Il dolore
AA.VV., Poesie d'amore del '900
Majakovskij, A piena voce
Sofocle, Edipo re
Cvetaeva, Alja, piccola ombra
Spaziani, Poesie
Rilke, Lettere a un giovane poeta
Govoni, Poesie
Hughes, Lettere di compleanno
Lowell, Il delfino
Valéry, Il Cimitero marino
Hughes, Fiori e insetti
Jouve, Poesie

Rilke, Requiem
Cattafi, Poesie
Lowell, Giorno per giorno
Catullo, Poesie
Palazzeschi, L'incendiario
Hughes, Cave birds

OSCAR SCRITTORI DEL NOVECENTO

Pratolini, Il Quartiere
Chiara, Le corna del diavolo
Buzzati, Le notti difficili
D'Annunzio, Giovanni Episcopo
Hemingway, Avere e non avere
Santucci, Il velocifero
Kafka, Tutti i racconti
Steinbeck, Al Dio sconosciuto
Chiara, Il balordo
Kerouac, I vagabondi del Dharma
Pratolini, Metello
Hesse, Demian
Chiara, La spartizione
Kafka, Il Castello
Deledda, Elias Portolu
Vittorini, Piccola borghesia
Mann Th., L'eletto
Hesse, Knulp - Klein e Wagner - L'ultima estate di Klingsor
Deledda, La madre
Steinbeck, Quel fantastico giovedì
Pratolini, Cronache di poveri amanti
Chiara, Tre racconti
Chiara, L'uovo al cianuro e altre storie
Silone, Il seme sotto la neve
Mauriac, Groviglio di vipere
Pratolini, Le ragazze di Sanfrediano
Chiara, I giovedì della signora Giulia
Dessì, Paese d'ombre
Chiara, Il pretore di Cuvio
Kerouac, Il dottor Sax
Mann Th., Le teste scambiate - La legge - L'inganno
Hesse, Il lupo della steppa
Silone, La volpe e le camelie
Silone, La scuola dei dittatori
Chiara, La stanza del Vescovo
Hemingway, Per chi suona la campana
Lawrence, La vergine e lo zingaro
Hemingway, Di là dal fiume e tra gli alberi
Silone, Una manciata di more
Kerouac, Big Sur
Steinbeck, La luna è tramontata

Busi, Pâté d'homme - La vergine Alatiel

Rushdie, Est, Ovest

Styron, Un'oscurità trasparente

Pontiggia, Vite di uomini non illustri

Romano, L'uomo che parlava solo

Spark, Le ragazze di pochi mezzi

Siciliano, I bei momenti

Grossman, Il libro della grammatica interiore

Rushdie, La vergogna

Mansfield, L'aloe

Miller, Il mondo del sesso

Consolo, L'olivo e l'olivastro

Malerba, Il fuoco greco

Busi, Manuale del perfetto gentilomo

Hemingway, Le nevi del Kilimangiaro

Fitzgerald, Diamond Dick e la prima legge della donna

Bonaviri, L'enorme tempo

Consolo, Retablo

Malerba, La scoperta dell'alfabeto

Busi, Manuale della perfetta Gentildonna

Grossman, Che tu sia per me il coltello

Plath, La campana di vetro

Gibran, Il folle

Citati, La primavera di Cosroe

Consolo, Lo Spasimo di Palermo

Macchia, Pirandello o la stanza della tortura

Busi, Madre Asdrubala

Fitzgerald, Il tuo carattere e il mio

Tomizza, La casa col mandorlo

Leavitt, Il voltapagine

Miller, Big Sur e le arance di Hieronymus Bosch

Citati, Kafka

Palazzeschi, Due imperi... mancati

Bellow, L'uomo in bilico

Bellow, Le avventure di Augie March

Bellow, La resa dei conti

Bellow, Il dicembre del professor Corde

Marinetti, Gli Indomabili

Ferrero, La valigia vuota

Buzzati, I misteri d'Italia

Rushdie, La terra sotto i suoi piedi

Macchia, Le rovine di Parigi

Joyce, Finnegans Wake (I, V-VIII)

Styron, Una mattina in Virginia

Woolf, Una stanza tutta per sé

Mann, Tonio Kröger

Lucentini, Notizie degli scavi

Fitzgerald, Guarda, il povero pavone!

Consolo, Di qua dal faro

Chiara, Una spina nel cuore

Malerba, La superficie di Eliane

«Poesie»
di Costantino Kavafis
Oscar Poesia del Novecento
Arnoldo Mondadori Editore

Questo volume è stato stampato
presso Mondadori Printing S.p.A.
Stabilimento NSM - Cles (TN)
Stampato in Italia - Printed in Italy

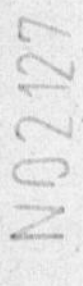

47126
2003